搭档

刘心一 ◎ 著

群众出版社
·北京·

图书在版编目(CIP)数据

搭档/刘心一著. —北京：群众出版社，2011.1
ISBN 978-7-5014-4831-9

Ⅰ.①搭… Ⅱ.①刘… Ⅲ.①长篇小说—中国—当代 Ⅳ.①I247.5

中国版本图书馆 CIP 数据核字(2010)第 259377 号

搭档

刘心一 著

出版发行：群众出版社
地　　址：北京市西城区木樨地南里
邮政编码：100038
经　　销：新华书店
印　　刷：北京蓝空印刷厂
版　　次：2011 年 5 月第 1 版
印　　次：2011 年 5 月第 1 次
印　　张：18.25
开　　本：787 毫米×1092 毫米
字　　数：220 千字
印　　数：1～8000 册
书　　号：ISBN 978-7-5014-4831-9
定　　价：35.00 元
网　　址：www.qzcbs.com
电子邮箱：qzcbs@163.com

营销中心电话：(010)83903254
读者服务部电话(门市)：(010)83903257
警官读者俱乐部(网购、邮购)：(010)83903253
啄木鸟杂志社电话：(010)83901311

本社图书出现印装质量问题，由本社负责退换

版权所有　侵权必究

目 录

1	引子	
4	第一章	不该发生的爆炸
18	第二章	死亡约会
21	第三章	漂亮女人的衣柜
25	第四章	警察和记者
33	第五章	人怕出名
43	第六章	代理副局长的玄机
49	第七章	不一样的情感体验
52	第八章	拎 LV 的女警察
62	第九章	偷拍风波
69	第十章	名牌海洛因
77	第十一章	排爆手的推理
83	第十二章	三陪女之死

91	第十三章	监狱不好玩
97	第十四章	上帝给的案子
100	第十五章	爱管闲事惹的祸
107	第十六章	刑警的儿子
114	第十七章	同事的女儿
119	第十八章	两个失去搭档的警察
127	第十九章	失败的诱捕
133	第二十章	栽赃不是目的
137	第二十一章	虚张声势
143	第二十二章	数据硬盘的秘密
148	第二十三章	警界流氓
152	第二十四章	女儿的直觉
158	第二十五章	撒手锏
164	第二十六章	彼此彼此
168	第二十七章	俱乐部里的花花公子
172	第二十八章	泡夜总会的大学生
176	第二十九章	无权访问
182	第三十章	越权调查

186	第三十一章	午夜迪吧
196	第三十二章	停职危机
201	第三十三章	鸡蛋碰石头
210	第三十四章	婚姻幸福的秘诀
214	第三十五章	验尸报告的细节
218	第三十六章	釜底抽薪
223	第三十七章	不能曝光的败笔
228	第三十八章	疑犯的前妻
230	第三十九章	不寻常的奥迪 A6
236	第四十章	不是巧遇
242	第四十一章	跆拳道黑带的最后一跃
247	第四十二章	有仇报仇
250	第四十三章	无可奉告
256	第四十四章	老式手铐
261	第四十五章	兵不厌诈
274	第四十六章	炸弹制作指南
278	第四十七章	从半个市长到阶下囚
284	后记	

引子

2010 年 8 月

小心点儿，这不是打电子游戏，错了没机会存盘重来。

武旗红不住地叮嘱自己。他屏住呼吸，小心翼翼地靠近那个鞋盒子。

四四方方的鞋盒子泛着一股氨水味，武旗红凭气味判断，里面装的应该是硝铵炸药。为了固定证据，刑警队的人提出要手工排爆。这就意味着武旗红必须亲自剪断连接电池和雷管的导线，给刑警队保留一颗完整的炸弹。

他的呼吸有些粗重，呼出的气息被头盔面罩挡回来，热烘烘的令人窒息。盔甲一样厚重的排爆服让武旗红有点儿不堪重负。他大汗淋漓，汗水顺着眉毛流进眼睛里，让他感觉一阵刺痛，顿时眼泪汪汪的，却没法用手去擦。他的视线有些模糊。

不远处，手提式频率干扰仪上的电源指示灯不停地闪烁——排爆前的准备工作早就做好了。现场附近的无关人员已被疏散，应急的防爆毯已经就位，频率干扰仪正在工作，七十米范围内所有的手机、遥控、蓝牙、无线局域网、模拟和数字无绳电话等等信号均被屏蔽，只保留了一个警方的对讲机频段。只要没有某个无线电爱好者突然冒出来，而且正好使用了警方的通话频段——这种可能性微乎其微，根本就不必考虑——炸弹就没有被遥控引爆的危险。

搭档

　　无磁排爆剪缓缓接近连接雷管的导线。不知是出于什么心理，下剪刀之前，武旗红忍不住回头看了一眼。身后是自己的战友们，他们都用关切的目光注视着自己。支队长戏志才一边用对讲机向局长汇报，一边紧张地盯着武旗红的方向。顶头上司李韦璜冲武旗红使劲点了点头，意思是，动手吧。排爆组新来的民警于宽脸色苍白，他还是第一次参加排爆行动……

　　武旗红的目光继续在人群中搜索，希望能看见周毅泽的面孔。当年就是周毅泽把他带进门的，算是他的师傅，同时也是他的搭档，他的挚友。每次自己担任主排手的时候，周毅泽总是冲他竖起大拇指为他打气。可是今天周毅泽在哪儿？

　　终于他看见了。人群之中有一个人高高地伸出右臂，竖起拇指。可他的脸……武旗红一时间有点儿迷糊了，那个竖起拇指的人怎么和自己长得一模一样？不仅仅是一模一样，那明明就是自己。他看见自己站在人群中，和战友们肩并肩，自己的身边就是戏志才、李韦璜、于宽……大家的表情十分自然，仿佛这很正常似的。

　　可是，这不正常。如果那个人是自己，那么自己是谁，这个正准备剪断导线的人是谁？老周又在什么地方？武旗红一阵恍惚。

　　时间紧迫，来不及细想了，目前最重要的任务是拆除炸弹，其他的一会儿再说。他定了定神，最后与人群中那个正关切地望着自己的武旗红对视了一眼，然后转过身，面对眼前的爆炸装置。这时候，他感觉到腰间一阵有节奏的振动。是手机。估计是短信息。这种时候，他当然没工夫去看什么短信，就是想看也看不成。手机放在排爆服里面，根本拿不出来。武旗红深深地吸了口气，他准备下剪刀了。

　　突然，一种奇怪的感觉攫住了他。这种感觉很难用语言描述，就好像是一脚踩空，身体猛然间下坠，而内脏由于惯性还要继续保持原来的状态，于是整个人从内到外忽悠了一下。在拆除炸弹之前有这样的感觉可不是什么好兆头。难道是有什么工作没做到位？对排爆手来说，这很可能意味着粉身碎骨。到底是哪里出了问题呢？

　　腰间的手机再次振动。这回武旗红明白了——手机。

　　频率干扰仪屏蔽了手机频段，方圆七十米范围内所有的手机会全部瘫痪。为什么自己的手机能收到信号？武旗红微微扭过头，冲着固定在肩膀上的对讲机说道："频率干扰仪有什么问题吗？"

"没有啊，"对讲机里传来于宽的声音，那声音里透出一丝不确定，"是老周设置的，怎么了？"

武旗红又冲着对讲机喊："老周！老周！手机信号没有屏蔽！"

"我知道，"对讲机里传来周毅泽的声音，语调很轻松，"别担心，我能应付。"

听周毅泽这么说，武旗红心里稍稍安定了一些。然而，当他的目光再次转到爆炸装置上的时候，整个人就像掉进了冰窖。鞋盒子里的东西突然变了模样。刚才还是自制的硝铵炸药，现在却变成了一捆乳化炸药，外面还用胶带固定着一部摩托罗拉手机，一根导线从手机后面延伸出来，与炸药上的雷管连接在一起，手机屏幕一闪一闪的，有电话打进来……

武旗红浑身的血液都凝固了。"老周，频率干扰仪，快！频率干扰仪——"

"频率干扰仪——"

武旗红猛地从床上坐起来，头晕目眩，口干舌燥，心脏狂跳不止。他意识到自己又做噩梦了，尽管如此，就像惯性似的，他还在喃喃念叨着，"频率干扰仪……老周……频率干扰仪……"他的声音渐渐哽咽，两行泪水顺着眼角流了下来。

"老周……"

第一章
不该发生的爆炸

2006 年 7 月

多年以后,武旗红回忆起那场事故,总觉得一开始自己的感觉就不太好,仿佛隐隐约约预感到有什么意外要发生似的。

开车去东港一区的路上,他一直有点儿心慌意乱——实际上这个词也不太确切,但他很难找到更恰当的词汇来形容当时的心情。那是一种没着没落的感觉。起初他以为是因为即将面临的任务,任务的确危险,可这些年来他早就对此习以为常了。他可能会因为执行任务紧张冒汗,但绝不会心慌。这是有区别的。

周毅泽也和往常不太一样。以往他话挺多的,那天却一言不发,坐在副驾驶座上眼睛盯着窗外,一副心不在焉的样子。只有坐在后排的于宽唠叨个不停。周毅泽有一搭没一搭地听着,时不时点点头,嘴里嗯嗯啊啊几声,表示自己在听他说话,但武旗红看得出,他一个字也没听进去。

三菱帕杰罗闪着警灯,驶近东港一区的蜀国花园。隔着老远,武旗红就看见了拉在蜀国南路路口的警戒带,警戒带圈起来的范围很大,把整条街都封锁了。现场附近的闲杂人等和无关车辆都被清空,沿着警戒带三步一岗五步一哨,都是戴钢盔穿防弹衣端着七九式微冲的特警。武旗红抬头看了看后视镜,问于宽:"东西都带齐了?"

于宽笑出了声:"武哥,这么一会儿工夫你都问了四次了。你没事吧?"

就连一路无语的周毅泽也暂时收回望向窗外的目光,转过头诧异地看了武旗红一眼。

武旗红知道自己问得有点儿多余。每次执行任务需要带什么东西,队里的任何一个人都一清二楚:排爆服、无磁排爆工具组、探测器、防爆毯、频率干扰仪……每一样东西都关系着排爆手的生命安全,没有人敢麻痹大意。可他心里那种不踏实的感觉总是挥之不去。

"没事……"武旗红轻轻地摇摇头,心里对自己说:当然没事,能有什么事呢?每次不都是这样吗?他不再说话,盯着前方的路面专心开车。一转眼的工夫,三菱帕杰罗就开到了警戒带跟前。

警戒带外侧有一个临时划出来的停车区域,最外边停着两辆电视台的采访车,一个穿着得体的女记者手里拿着麦克风面对摄像机介绍着现场的情况,但大多数记者和摄影师们无事可做,只有无聊地东张西望。负责警戒的特警得到命令,禁止一切媒体人员进入警戒带之内。个别记者不死心,试图找机会混进现场,都被特警们毫不客气地轰了出来。这次北都警方的态度十分坚决,局长下令,就是《焦点访谈》的人来了也得拦在外面。记者们也实在神通广大,竟然联系了现场附近一幢高层公寓上的住户,出高价请他们用家用摄像机在阳台上拍摄。若不是一个狙击手无意中通过瞄准镜发现了,那个住户绝对能拍到独家镜头。

新闻采访车的旁边停着一溜豪华轿车,除了人人都认识的奔驰宝马奥迪保时捷法拉利,武旗红还认出宾利、世爵、路虎以及一辆十分霸气的林肯领航员。武旗红对世界名车并没有什么研究,但自从"9·11"之后,中国各大城市都提高了安全级别,对民警进行反恐培训。武旗红有幸在这类培训中接触了许多国外的反恐资料,在各种各样的视频里,他认识了不少平时根本叫不上名字的汽车,包括林肯领航员。在中国还不太流行SUV这个概念的时候,林肯领航员已经是美国政府部门尤其是安全部门十分青睐的多用途汽车了。当然,说到价格,自然是贵得令人咋舌。相比之下,停在它旁边的那辆蓝白相间的帕萨特警车就显得寒酸到家了。

二十几个人围在帕萨特四周,个个情绪激动,有的声嘶力竭地大声叫嚷，有的已经开始哭天抢地了。这些人年龄各异，有男有女，但有一个共同的特点——全部衣冠楚楚。武旗红估计他们就是那些豪华车的主人，换句话说，他们是被劫持人质的家属。

焦头烂额的公安局政委刘福三站在他们中间，一边擦汗，一边求爷爷告奶奶似的请周围的人们保持冷静，两个穿制服的女警察在人群中不停地穿梭，给他们递纸巾，递矿泉水，尽量安抚他们的情绪。几个头脑活泛的记者试图上前对这些人进行采访，结果又被特警赶到了一边。

武旗红放慢了车速。他本以为周毅泽会和政委打个招呼。周毅泽和刘福三同住一个小区一个楼门，两个人都有一个在美国留学的儿子，没事的时候经常交流交流，两家的关系挺好。可今天，周毅泽两眼茫然地看着窗外，没有要打招呼的意思，武旗红有点儿怀疑他到底看没看见刘福三。

三菱帕杰罗绕过这群吵吵闹闹的人，在警戒带边的岗哨前停下接受检查。武旗红打开车窗出示证件，简单地说了一句："治安支队排爆组。"执勤的特警通过无线电向临时指挥部汇报，几秒钟之后，他向武旗红挥挥手示意他们可以通过了。

东港是北都市开发最早的豪华住宅区。蜀国路把东港一区分成了东西两部分，东部大多是高档公寓，西部的空旷地带没有高层建筑，网球场、游泳馆、美容中心、健身房等等都在这一侧，此外，还有个名叫 M78 星云的私立幼儿园。排爆组的民警们很少有机会光顾这种地方。于宽好奇地东张西望："M78 星云是什么意思，好好的幼儿园怎么起了这么个怪名字？"

"奥特曼。"周毅泽突然嘟囔了一句，这是他上车以来第一次开口说话。

"奥什么？"于宽没听清楚。

"奥特曼。M78 星云是奥特曼的出生地。"

奥特曼是武旗红小时候每天必看的电视节目，至今他还记得，奥特曼又叫咸蛋超人，是个宇宙英雄、怪兽杀手，最拿手的是斯派修姆光线、八方光轮、奥特水流……但奥特曼的出生地这种专业性的问题他是绝对回答不上来的。周毅泽比自己大一轮有余，他小时候恐怕连电视都没见过，天晓得他怎么知道得这么清楚。

"难道老周是奥特曼的粉丝？"于宽调侃。

"我儿子是，他小时候最爱看奥特曼，"周毅泽的语气有些怅然，"陪儿子一起看电视的日子真好啊，可惜……"

"可惜儿子大了，不陪老爸玩了。"于宽嘻笑。

原来老周想儿子了，难怪他一路上情绪低落。武旗红宽慰他："你知足吧。整个公安局里就你生的儿子最有出息。"

两年前，周毅泽的儿子拿到了宾夕法尼亚大学的全额奖学金，那个学校的金融专业在美国数一数二。周毅泽成了公安局里那些当父母的学习榜样，天天有人找他请教到底是怎么教育儿子的。

"你还没当爹，理解不了。"周毅泽叹了口气，"操了这么多年心，难道就是为了把他送到地球那边？"

"你儿子够让你省心的了，"于宽说，"全国每年三万多出国留学生，能拿到奖学金的只有两千五，还不一定是全额。要不是他拼命念书，就靠你这点儿工资，怎么供得起他去美国上大学？算上咱们被炸死之后拿的保险金也不一定够。"

"于宽你闭嘴，晦气！"说话间，武旗红把帕杰罗停在幼儿园的入口附近。隔着漆得花花绿绿的铁栅栏，可以看到幼儿园主楼——设计得挺前卫的，看上去就像是一艘宇宙飞船，主楼前的操场上空无一人，操场正中有个奥特曼的塑像。幼儿园的门前同样拉着一条警戒带，一长溜有标志没标志的警车整整齐齐停在警戒带外围，一眼望不到头，似乎北都市公安局能开得动的车都在这儿了。一辆用依维柯改装的现场指挥车停在正对门口的位置上，车门开着，不时有一些拿着对讲机的警员进进出出。

周毅泽强打起精神，推开门下了车，小跑着来到指挥车门口，往里探了探头。治安支队长戏志才和九大队大队长李韦璜从指挥车里下来了，三个人凑在一起嘀嘀咕咕，还不时往幼儿园里张望。不一会儿，指挥车里又陆陆续续下来一些人，都是市局以及东港分局的头头儿们，最后出现的是北都市公安局局长龙树彬。这位龙局长在全省公安系统里大名鼎鼎，据说他的警察生涯足够拍七八部电视连续剧的，老一辈的民警们提到他的名字时总是充满敬意。武旗红只是排爆组的普通民警，除了局里开大会，平时没多少机会亲眼见到公安局的最高领导。近距离观察这位传奇人物，他注意到龙局长脸上的线条很硬,这是一个性格坚强的人才会有的脸型。此刻,龙树彬眉头紧锁,忧心忡忡地盯着幼儿园的方向。

下午一点半,一个不明身份的中年男子身上绑着炸药、手持一支六四式手枪冲进了 M78 星云幼儿园。也许是绑匪对幼儿园的格局不太熟悉,他一头冲进了音乐教室里,那是主楼的附属建筑。混乱之中,大部分老师和孩子及时逃了出来,但正在音乐教室里的六个五岁左右的孩子、两个幼儿园女老师和一个暑假期间参加社区服务的女高中生成了人质。

私立幼儿园里大多是有钱人家的孩子。警方以为绑匪是冲着这些孩子来的,但绑匪劫持人质之后一直没提出任何条件。民警用扩音器向里面喊话,里面没反应。孩子们的家长得到消息心急火燎地赶来了,他们的第一句话惊人地相似:"要多少钱我们都给……"可连警方都搞不清楚绑匪到底想要什么。警方把通过长焦镜头拍到的几张绑匪的照片拿给他们,他们一律摇头,否认与绑匪有任何瓜葛。参加社区服务的女高中生名叫刘帆千。她的母亲黄婉悦在市局档案中心工作。黄婉悦被请到现场,不久她的丈夫——确切说是前夫,一个投行营业部主任——也到了,和那些孩子们的父母一样,他们与绑匪素昧平生。人质中的两个女老师,一个是幼儿园园长的小姨子,另一个名叫何小蓓,是从云阳县来的,刚刚来幼儿园工作不久。

绑匪又做了一件让警方没料到的事情。僵持了一个小时之后,他把何小蓓放出来了,但留下了她的手机,很明显,他打算用这部手机和警方谈判。惊魂未定的何小蓓转达了绑匪的警告:他身上的炸药一旦炸了,音乐教室里不会有活人,他希望警方不要做无谓的尝试。警方的谈判专家拨打何小蓓的手机,绑匪却不接电话。谈判专家经验丰富,很快就明白了绑匪的意图。这是在告诉警方,他才是掌控局势的人,让警方不要搞错了。

幼儿园的主楼共有三层,是南北向的,绑匪和人质所在的音乐教室则是主楼北端延伸出来的半椭圆形附属建筑,与主楼形成一个"L"形的夹角。音乐教室只有一层,同样是模仿飞船的设计,窗户很小,间隔很大,为绑匪提供了很好的掩护。

武旗红打开后备厢,招呼于宽往下卸装备,做排爆前的准备工作,同

时留意着幼儿园周围的建筑——他在找狙击手的位置。观察了一圈,一个狙击手也没发现。幼儿园南边是个露天网球场,网球场的周围都是金属防护网,狙击手肯定不会选择这个位置,防护网会导致子弹偏离方向。而且这个时候根本不会有什么人打网球,网球场上站着什么人,绑匪会看得一清二楚。幼儿园北边是个两层楼的美容中心,与音乐教室相邻的那一侧却没门没窗,如果狙击手选择这个位置,只能把武器架在房顶。这里离音乐教室太近了,很容易形成射击死角。蜀国南路东边的公寓楼是比较理想的射击位置。但由于楼前的树木、幼儿园的铁栅栏等障碍物的影响,狙击点至少要设置在三楼以上,为避免射击死角,又不能太高。公寓楼临街那一面都是封闭式阳台,所有窗户的设计是统一的。如今正是夏天最热的时候,下午两三点钟又是一天里最热的时间段,谁家会在这个时候开窗户?只要一开窗户,在一片玻璃森林里就会显得十分突兀。一般在这种情况下,绑匪的神经十分紧张,一旦狙击手出现在他的视野里,对他是不小的刺激,很难说他会干出什么事情,就此引爆炸弹也说不定。

看见戏志才冲自己招手,武旗红赶紧走过去。戏志才介绍:"龙局长,这是武旗红,和老周搭档好几年了。他今天担任主排手。"

武旗红向局长敬礼。龙树彬上上下下打量武旗红。"听说你们从来没出过差错?"

大概是很少和排爆手打交道的缘故吧,龙树彬的话实在外行,武旗红不知道他是从谁那儿听说的。对排爆手来说,差错意味着粉身碎骨,至少也是缺胳膊断腿。一个排爆手能够好端端地站在局长面前等候局长的指示,这本身就足以说明他从没出过差错,不需要从谁那儿"听说"。武旗红不想回答"是",但也不能回答"不是",只得说:"是我们运气好。"

"也不能光靠运气。"龙树彬对这样的回答不太满意,他把目光转向周毅泽,"今天你们排爆组有两个重要任务。第一,确定绑匪身上的爆炸物是真是假,如果是真的,引爆方式是什么。你们的判断非常关键,关系到人质和参与解救行动的特警的生命安全,一定不能出错。第二,一旦解救行动成功,活捉了绑匪,你们要尽快拆除他身上的爆炸装置,我们需要他的口供。今天谁担任主排手,定下来了吗?"

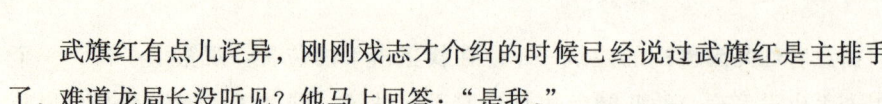

武旗红有点儿诧异,刚刚戏志才介绍的时候已经说过武旗红是主排手了,难道龙局长没听见?他马上回答:"是我。"

龙树彬没看武旗红,而是望着戏志才。戏志才赶紧说:"龙局长,旗红和老周一样,都是老资格的排爆专家。"

龙树彬沉吟不语。武旗红不知道这位龙局长为什么对自己那么不放心,看上去,他似乎更希望周毅泽担任主排手。但排爆手之间有自己的规矩,除非有特殊情况,比如一个人出差在外或者身体状况欠佳,他和周毅泽都是一人一次,均摊风险。上一次是周毅泽,那这次就应该是武旗红,排爆手们彼此心知肚明,不需要相互提醒。

"要不……今天还是我来吧。"周毅泽用征询的口吻说。

龙树彬似乎就等着这句话,"你上我就放心了。这次行动决不能出意外,也决不能靠运气。"

武旗红终于明白了,原来是自己关于"运气好"的那句回答让龙局长听着不顺耳。"上次在莲花超市发现的炸弹是老周拆除的,这次轮到我了。"武旗红说。

"这种事怎么可以轮流,当然是谁有把握谁上。"龙树彬的语气很不高兴。

周毅泽向武旗红微微摇头,意思是别再争了。可武旗红还是固执地说:"我有把握。"

"你现在连炸弹长什么样子都没看到,怎么敢说有把握?这不是拿人民的生命财产当儿戏吗?"龙树彬声色俱厉。

你也不能拿排爆手的生命当儿戏,武旗红想。但他知趣地闭上了嘴。

"龙局长,旗红不是这个意思……"戏志才赶紧打圆场。

"我知道,"龙树彬摆摆手打断戏志才的话,口气放缓和了一些,"这又不是争功争钞票,前面是颗炸弹,闹不好会送命。你担心战友的安全,想把危险留给自己,这是警察之间的情义,是警察就该这样。只是这次行动事关重大,绝对不能出差错。还是以大局为重吧。"

话说到这个地步,武旗红知道再争也没用了。他看看周毅泽,周毅泽冲他挤挤眼,表情很轻松。让武旗红稍稍感到宽慰的是,来时一路上那个心事重重的周毅泽不见了，周毅泽又恢复了从前的样子，跃跃欲试，信心百倍。

排爆人选定下来了，龙树彬招呼刑警支队长薛艾寒。"老薛——"

薛艾寒会意，"我带他们到狙击手的位置观察一下。"他冲周毅泽和武旗红招招手，"跟我来。"说罢他转身带路，绕到幼儿园的侧门。

绑匪所处的位置看不到幼儿园侧门的情况，几名特警早已悄悄从这里进入主楼，封锁了音乐教室通向主楼的通道。

武旗红刚才一直在周围的建筑里找狙击位置，没想到第一狙击点就设置在幼儿园主楼三层最南端的一扇窗户后面，还算隐蔽，就是射击角度有些不理想。在对面的公寓楼里还有两处备用位置，狙击手接到命令，暂时不能开窗户，看来薛艾寒也考虑到容易暴露的问题了。武旗红从一名狙击手手中接过望远镜。

人质都集中在音乐教室中间，围成一个不规则的松散的圆圈。有两个孩子哭得最厉害，园长小姨子一手护着一个，刘帆千手忙脚乱地哄着另外几个——她自己也被吓得不轻。绑匪躲在人质的中间，周围的人质成了他的防弹衣。他的相貌很普通，这种人走在大街上，绝对不会被人记住。不过大热天的，他却穿着一件肥大的长袖褂子，显然是为了遮挡身上的炸药。这时候，绑匪前襟的扣子全都解开了，这是要警方看清楚，他说的炸药不是随便吓唬人的。那支手枪就插在他的腰间。

"可能是乳化炸药。"武旗红对身后的薛艾寒说。薛艾寒不置可否地嗯了一声。武旗红意识到他应该解释得详细一点儿。

到底是多年的搭档，周毅泽马上接过武旗红的话，"那是工业炸药，属于含水炸药的一种，生产的厂家和型号都比较多，特点是在水下也能使用，威力相当于同等重量 TNT 的百分之八十左右。那家伙身上的炸药，我估计不下两公斤……"

两排圆柱形的炸药卷就绑在绑匪的胸前。武旗红看见两根导线延伸到衣服里面，但一时无法确定导线的具体走向。观察了一会儿，他发现绑匪双臂的动作有些僵硬，两只手掌上似乎还用胶布固定着什么东西。他明白了，电线通过两个袖子伸出来固定在手心，只要两只手握在一起，电流就

会接通。难怪他要把持枪的手腾出来。

听了武旗红的解释，薛艾寒皱着眉问狙击手："有多大把握？"

狙击手为难地摇了摇头。他解释说，在这种情况下，不但要保证一枪命中，而且不能留给绑匪哪怕是零点一秒的反应时间。这样一来，狙击手就不能瞄准绑匪的头部射击，而是必须瞄准他的颈椎。只要打中颈椎，会立刻切断绑匪的中枢神经，绑匪绝对不会有时间把双手合在一起。但这对狙击手来说难度相当大。

狙击手用的是七九式狙击步枪，武旗红当过兵，对这种武器略微有些了解。那是前苏联卓卡诺夫SVD狙击步枪的仿制品。自卫反击战的时候，解放军还没有配备专用的狙击步枪，而越南人却用前苏联提供的SVD对付解放军——专打四个兜的，背手枪的，挎望远镜的。解放军的下级军官因此伤亡不小。不过中国军工的仿造能力超级强大，不久，解放军就配备了大批根据SVD仿造的武器，命名为七九式狙击步枪，并且立刻对越南人还以颜色。由于生产仓促，这种武器继承了SVD的所有缺点。后来又出了改进型，命名为八五式狙击步枪，基本上换汤不换药，比七九式好不到哪里去。最令人难以容忍的是，不论是七九式还是八五式，都没有专用子弹，一直用五三式重机枪子弹凑合着，精度和稳定性就差了一些。在战场上无所谓，可是处置突发事件就比较要命了。狙击手和绑匪之间隔着一层玻璃，外面亮，屋里暗，根本就看不太清楚屋里的情况，窗户之间的间隔又阻挡了狙击手的视线。而且七九式狙击步枪专用瞄准镜的设计有缺陷，瞄准镜在近距离时分划不清，为了克服教室玻璃的反光，还要加上偏光装置。七九式瞄准镜的通光量本来就小，再加上一枚偏光镜，绑匪又是活动目标，一枪打中颈椎的几率太低了。在这种距离射击，子弹飞出去之后还没稳定就要遇到玻璃，打碎玻璃之后说不定就会改变方向，哪怕只偏一点点，后果都难以估计。如果绑匪手里只有一个人质，还可以冒险试一试，可现在有八个，其中六个是孩子，万一开枪的时候哪个孩子动一动……

"当然也可以打头……"狙击手试探着说。

薛艾寒摇摇头。"那是迫不得已的办法，现在还不到冒险的时候。再等等机会吧。也许等天黑了……"

天黑之后，绑匪可能会打开音乐教室的灯——这也仅仅是估计，如果他有经验，他绝不会开灯——这样一来，屋里亮，外面暗，他不但看不清外面的情况，而且可以成为一个清晰的目标。可现在是夏天，天完全黑下来要到晚上七点以后，武旗红看看表，还不到四点。警方可以坚持到那个时候，绑匪有这样的耐心吗？还有人质，都是些不懂事的小孩子……那么长的时间，谁能保证不发生意外？

刚刚冒出这个念头，意外就发生了。音乐教室里突然一阵混乱，一个男孩一头栽倒在地，浑身抽搐。从武旗红的位置可以看到，园长小姨子和刘帆千一齐围在倒地的男孩身边，手足无措，其他孩子同时放声大哭。绑匪在她们身后指手画脚。接着刘帆千猛地站起来，擦着眼泪冲着绑匪吼了一句什么。令人诧异的是，绑匪竟然没有恼羞成怒，只是不耐烦地摆了摆手。

武旗红注意到生病的小男孩脖子很别扭地向后仰，口吐白沫，两腿僵直。"可能是癫痫引起的抽风。"他把望远镜递给薛艾寒，"看上去他们都没经验，得想办法和他们联系上，让小孩随便咬住什么东西，否则咬破舌头就危险了。"

"你确定？"

"应该没错。"武旗红肯定地说，"我妈是医生。让孩子侧躺着，或者平躺也行，不过要把他的头扳过来一点儿，否则呼吸道里的分泌物会让他窒息。"

薛艾寒拿出手机一遍一遍不停地拨绑匪的电话，绑匪还是不接。音乐教室里，刘帆千扯着嗓子冲绑匪大喊大叫，大概是说孩子很危险。绑匪看着放在钢琴上的手机，犹豫着。终于，绑匪拿起了电话。薛艾寒首先告诉他，找一条手绢卷成条状让孩子咬住。看到绑匪吩咐刘帆千照办了，他又告诉绑匪，必须先释放这个生病的孩子，孩子有生命危险。绑匪拒绝了，语气不容置疑。

"你手里有那么多人质，放走一个孩子对你没有任何影响！"薛艾寒说。

"你又不是我，你怎么知道？"绑匪冷冷地回答。

"你到底想怎么样？"

"暂时我还不想告诉你。"

"那么，让我们派一个医生进来吧。"薛艾寒作了一点儿让步。

"不行。"

"如果不马上清理孩子的呼吸道，一旦症状再次发作，他可能会因为窒息死掉！我不知道你劫持这些孩子到底想要干什么，但现在，至少是现在，孩子死了对你一点儿好处也没有！"

薛艾寒的话说中了绑匪的担心。沉默了好一会儿，他终于同意了："听好了，只能派一个医生进来，必须是女医生，如果我发现她身上有武器，她马上可以享受到和我们同样的爆炸效果。"

五分钟后，十几名特警以及排爆组的民警悄悄向音乐教室和幼儿园主楼之间的通道集中。周毅泽已经换上了排爆服，武旗红低声吩咐于宽："行动开始之后，立刻屏蔽手机信号。"

于宽狐疑地看着他："应该用不着吧……"

"尽量保证万无一失吧。"武旗红确实觉得自己有点儿多虑。绑匪只要双手握在一起就可以引爆炸药，不需要遥控，频率干扰仪也许根本派不上用场。而且警方还要和绑匪谈判，指挥行动也离不开对讲系统，一旦进行全频段干扰，半径七十米范围内所有手机和对讲机会全部瘫痪。但是为了保险起见，进入现场之后，武旗红还是打开频率干扰仪进行分段屏蔽，只保留了一个警方对讲机的通信频段和手机频段。制伏绑匪之后，手机频段也可以屏蔽掉，留下对讲频段就够了。这会给领导们之间的手机通信造成一些麻烦，比如龙局长可能会发现他和市领导联系不上了，好在这种情况持续不了多久。最重要的是，这样一来，就完全不必担心排爆的时候炸弹被遥控引爆了。

"这事交给我吧。"周毅泽说，"你们先配合特警行动，等会儿我把频率干扰仪推进音乐教室里，离领导们远一点儿，省得影响他们打电话。"

一切就绪之后，治安支队防暴大队二十二岁的女民警赵灵儿进了音乐教室。她一只手拎着一个急救箱，另一只手里拎着一打矿泉水。急救箱里是酒精、冰袋、维生素 D、抗生素、镇静剂以及针灸用具，照绑匪说的，没带武器。对于赵灵儿来说也不需要。

第一章

赵灵儿个头不高,身材看上去和强壮不沾边,甚至还有点儿弱不禁风的样子。不过那都是假象。她是跆拳道黑带二段。一个女孩子能把跆拳道练到这个级别很不容易。跆拳道选手根据腰带颜色分级,从白、黄、绿、蓝、红、黑依次升高,黑带是最高级别,还分为九个段位。全世界黑带九段不过十个人,其中九个是韩国的。中国籍跆拳道选手的最高段位才是黑带五段。鉴于跆拳道腿功的杀伤力,欧洲一些国家的法律里特别规定:世界跆拳道联盟黑带的腿属于危险性极高的凶器。

那天,北都市警方把所有希望都寄托在赵灵儿的腿上。赵灵儿穿着那一年正在流行的露脐T恤和紧身牛仔短裤,以示自己身上没有藏武器。进入音乐教室,她先把急救箱和矿泉水放在地上,踢到绑匪面前让他检查。绑匪检查过后,她把矿泉水递给刘帆千,让她分给孩子们。然后从急救箱里拿出一个小号的充气枕头,垫在犯病的小孩头部下面,以防他鼻腔内的分泌物堵塞呼吸道。她检查了小孩的瞳孔,又摸了摸小孩的额头,拿出冰袋给他降温,同时按压他的合谷穴,以免他的牙关咬得太紧损伤牙齿,然后戴上手术用橡胶手套,轻轻地抽出他刚刚还紧紧咬住的手绢,清理从口腔里流出来的唾液等分泌物。一系列专业而有条不紊的动作让绑匪放松了警惕,以为赵灵儿果真是个医生。

手机又响了。这是事先安排好的。薛艾寒给绑匪拨电话,问他到底有什么条件,以分散他的注意力。此时绑匪一手拿着手机和薛艾寒通话,另一只手空着。赵灵儿似乎没注意到绑匪正在接电话,她站起身,随手将那条脏了的手绢递给绑匪。"帮忙往上面淋一点儿凉水,"她指指椅子上放着的矿泉水瓶,语调很自然,就像在和自己的同事说话,"那里的水就可以。"绑匪犹豫了片刻,上前一步,将接未接的时候,赵灵儿动手了。确切地说,是动腿。据现场目击的刘帆千回忆,她看到赵灵儿瞬间就把右腿举到了头顶,照着绑匪迎面劈了下去。她特意强调,不是踢,是劈,就像抡斧子劈柴火那样劈。那是跆拳道中标准的下劈动作,正好劈在绑匪脖子和左肩膀之间的位置,绑匪被直挺挺地砸倒在地上。刘帆千甚至听到了锁骨断裂的声音。

门口待命的民警们迅速冲进音乐教室。绑匪仰面躺在地上,被那一腿

15

劈得有些神志模糊，下意识地挣扎着，嘴里含混不清地喊着什么。赵灵儿骑在绑匪胸口，上半身几乎趴在了绑匪身上，死死按住他的两个手腕，姿势很不雅观。民警们立即转移人质，两名特警一边一个按住绑匪的手腕，另一名特警给绑匪注射了麻醉剂，绑匪的挣扎很快停止了。武旗红准备检查绑匪身上的爆炸装置，这时候他才注意到赵灵儿依旧骑在绑匪身上，握着绑匪手腕的手还没有松开。他轻轻地拍拍赵灵儿的肩膀，赵灵儿抬起头，她的额头大汗淋漓，眼神也有点儿迷茫，似乎还没搞清楚周围发生了什么。武旗红冲她轻轻点点头，"好样的，没事了。"说着把她搀了起来。赵灵儿的手心里都是汗水，手臂还微微有些颤抖。武旗红知道，这种情况下任何人都会紧张得精神崩溃，这个小姑娘已经很不简单了，她也算是到鬼门关走了一圈。

于宽迅速架起一根金属吊杆，吊杆的顶端是个摄像头，等会儿在音乐教室外面，可以通过笔记本电脑看到周毅泽排爆的情况。周毅泽身穿盔甲一样的排爆服，推着频率干扰仪一步一停地走了进来。那身排爆服实在是太重了，每走一步都要耗费相当大的体力。武旗红粗略地检查了一下绑匪身上的炸药，引爆装置看上去并不复杂，甚至可以说相当简单，只要按照常规操作，应该不会有什么问题。但他还是有点儿不放心，简单的表象下面往往掩盖着最险恶的意图。他再次仔细观察那两根导线。

周毅泽看出了武旗红在担心什么。"应该不是双芯线，我会小心的，你们快撤吧。"瓮声瓮气的声音从面罩后面传出来。

这正是武旗红的担心所在。为保险起见，他又拖来了一条十五公斤重的防爆毯，在拆除引爆装置的时候一旦发生意外，周毅泽可以把防爆毯盖在炸药上，多少能减弱一点儿爆炸的破坏力。

所有人都撤到了音乐教室外面的安全地带，笔记本电脑的屏幕上显示出躺在地上的绑匪和身穿排爆服的周毅泽。武旗红突然觉得这个场面有点儿怪异。名叫M78星云的幼儿园，外形酷似宇宙飞船的音乐教室，里面是穿着打扮像个太空人的周毅泽，不明就里的人看到这个场面，八成会以为是科幻电影的拍摄现场。这时候即便是奥特曼突然降临，恐怕也没人感到意外。

周毅泽一步一步挪到绑匪身边。武旗红通过对讲机说了声"小心"。周毅泽回身看了一眼镜头，费力地抬起右手挥了挥。武旗红调整角度，把镜头拉到最近，整个屏幕被绑匪身上的炸药和周毅泽戴着防护手套的两只手占据。周毅泽右手拿着无磁排爆剪缓缓接近导线。武旗红紧张地盯着屏幕，眼睛都不敢眨一下。直到导线都被剪断，他才稍稍松了口气。

这时候，武旗红感到腰间有一阵轻微的振动，他估计是手机短信。这个节骨眼儿上，他当然顾不上看手机。突然间，武旗红头脑中一阵轰鸣，手机……怎么可能有手机信号，不是屏蔽了吗？他转过头问于宽："刚才屏蔽手机信号了吗？"

"应该屏蔽了吧，是老周自己设置的。"于宽问，"怎么了？"

武旗红拿起对讲机："老周，手机信号没有屏蔽！"

"我知道，"对讲机里传来周毅泽的声音，语调很轻松，"别担心，我能应付。"

"马上屏蔽手机信号！"

周毅泽并没有听他的。电脑屏幕上，他正专注地把炸药从绑匪身上分离。炸药用胶带固定在绑匪身上，缠得很结实。周毅泽小心地剪开胶带，左手轻轻托起外侧的那排炸药——他的手停住了。两排炸药分开之后，又露出两根导线，连在一部摩托罗拉手机上，刚才由于被外侧的炸药遮挡着，谁都没有发现。绑匪身上的爆炸装置竟然是可以遥控的！

武旗红浑身冰冷。"老周，频率干扰仪，快！"

频率干扰仪就放在音乐教室门口，距离周毅泽十多米远。现在周毅泽没有多少选择，他应该首先把防爆毯盖在绑匪身上，为自己增加一点儿安全系数，然后以最快的速度跑到音乐教室门口设置频率干扰仪的干扰频段，屏蔽手机信号——他身上的排爆服太重了，做到这一点需要一些时间。或者干脆赌一把，不管三七二十一立刻剪断导线。不论作出哪种选择都要尽快，既然是遥控的，说不定炸药马上就会被引爆。然而，周毅泽戴着手套的双手停滞在屏幕中央，他既没有离开，也没有剪断导线，更没有碰防爆毯。

武旗红不顾一切地向音乐教室狂奔，他要赶在炸弹爆炸之前屏蔽手机信号，一边跑一边对着对讲机声嘶力竭地大喊："老周！防爆毯！干扰仪！频率干扰仪……"

后面的话被一阵排山倒海的气浪淹没了。

第二章
死亡约会

2007 年 6 月

  远远的,他看见她高挑的身影向自己这个方向走来。他扶了扶眼镜,从路边的石凳上站起身。*她可真漂亮。*他想。紧接着他又有点儿遗憾地意识到这么漂亮的人永远不会属于自己,而且,很可能在一两个小时之后,也将不属于这个世界。她的命运取决于她今天的答复。

  等两个人站在一起,他明显地感觉到,自己配不上她。就算她没穿高跟鞋,也比他高出一截子。而且她有钱。他很清楚她以前的职业,他们就是在那种地方认识的。在那里,以她的自身条件,很容易赚到钱。最近她不干老本行了——行话叫从良。她正准备用这些年积攒下来的钱做点儿生意。想到自己的经济状况,他更加沮丧。如果自己也和她一样有钱,或许她不会那么狠心?

  "愣着干吗?走啊。"她说。语气自然,又有点儿漫不经心。

  "去哪儿?"刚才那个问题还在困扰着他。他有点儿莫名其妙。他觉得她的神态、她的口气和从前一样,让他灵魂出窍,可惜,从相识到现在,他们俩的关系也不曾更近一步。

  "你不是说带我去看门脸房吗?"她的眉毛往上挑了挑。

  是啊,门脸房。他想起来了。他是和她这么说的。"你带钱了吗?"

"带着卡呢。要是谈好了，马上可以取钱。"

"先取钱吧，房子肯定没问题。"

他们一起去了储蓄所。她在里面取钱，他在外面等着，回想着曾经的美好时光。可惜时间太短了。她永远不会明白，她在他的心目中占有多么重要的位置。然而，没有争吵，没有告诉他为什么，她突然从他的生活里消失了。

不一会儿，她出来了。告诉他取了两万。

他觉得时间过得有点儿太快了，他还没来得及考虑好下一步该怎么办。门脸房肯定是看不成的，因为根本就没有什么门脸房。他为了能见到她，随便编了这么一个借口。

"两万可能不够吧，要不，你再取两万？"

她有点儿不耐烦，但还是又进去了。他依然站在储蓄所外面，开始认真考虑今天的事情该如何收场。

等她第二次出来的时候，他发现她的挎包鼓鼓的。

"说说我们俩的事吧。"他慢吞吞地说。

"我们俩有什么事？"她笑了。她没想到他这么认真，早知道这么麻烦，当初就不该请他帮忙。

他并不觉得有什么好笑，认真地说："结婚的事。"

"你有完没完？"她的脸寒下来。"你约我出来就是为这事？你到底带不带我去看门脸房？"然后她做出转身要走的样子。

"等等。"他拦住她，妥协了。掏出自己花两百块钱买的旧手机，他随便拨了个号码，然后把手机放在耳边。"喂，赵哥，是我呀，建军……是啊，是门脸房的事……你没在家？什么时候回来，我这边钱都准备好了……过两个小时……"他就这么信口开河地胡诌。

她没注意到，拨号之后，他压根儿就没按发送键。放下电话，他有点儿无奈地说："人家没在家，要过两个小时回去，要不，咱们找个地方吃点儿东西？"

"我不饿。"她冷冷地说。

他知道她不会答应，于是又说："那我们随便走走吧。"

她觉得他有点儿可笑。他心里想什么,她全都清楚——他会利用这两个小时,把以前翻来覆去说过无数遍的话再说一次。她烦透了他要的这些把戏。可门脸房是无论如何也要租的。如果今天真的能把这事解决了,那倒是省了不少麻烦。

"好吧,随你便。"她淡淡地说。

他们就这么信步走着。他在旁边滔滔不绝地说,她则一声不响心不在焉地听。他没敢再提结婚的事,他怕她马上就会翻脸。这里不行,人太多了……

他们来到科普中心附近一条偏僻的小路上。现在周围没人了。他做了最后一次尝试来挽救他无望的爱情。他笨手笨脚地抱住她,语无伦次地说:"求求你……嫁给我吧。"

这回她真的火了。她突然意识到门脸房的事情可能根本就是子虚乌有。他约她来,只为了一个目的,和以前一样死缠烂打软磨硬泡。

"这事你永远别想!"她奋力挣扎,抡起手中的包,狠狠砸在他的脸上。

但是这次她想错了,和以往任何一次都不同,这次他动了杀机。

第三章
漂亮女人的衣柜

搜查一个人的房间，就是潜入一个人的生活。当一个人的房间变成搜查现场的时候，他或者她的所有秘密将展示在世人——至少是警察的面前，他们的喜怒哀乐，他们的希望和恐惧，他们的爱与恨，将不再仅仅属于他们自己。姜少勤不喜欢进入这样的现场。多年的警察生涯，让他知道了太多陌生人的秘密，他的大脑被太多别人的记忆所占据，而且这些记忆没有一样是令人愉快的。

等技术人员都检查完了，姜少勤才走进卧室，四下打量着这个房间。毫无疑问，这是个年轻女人的寓所。卧室的墙壁上挂着各种各样的招贴海报，中国的外国的男女歌星影星们每天伴着房间的主人入睡。毛茸茸的玩具熊玩具狗几乎占据了整张席梦思，把睡觉的地方都挤没了。梳妆台上摆满了大大小小形状各异色彩斑斓的玻璃瓶子，都是些姜少勤叫不出名字的化妆品。

"这地方的价钱可不便宜。"他的搭档杨献兵从客厅里走了进来。"我老婆做梦都想有这么一套房子。"

昌运宫一带是城西比较贵的地段之一，姜少勤估计，这套小户型公寓出租的话，每个月至少要三千块钱。像这样的房子，他们这些拿死工资的警察一辈子都买不起。

姜少勤拉开衣柜的推拉门，里面的衣服让他眼花缭乱。他认不出这些服装的牌子，但有一点可以确认，"都是女式的，没有一件男人的衣服。"

他说。

"我刚刚查过卫生间,"杨献兵说,"只有一把牙刷,没有剃须刀之类的东西,没有任何男士用品——她应该是一个人住。"他凑到衣柜跟前,随手扒拉着挂在衣架上的衣服,"这女人挺有钱。"

"这些衣服很贵吗?"

"你看看这些牌子,有双C标志的是香奈儿,有CK标志的是卡文·克莱恩,小鸟图案上有GA两个字母的是乔治·阿玛尼……"说起这些名牌,杨献兵如数家珍。"你应该多逛逛商店,补习一点儿时装方面的知识。"

"有你就行了。"姜少勤说。

"你对搭档的依赖心理太强了,老姜,要是哪天我不在了,你一个人该如何面对这个残酷的世界?"杨献兵随手打开衣柜里的一个抽屉,那是放内衣的,"我的天,"他的语气很夸张,"维多利亚的秘密,这个女人的内衣也很有品位。知道吗,这一柜子的衣服相当于你我好几年的工资。"

是的,所有这一切都表明,这里的主人是个爱打扮的女人,而且有大量的钱来支撑她的消费。昂贵的房租、名牌时装、高档化妆品,可姜少勤还是隐隐约约觉得有什么东西不太对头。是什么呢?他在客厅到卧室之间来来回回走了几圈。房子里的装修非常简单,甚至可以说没什么装修,壁纸都退色了,地板上的瓷砖看上去也有些年头,冰箱、电视、洗衣机等等家用电器都不是很高档,家具的质地也很一般。可是,这个女人却拥有一个奢侈得令人头晕目眩的衣柜。或许这些衣服是别人给她买的,姜少勤想,一个男人。

"可我没发现任何男人留下的痕迹,"杨献兵说,"我刚才看了客厅里的鞋架,上面甚至连一双男式拖鞋都没有。"

"也许那个男人给她租了一套现成的房子,家具电器都是自带的。回头我们问问房东就知道了。"

"我要是个女的该多好,找个有钱男人,不用奋斗,一步到位。"杨献兵感叹。

"仅仅是个女的还不行,你至少要像她一样有一张漂亮脸蛋。"姜少勤拿起床头柜上的一张十四寸单人照,照片装在劣质的木头相框里,根据千篇一律的背景和矫揉造作的姿势，可以判断照片出自某个三流影楼的拙劣创意。不过照片上的女人的确很漂亮，漂亮得足以让人忽略摄影师的平庸。想到凶杀现场死者被打得一塌糊涂的脸，姜少勤心里有点儿不是滋味：那张漂亮的脸可能是死者最傲人的资本，凶手用最野蛮的方式把它毁掉了。

尸体是在五龙坡科普大厦后面的一片荒地上发现的。那个地方平时少有人至，可昨晚两个喝得烂醉的摩的司机误以为自己是F1赛手，开着三轮摩托在那里飙车。要不是他们，恐怕一个星期之后也未必有人会找到那具尸体。死者是年轻女性，浑身上下都是伤，面部和颅骨多处骨折，一张脸被打得面目全非，法医判断死因是颅内出血，说白了，这个女人是被活活打死的。在附近没找到凶器，法医说，最有可能的凶器就是凶手的拳头。

死者身上没有发现任何可以证明她身份的东西，现场则被两个醉鬼折腾得一塌糊涂。将搜索范围扩大到中心现场一百米之后，终于发现了一串钥匙和一个塑料皮的电话本。最先到达现场的刑警按照电话本上的号码一一打电话，告知死者的外貌特征，希望能查出死者的身份。最后，一个叫于芳的女人说她有个叫刘贝贝的朋友和警方描述的差不多，然后她说了刘贝贝的住处，在城西区昌运宫甲二十四号，是个名叫河景家居的商品房小区。按照于芳提供的地址，民警试着用在现场找到的钥匙开门，门应声而开。

姜少勤有个习惯，不论检查任何现场，只要那里有固定电话，他都要按一下重拨键，这样他就可以知道受害者最后一个电话是打给谁的。他早就注意到客厅的玻璃咖啡桌上有一部固定电话，刚才技术人员检查的时候，他耐着性子不让自己碰那部电话。此时，技术人员早已撤离，他再次来到咖啡桌跟前。那是一部乳白色的电话，最普通的那种，只有接打功能，没有留言系统。除了电话，咖啡桌上没有任何物件。

不论是在公安局还是在家里，姜少勤都会在电话旁边放一本活页台历或者一沓便笺，以便随时记录。但在这个叫刘贝贝的女人的房间里，在这张咖啡桌上，只有一部电话。这套公寓里缺少一些东西，具体来说，缺少与这个女人有关的文字信息。没有电脑，没有日记本，没有哪怕是一张名片，没有任何可以证明身份的文件，没有存折或信用卡，没有随手记下什么东西时的涂鸦,甚至找不到写着一个字的纸片。受害者已经死亡十六小时了,除了刘贝贝这个毫无特色的名字以及卧室里奢华的衣柜,姜少勤对这个女人一无所知。

  他按下了电话上的重拨键。那是一个八位数的市内电话。接电话的是个男人,估计在三十岁左右。男人问姜少勤找谁。他的声音有些低沉。

  "我找刘贝贝。"

  电话另一端沉默片刻,"你是谁?"

  "你认识刘贝贝吗?"姜少勤问。

  又是一阵沉默。"你打错了。"那个男人说。

  "听着,我是警察,我现在正在一个叫刘贝贝的女孩家里,我想知道……"话还没说完,电话就被挂断了。姜少勤再次拨打那个号码,无人接听。

  "你在给谁打电话?"杨献兵从卧室里走出来。

  "那个男人。"姜少勤说。

第四章

警察和记者

以前武旗红不信邪。但自从周毅泽不幸牺牲后，他发觉自己有了些变化。排爆时的危险是不可预知的，除了一个周详的排爆方案、一套完备的排爆装备之外，最重要的是排爆手的经验和判断。武旗红自己也说不清楚到底是什么原因，每当排爆方案不够周全、装备不够牢靠，或者是判断有误可能导致一场灾难的时候，他总能感觉得到。

这种感觉很难形容——在生理上是心慌气短，在心理上是一种类似强迫症的反应，就好像总觉得自己的汽车没锁、家门没关、煤气阀门没拧上，必须回去检查一遍，否则一整天都心神不定。这种感觉在2006年那起爆炸案的时候就出现过，只是当时他没有在意。

从那以后，执行排爆任务之前，如果武旗红感觉气定神闲，那表示一切正常；如果那种类似强迫症的反应一旦出现，武旗红必须重新审视所有细节。这种感觉不止一次救了他的命。后来他看了些心理学方面的书，书上说这种感觉叫直觉。武旗红觉得不止于此。有时候他想，或许是老周的在天之灵在提醒自己。

排爆手们大多是相信感觉和运气的。由于工作的危险性，他们多多少少要受一些宿命论的影响。武旗红相信，如果他把自己的这种感觉告诉同伴们，他们一定会理解。但他从来没说过。他担心这会影响同伴的判断。每个人的直觉是不同的。关键时刻，相信别人不如相信自己。

武旗红生于上世纪七十年代，父亲是个军人，得了个儿子兴高采烈，

搭档

给儿子起名叫武红旗。那时候这类名字很常见。他的妻子嫌这个名字政治色彩太重，又不敢违拗丈夫的意思，于是在报户口的时候假装不小心，把名字调了个个儿，武红旗变成了武旗红。虽然仅仅是变了个顺序，但读起来似乎有了另一番韵味，既不失轰轰烈烈，又有点儿浪漫色彩。孩子的爸爸并没太在意这细微的区别，他一直管自己的儿子叫"红旗"，从没改口。

由于这个名字很容易被误读成"武红旗"，因此造成了无数的误会。上学的时候，每当有新的任课老师第一次点名，经常误以为他叫武红旗。当兵的时候，新兵报到第一次点名，他也被叫作武红旗。复员之后到公安局工作，一开始领导也以为他叫武红旗。

武旗红先是在刑警队待了几年。上世纪九十年代末，北都市发生了几起影响恶劣的爆炸案，导致伤亡的原因并非因为作案者制造的炸弹多精密多复杂，而是公安局处理爆炸物的民警缺乏经验，排爆的装备器材也太落后。后来治安支队新成立了一个九大队，专门应对突发爆炸事件，鉴于武旗红在部队的时候是工程兵，对爆炸物比较熟悉，就把他调了过来。这一干就是十年。十年来的大多数排爆行动都是有惊无险，除了2006年那一次——武旗红失去了搭档。从此，他也成了所有排爆手中唯一体验过身处爆炸中心的感觉的活人。

对于那个惊心动魄的瞬间的记忆，武旗红和其他目击者有很大区别。武旗红没听见爆炸的声音，尽管事后他看到现场的照片，那上面，音乐教室被炸得支离破碎。但在爆炸的一瞬间，武旗红确实什么都没听到。他只是感觉有一股排山倒海般的力量向自己席卷而来，他身不由己地被那股力量裹挟着，没有了重心，就像一片随风飘零的落叶。周围的一切在武旗红的眼前膨胀变形，向他挤压而来，似乎要把他碾碎。武旗红感到一阵窒息。那只是十分短暂的一刻，但武旗红却感觉十分漫长，像一个世纪、一千年。当时他唯一的念头是：我要死了……

后来于宽讲述的爆炸过程，和武旗红的感觉完全不同。于宽说，当时他看见武旗红疯了一样没命地往音乐教室跑，想追上去把武旗红拉回来。爆炸就在这一刻发生了，那声音惊天动地，震耳欲聋。武旗红本来是向前跑的，突然之间就像被谁迎面打了一拳，整个身体腾空而起，向后倒着飞出好几米远，然后像个沙袋一样重重拍在地上……

武旗红神志清醒之后的第一句话就是："老周呢？"没人回答他。

近四十公斤重的排爆服没能挡住两公斤乳化炸药的冲击，周毅泽当场死亡。实际上，周毅泽的身上几乎没什么外伤，然而强大的冲击波撕碎了他的内脏。一起死亡的还有那个绑匪，他被炸得血肉横飞，尸骨无存。

武旗红懊悔不迭。如果当时他亲自检查一下频率干扰仪，就不会发生后面的事情了。伤愈之后回到单位，武旗红第一件事就是走进支队长戏志才的办公室请求处分。但戏志才并没有责怪他的意思，反而安慰他说："事先谁也没估计到绑匪身上的炸弹是遥控的，你能想到打开频率干扰仪已经很有先见之明了。而且，以老周的经验，他不应该忘记设置干扰仪呀。"

这也是一直困扰武旗红的问题。频率干扰仪被炸得面目全非，根本看不出爆炸前处于什么状态。他明明记得排爆之前周毅泽调整了干扰仪的设置，可当他提醒周毅泽手机信号没有屏蔽的时候，周毅泽却说"我知道"。他为什么不屏蔽手机信号？不可能是为了图省事。这样的人当不了排爆手，即便当了也活不了多久。周毅泽是具有几十次排爆经验的老手了，他不会犯这样的低级错误。

不过，武旗红把这些疑问都藏在心里，没有对任何人讲。他不想因此影响周毅泽的保险金和抚恤金。周毅泽的家人应该得到这些钱。排爆组的其他民警和武旗红有同样的想法，调查组来调查事故原因的时候，他们对频率干扰仪的事只字不提。支队长戏志才更是没有对调查组多说一个字。升任治安支队长之前，戏志才在治安支队行动大队负责打击黄赌毒，那时候周毅泽就是他的部下，也算是老交情了。

周毅泽的妻子顺利地拿到了保险金和抚恤金，加上局里民警们的捐款，差不多有一百二十万，她今后的生活应该不成问题。但这并不能让武旗红轻松多少。他总是翻来覆去地回想当时的情况，如果检查得再仔细一点儿，如果自己亲手设置频率干扰仪的干扰频段，如果估计到绑匪可能有同伙在远处操纵遥控装置，如果那身该死的像盔甲一样的排爆服真的像它的说明书上说的那么有效，如果周毅泽把防爆毯盖在绑匪身上……可周毅泽已经牺牲了，再多的如果也不能改变什么。武旗红能够想象周毅泽当时的感受，

第四章

当他看到隐藏在炸药后面的那个摩托罗拉手机的时候是什么样的心情——惊愕，恐惧，继而是绝望。他会感到自己被整个世界抛弃了。他的战友们和他仅仅一墙之隔，却帮不上任何忙，只能眼睁睁等待最糟糕的结果。

周毅泽的事迹上报到公安部，被追授为公安系统二级英模。赵灵儿立了个二等功，同时也断送了她的姻缘。她的男朋友——在本市 PWC 一个分支机构工作的注册会计师，大概是《特工狂花》之类的片子看多了，以为找个当警察的女朋友挺有面子，业余还能兼任保镖，要多威风有多威风，却没想到电影中的那些危险并不是凭空虚构，而是随时都可能发生。他的父母更是反对，其实一开始他们就不同意儿子找个女警察，看了报道之后坚决让他们分手，职业危险还在其次，要是小两口以后吵个架拌个嘴动个手，儿子不但不是对手，说不定连小命都丢了。两个人婚期都定了，就因为跆拳道黑带横扫千军的一腿，转眼就泡汤了。

案子涉及的其他几个人——女高中生刘帆千吵着闹着要去学跆拳道，被母亲严厉制止。黄婉悦和她的前夫依旧是谁也不理谁。那个私立幼儿园的生意一落千丈，附近的有钱人们突然意识到把心肝宝贝放在稍微普通一点儿的幼儿园里似乎更安全。没多久幼儿园关了门，M78 星云只剩下孤独的奥特曼。园长带着自己的老婆和小姨子跑到省会开天辟地，另一个女老师何小蓓失去工作，从此没了消息。

因为周毅泽的死，排爆组里长时间萦绕着一种沮丧的气氛。或许只有抓住那个遥控引爆炸弹的人，才能让排爆手们心中的压力稍稍得到缓解。但那个人始终没有落网。没人知道绑匪的身份，没人知道他为什么要到幼儿园里劫持人质，没人知道他的同伙——那个在远处遥控引爆炸弹的人是谁。一切都随着爆炸时的一声巨响灰飞烟灭，成了永远的谜。

武旗红一直关注着这个案子的进展。可案子似乎就到此为止了。公安局对外发布的信息只有干巴巴的几行字——绑匪挟持人质，被防暴队特警制伏，在拆除炸弹的过程中不幸发生意外，绑匪和一名排爆民警同归于尽云云，其他的一概没有提及。媒体的诸多疑问没有得到解答，但此案发生在有钱人扎堆儿的东港区一个私立幼儿园里，人质的家长个个腰缠万贯，马上就可以让人联想到贫富差距、仇富心理、社会分配不公等等等等，足够激起媒体的想象力好好去演绎一阵了。

那段时间，公安局里最风光的要数赵灵儿。不过武旗红却很难为她高兴。她那个二等功是冒着生命危险换来的，还搭上了一个未婚夫。二等功能不能抵得上失去未婚夫的损失，只有她自己心里最清楚。如果非要让武旗红指出还有什么人从那个案子里得到真正的好处，他只能说出一个名字：迟雨。

迟雨是武旗红一个战友的妹妹，刚刚大学毕业不久，学的新闻专业，在《北都都市报》当记者。迟雨想到排爆组采访，写写周毅泽的事迹。因为是刚刚入行，迟雨在北都市的关系没有蹚开，怕直接找公安局宣传处吃闭门羹，又不愿意找老记者替她出面——担心自己的选题被抢了。迟雨想借武旗红的关系找宣传处的人说说，这样比自己直接找的效果可能好得多。武旗红当即就拒绝了。且不说武旗红在宣传处没什么熟人，即便有，他也不会去说。这个时候采写周毅泽的事迹，无疑是往他的家人和战友的伤口上撒盐，他们真正需要的是平静，不是这些冠冕堂皇的东西。就算宣传处同意了，排爆组的人也不会配合。可迟雨是打着老战友的旗号来的，武旗红不能不给老战友面子。于是他给迟雨出了个主意，让她去采访赵灵儿。

赵灵儿的事迹在北都市主要的报纸上有一些反映，不过就是寥寥几行字。其他媒体也只是转载了一下，真正的专访还没有。这一方面是因为赵灵儿本人比较低调，一腿劈没了未婚夫，她本来就没什么心思接受采访，另一方面也和公安局宣传部门的顾虑有关。公安局对于社会上的媒体比较谨慎，记者们感兴趣的都是敏感的东西，而公安局是敏感消息的来源，任何从公安局发布出去的消息都要慎之又慎，如果掌握不好分寸，记者们说出些不负责任的话造成不良影响，最后公安局吃不了兜着走。这方面的先例不是没有。所以公安局轻易不会同意社会媒体对民警进行个人采访。

武旗红没料到的是，迟雨的采访正中公安局下怀。周毅泽在拆除炸弹的时候不幸牺牲，本该好好宣传一下。但公安局自有苦衷——解救人质的行动虽然无懈可击，没有一个人质受到伤害，但排爆民警却和绑匪一起在爆炸中死去，是疏忽还是意外，谁也说不清楚，而且绑匪的同伙一直没找到。对公安局来说，这个案子只成功了一半。如果宣传周毅泽的话，这方

第四章

面的事情不太好说。赵灵儿就不同了。北都市公安局的领导确实有心大张旗鼓地宣传一下。一个女民警，冒着生命危险——那可是实实在在的危险，一不小心就会被炸得血肉横飞——解救了八个人质，其中六个是孩子，还为此丢了未婚夫，既让人敬佩，又让人惋惜。这可是树立公安机关形象的好机会。省厅有一份公安刊物，赵灵儿的事迹已经登在上面了，但那是公安机关内部发行的刊物，没什么社会影响力。武旗红本来不抱什么希望，只为了应付迟雨的央求，硬着头皮找宣传处长一说，没想到处长的口气居然有点儿松动。听说迟雨所在的那家报社发行量比较大，目前尚没有任何在重大问题上不负责任乱讲话的不良记录，宣传处长就同意先和迟雨见个面。

　　无论从哪方面来讲，迟雨都算不上美女。个头矮了点儿，皮肤黑了点儿，脸上的雀斑多了点儿，但脑瓜很聪明，人也活泼，举手投足间透出一股机灵劲儿人见人爱。看见迟雨，让宣传处长想起了远在厦门大学读书的女儿，聊了没多久，宣传处长在心里已经同意让迟雨写这篇专访了。他请示了市局领导。市局领导基本同意，但事先定了调子：不能过分突出个人，要适当宣传公安工作，稿件完成之后要由公安局审阅，如果公安局不同意，一个字也不能发。

　　迟雨果真是采访赵灵儿最合适的人选。都是女孩，年龄相近，除了跆拳道，个人爱好也差不多——上网聊天、打游戏、看韩剧、吃零食。第一次采访的时候宣传处长还陪着，看到两个小姑娘唧唧喳喳十分投缘，自觉无趣，后来就再没跟着。迟雨采访了三天，和赵灵儿成了无所不谈的好朋友，说到赵灵儿的注册会计师男朋友，迟雨陪着赵灵儿一起抱头痛哭，然后破口大骂那个白痴有眼无珠。一周之后，迟雨向宣传处长交上了她的稿件。稿子写得很有技巧，既满足了读者的好奇心，又在字里行间融合进了一些公安局领导的意图，并不显得生硬。写到赵灵儿个人的时候，多是从女性角度出发，甚至对那个负心男友也是点到即止，没有声讨的意思。

　　稿件在报纸上发表之后，社会上多少有些反响，各种报刊和网站纷纷转载，甚至省公安厅负责宣传的领导都有心拿赵灵儿树个典型。只是考虑到赵灵儿实在太年轻了，担心那些上了年纪吃苦受累一辈子冒的风险比赵灵儿只多不少的老民警们有看法，也就作罢。赵灵儿本人对这些名利不是很看重，一直保持低调，凡事先没和她的上级领导打过招呼的预约采访，她一律不接受。这一点让公安局领导十分满意。省会的电视台曾经请赵灵儿作为嘉宾参与一期访谈节目，赵灵儿甚至没请示领导一声就直接回绝了。

整个过程中最大的受益人是迟雨。刚刚工作不久就发了个有影响的稿件，让杂志社的老编辑老记者们刮目相看。这还在其次，最重要的是，通过这篇稿子，她为自己在公安局里蹚出了一条路。公安局的领导们觉得这个小姑娘写东西很有分寸，再发生什么重大事件的时候，只要是迟雨提出要采访，多半不会拒绝。迟雨在报道重大事件的时候也很会找角度，文章写得既有可读性，又能照顾公安局领导的意图，还尽量不触及公安局认为敏感的话题。时间久了，迟雨成了市公安局的常客，市公安局下辖的各个分局对迟雨的采访要求也是能满足的尽量满足。有了和公安部门打交道的基础，迟雨在北都市的记者圈里如鱼得水。

惊心动魄的时刻毕竟少见，在警察的生活中，绝大多数的日子是由平淡、繁琐和疲惫组成的。2010年元旦前夕，迟雨联系省内演艺界的一些二流名人和北都市公安局搞了个联欢会。公安局领导全部出席，省厅政治部也派了两位领导参加。联欢会进行到高潮，迟雨和赵灵儿手拉手上台——她俩的亲密关系一直保持着——合唱了一首BY2的《爱丫爱丫》。一对姐妹花你唱一句我唱一句，当唱到"你有没有对我一点点心动"的时候，台下年轻民警齐声高喊："有——"唱到"爱我的话，要回答"的时候，台下高呼："爱——"

武旗红突然意识到，一转眼四年过去了，当年最年轻的女记者和最年轻的女民警已经不再年轻，都成了二十六七的老姑娘，时髦的说法叫剩女。看着她俩并肩站在舞台上，武旗红不由得想起了多年前的往事，一时感慨无限。

迟雨早已不是当年那个初出茅庐的小丫头，已经算得上北都的名记，在省里也有点儿小名气。偶尔和迟雨的哥哥通电话，老战友抱怨说就没见过自己妹妹交过什么正式的男朋友，给她介绍的对象不论条件多好她一律不见。还跟武旗红商量，妹妹那么喜欢在公安局泡着，估计是有警察情结

搭档

了，能不能给她在公安局里找一个？武旗红说你别再害我了，当年不是给你妹妹介绍一警察嘛。人家小伙子要模样有模样，要能力有能力，现在已经是防暴大队副大队长了。可你妹妹见过面第二天就不再搭理人家，让小伙子意志消沉了半年多。我后来见到他都躲着走，做了亏心事似的。

赵灵儿也不在防暴大队了。东港爆炸案之后没几个月，大约是2006年底，北都市公安局成立禁毒支队，原治安支队长戏志才调任禁毒支队长，主要人员都是从刑警支队和治安支队抽调的。戏志才上任时带走了不少治安支队的得力部下，其中就有赵灵儿。

第五章
人怕出名

2010 年 8 月

从政治部主任的办公室里出来,武旗红随手带上了门。随着屋门缓缓关闭,坐在办公桌后面的政治部主任的身影一闪而逝。砰的一声,门关上了。武旗红心里抽搐了一下——在这扇门关闭的同时,他的排爆手生涯也到头了。以前他曾经设想过无数次,他的职业生涯将以何种方式结束:某次排爆时失手被炸死炸伤,这是很有可能的;或者因为年纪大了被调离;也可能因为表现突出得到晋升——这种可能性最小,但他并不是没有考虑过。他从没想过,作为治安支队九大队资格最老的排爆手,他却首先混不下去了。

这是武旗红有生以来第三次感到人生一片灰暗。

第一次是四年前东港的爆炸案。武旗红总觉得自己和搭档的死脱不了干系,周毅泽等于是替他死了。更糟糕的是,武旗红的自信心被摧毁了,这对一个排爆手来说是致命的。此后的几次排爆任务中,武旗红表现得犹疑不决,畏首畏尾,根本无法作出正确决断。心理专家为他做了两次测试,他险些没有通过。过了好长时间,武旗红才从这次打击中恢复过来。

第二次是紧随其后的离婚事件。排爆组是公安局所有部门中危险程度最高的一个,这一点毫无疑问。公安局为所有的排爆手买人身保险,主排手的保额接近一百万。每年公安局支付的保险费用确实不少，不过比起爆炸可能造成的损失——不论是经济上的还是负面的社会影响，这点儿钱实在算不上什么。每年年初是排爆组最紧张的时期。春节期间普通人的心理最容易失衡，比如辛苦了一年却没拿到工资的民工，眼睁睁看着别人高高兴兴回家过年，绝望之下可能会做出些不计后果的事情；还有就是"两会"期间，觉得受了委屈或者不公正待遇长期受压抑的人可能会选择这个时候铤而走险，为的就是引起别人的注意。此外，遇到重大节日如"五一""十一"，以及市里省里有什么大型活动，排爆组也会比较忙碌。

不过，爆炸案并不是经常发生的案件，而且多少还有点儿技术含量，作案者至少要懂得一些物理化学知识。再加上近几年来公安局的排爆设备不断更新，大大增加了排爆的安全系数。有些新手初次参加排爆行动免不了神经高度紧张，武旗红就会安慰他们："自从我参加排爆组以来，排爆的时候意外爆炸的事情还没发生过，因此要让我说，你被炸死的几率基本接近零。"但自从周毅泽牺牲之后，这话武旗红再也不说了。排爆组的所有成员，包括他们的家属，都真真切切地感受到死亡的威胁。有些人干脆想办法调离了排爆组，有些人——比如武旗红，虽然继续在排爆组工作，却在承受工作压力之外，还要承受来自家庭的巨大压力。妻子常小惠向武旗红发出了最后通牒：不调离排爆组就离婚。

武旗红理解妻子的心情，但他不能这么一走了之。周毅泽死后，他就成了排爆组里资格最老并且最有经验的排爆手，如果他走了，排爆组里的其他人怎么能坚持下去？还有一个原因迫使武旗红必须留在排爆组——周毅泽不仅仅是他的搭档，还是带他入门的师傅，是他的挚友。他不能在周毅泽刚刚牺牲的时候甩手不干，对一个警察来说，这么做意味着背叛。

不过这种感情只有男人才能明白，武旗红的妻子是永远不会懂的。当时夫妻俩正商量着要个孩子，周毅泽出事之后，常小惠千方百计劝说武旗红调走，理由也的确非常有说服力：总不能让未来的孩子没有爸爸呀。武旗红知道妻子说得没错，但他却无法说服自己。他没有明确对妻子说"不"，这事就一直拖着，拖到常小惠失去了耐心，扔给了他一纸离婚协议书——要么在上面签字，要么和排爆组说拜拜。武旗红纠结了很久，到底没有和排爆组说拜拜。于是就轮到常小惠和他说拜拜了。

说起来，武旗红遭受的第三次残酷打击和迟雨多少有点儿关系。

2010年元月下旬，北都市的媒体着实热闹了一番。翻开报纸、打开电视或者上网，人们看到的不仅仅是春节期间的优惠、折扣、减价、促销，还有一则十足令人触目惊心的消息：本市发生系列爆炸案。由于爆炸案的受害者属于一个比较特殊的群体——娱乐场所老板，倒是没有引起普通市民的恐慌。相反，网上还出现了恶搞帖，把北都市的娱乐场所都列出来，让大家猜猜下一次轮到谁倒霉。

第一起爆炸案发生在五龙坡区。1月18日晚九点，后宫夜总会的老板刚刚把车子从停车场开出来没多远，车头部位突然砰的一声巨响，强大的气浪把车掀翻了，汽车的车头被炸得完全变了形。夜总会老板侥幸捡回一条性命，但爆炸的冲击折断了他的锁骨和踝骨，脊椎也错了位，医生还摘掉了他的一片肺叶，他的左半边脸被严重烧伤，几乎就是毁容了，左眼也有被摘除的危险。勘查现场的时候，武旗红闻到了一股刺鼻的味道，是氨水的气味，他立刻断定作案者使用的是硝铵类炸药。

此后连续十来天，局面变得无法控制了。

1月24日晚上，致悦俱乐部老板准备开车回家的时候，看到自己的车库门前有个鞋盒子，几天前的爆炸案他还记忆犹新，立刻想到里面可能是炸弹，马上报了警。

排爆组来到现场之后的第一件事，就是打开频率干扰仪对现场进行屏蔽，以防炸弹被遥控引爆。现在的排爆技术比2006年那会儿要进步许多。一般来说，最安全的排爆方法有两种：一种是用排爆机械手——其实就是一根五米长的有支架的金属杆——将爆炸物放进零下一百九十六度的液氮罐里冷却处理，破坏爆炸物内的炸药性能和起爆电源，然后将爆炸物移入防爆拖车，送到安全地点全面拆除。另一种是使用爆炸物销毁器也就是所谓的水炮直接将爆炸物摧毁，这种水炮射速非常高，达到每秒三百六十米，水压十二万四千帕，能瞬间穿透五毫米钢板，将炸弹肢解，使其破坏力降到最低。

这个案子发生在城西区，城西分局主管刑侦的副局长马新宇提出要手工排爆。由于爆炸物是针对夜总会的，他怀疑此案和几天前的爆炸案有关联，用水炮或者液氮摧毁爆炸物虽然相对安全，却容易破坏留在爆炸物上的犯罪证据，比如指纹、炸药和捆绑炸药的胶带以及导线的产地等信息，给以后的侦破带来麻烦。九大队大队长李韦璜当时就不干了："有安全的排爆方法放着不用，反倒让我的人到前面去送死，要不我给你一身排爆服你亲自去剪导线？"

争论来争论去，还是马新宇赢了。临近春节，公安局的压力已经很大，市委、市政府的领导们天天往公安局打电话。刑警支队长薛艾寒只得把李韦璜拉到一边："克服一下吧老弟，这个年大家都不好过。"

在确定排爆人选的时候没有丝毫悬念，武旗红资格最老，经验最丰富，这次的活儿又有点儿悬，他自然是当仁不让。探测器伸到鞋盒子附近，武旗红看清了爆炸物的外观，同时又闻到了一股淡淡的氨水味道。他估计和上次一样，又是硝铵炸药，而且很可能是自制的。不仅仅爆炸装置是自制的，雷管是自制的——用圆珠笔杆，就连炸药本身都是作案者自己通过各种化学品混合而成的。炸药的主要成分是硝酸铵，这种炸药易潮解，不好保存，而且感度太低，引爆的时候失败率很高，因此当武旗红发现爆炸装置上用于引爆的自制雷管居然超过十根的时候，他一点儿也不吃惊。令他头疼的是，这样一来，连接雷管和炸药的导线加在一起就有二十多根。仅仅是把这些导线理出个头绪，就不是一件轻松的事。

自制爆炸物的拆除要远远难于制式爆炸物。凡是制式爆炸物比如地雷、手榴弹之类的，都有标准的规格，不管威力多大，哪怕是原子弹，只要按照书上说的拆准没错。自制爆炸物就麻烦多了，拆除这类爆炸物的时候往往因为时间紧迫加上环境限制，无法准确判断其引爆方式。这就要靠排爆手的经验，外加那么一点点运气。

面对眼前的爆炸装置，武旗红没有别的选择，只能剪断导线。他大概估计了一下，这些炸药的重量在四公斤以上，一旦爆炸，足以把整个二层楼高的车库炸飞。自己身上的 MK5 排爆服，比以前近四十公斤重的老式排爆服轻了不少，只有二十六公斤，从理论上说，可以抵御四公斤 TNT 在近距离内的直接冲击而不受致命伤——说明书上是这么写的，谁也没亲身体验过。自2006年那起事故之后，武旗红不再相信排爆服的作用，不论说明书说得多么天花乱坠。对他来说，穿上排爆服仅仅是为了增强同伴的信心，万一自己死了，死的样子不至于太难看。

这个冬天比往年要暖和，但毕竟是冬天。武旗红身穿二十六公斤重的排爆服，身上已经是大汗淋漓——排爆服里的冷风机一直开着。他屏住呼吸，手中的无磁排爆剪缓缓接近连接雷管的导线，心里不停地祈祷：但愿别是双芯线。如果是双芯线，剪刀剪下去的同时就会自动形成回路。这是排爆手们永远的噩梦。

二十分钟之后，导线被一一剪断，起爆装置被成功拆除。对于他的战友们来说，这二十分钟就像二十个小时一样漫长。当武旗红回身冲大家伸出大拇指的时候，所有的排爆组成员一阵欢呼，就连一直面沉似水的薛艾寒也禁不住露出了笑容。

可惜他们没高兴多久。1月28日晚上，位于东港区的夜未央俱乐部的停车场上又发现了爆炸物。俱乐部老板脸色苍白，说幸亏自己停车时比较注意，要是再往前开一点儿，说不定就上西天了。到现场一看，爆炸物就放在停车位上，一端伸出一根蓝色的拉线，绑在一块砖头上。武旗红估计引爆方式是拉发或者压发式的，只要提拉或者移动，就有可能发生爆炸。

因为已经进行过一次手工排爆，武旗红提出用水炮摧毁爆炸物，没人反对。这次的主排手是于宽。他靠近爆炸物选好角度，架好水炮，然后迅速撤离。随着砰的一声巨响，水炮射出一股激流，拉线被打断，盒子里的爆炸装置被完全分解。事后的分析表明，爆炸物的主要成分仍然是硝酸铵。此时，已经基本可以肯定，这几起爆炸案是同一个人或者同一团伙所为。

连续两颗炸弹都没炸，作案者似乎也有点儿着急了。2月1日凌晨，接到指挥中心出警命令的时候，排爆手们抱怨着：这个到处安放炸弹的疯子大概是不想让警察好好过年了。

炸弹是在离致悦俱乐部不远的哈梦工厂门口发现的，那是一家有包房的迪吧，兼有夜总会的性质。赶到现场的时候武旗红意识到这又是马新宇的地盘，他打定主意，如果马新宇再要求手工排爆，说什么也不能同意。由于连续几次爆炸案都针对娱乐场所，北都市的娱乐行业一片萧条。哈梦

工厂门可罗雀，倒省了民警们疏散人群的麻烦。不巧的是能见度太糟糕了，天空中飘着雪花，再加上照明效果不好，在远距离很难对爆炸物进行细致的描述。武旗红在安放频率干扰仪的时候，冒险靠近爆炸装置仔细观察。爆炸装置安放在墙角，离旋转门比较近，因为下雪的缘故，作案者在爆炸装置的外面裹了好几层塑料袋，内部情况根本看不清楚。武旗红和李韦璜商量了一下，决定用水炮摧毁爆炸装置。不出所料，马新宇又出了新花样，这回他倒是没要求手工排爆，却提出是不是把爆炸物挪到远离楼房的位置再进行摧毁，说这是为了避免意外爆炸对楼体造成损害。武旗红听得心里冒火，在根本无法判断引爆方式的情况下移动爆炸物无异于自杀。他忍不住嘟哝了一句："楼值钱，我们的命就不值钱？"

马新宇横了他一眼，看着薛艾寒，等他作决定。薛艾寒显然也听见了武旗红的牢骚，他犹豫了片刻，问李韦璜："你的意见呢？"

"我？"李韦璜阴阳怪气地说，"如果马局长愿意亲自把炸弹抱到防爆拖车里，我李韦璜舍命陪君子。"

薛艾寒点点头，对马新宇说："还是安全第一吧。"

马新宇看上去不太高兴，但也没好再说什么。好在摧毁爆炸物的时候也没出什么意外。

尽管避免了三次爆炸，可公安局也有一份担心，连续失手会导致作案者丧心病狂，继续制造用心更险恶、规模更大的爆炸案。第二天，市局成立了"1·18"系列爆炸案专案组，全市的民警都动员起来，力争尽快抓到安放炸弹的疯子。排爆组的民警更是不敢松懈，武旗红过了一个有生以来最难熬的春节，节日期间每天二十四小时在公安局待命。

然而，作案者却突然间销声匿迹了。从2月1日开始直到过完春节，再也没有针对娱乐场所的爆炸案发生。专案组一直没有任何突破。警方唯一可以肯定的就是，作案者对夜总会之类的娱乐场所有一种非常特殊的感情。

春节过后不久，九大队排爆组在城西区的火车站候车室手工拆除了一颗炸弹，武旗红再次担任主排手。因为作案者针对的目标不是夜总会之类的娱乐场所，炸药的成分和引爆方式也与春节前的系列爆炸案大相径庭，为了避免分散精力，专案组把这个案子交给了城西分局的马新宇。马新宇的运气还真好，不到两个星期的时间，竟然抓获了安放炸弹的家伙。讯问过后，排除了他和"1·18"系列爆炸案的关联。

　　这个案子的破获让包括马新宇在内的城西分局专案组立了个集体二等功，然而在送给省公安厅的报功材料里，没提到排爆组一个字。等省厅的表彰决定下来之后，刑警支队长薛艾寒后悔不迭。他很清楚，要不是排爆组的队员冒着生命危险手工拆除爆炸物，为破案提供了关键证据，这案子绝对不会破得那么轻松。这段时间市局的精力都集中在"1·18"系列爆炸案上，他把为排爆组报功的事情忘了个一干二净，忘了叮嘱在报功材料里突出一下排爆组的作用。如今事情已成定局，做什么都晚了，他只得把愤愤不平的李韦璜请到办公室里好言劝慰。李韦璜正在气头上，他已经叫人把仓库里那套积满灰尘的四十公斤重的老式排爆服收拾干净，打算把它送给马新宇，让他以后再碰到炸弹的时候自己上。

　　最终，李韦璜还是压住怒火，叫人把那套排爆服又收起来了。他也知道，一旦把这件礼物送出去，公安局内部的矛盾立刻会公开化，大家的脸上都不好看。但他觉得应该对自己的手下有个交待。恰逢此时，迟雨联系公安局宣传处，准备给城西分局破获的那起火车站爆炸案写个深入报道。李韦璜知道武旗红和迟雨的交情，就找武旗红商量，问他能不能和迟雨说说，在她的稿子里反映一下排爆组的工作。武旗红本人对这类事看得不是太重，作为排爆手，安全是第一位的。只要在排爆的时候保证安全，那就意味着对得起工作，对得起同事，对得起家人。但他十分理解李韦璜的心情，于是给迟雨打了电话。

　　武旗红和迟雨认识这么多年，每次都是他帮迟雨的忙，这还是第一次请迟雨帮忙。这件小事对迟雨来说根本算不上什么，她当然乐得送个顺水人情。但迟雨如今是个大忙人，各种活动排满了日程，手头还有几个报道要同时进行。报社领导特意给她安排了个实习生，替她跑腿打杂。对排爆组的采访大部分是由这个实习生完成的，迟雨则在自己的稿件里预留出一部分空间。实习生第一次接触这样的工作，看什么都觉得新鲜，对什么都感兴趣，写作的时候也特有热情，但他对于这类有关公安题材的稿件应该怎么写还不太入门。如果换了迟雨去写，即便她不动脑子，出于多年的习惯也会自然而然地把握好分寸。也许是实习生没领会迟雨的意思，也许是迟雨错误转达了武旗红的意思，反正在实习生交上来的那篇稿件里，突出的不是整个排爆组，而是武旗红个人，武旗红被塑造成一个顶天立地的大英雄。稿子写好之后，迟雨草草看了看，什么问题也没看出来，就把它拼到自己的文章里。送到公安局宣传处去审，宣传处的人和迟雨合作多年，对她的稿件一直很放心，他们只是匆匆过目，依旧什么问题没看出来。

等报纸印出来，武旗红看到上面的报道，心里叫苦不迭。他的原意是宣传整个排爆组，而不是给自己树碑立传。但看上去，文章的字里行间就是这个意思，排爆组里的其他人都被忽略了。他立刻给迟雨打电话，迟雨马上意识到这篇文章可能会给武旗红带来麻烦。但稿件已经发了，想收回是不可能的。她只好一边道歉，一边安慰武旗红，这种问题别人不一定看得出来，再说文章里对武旗红的描写也基本属实，没有丝毫夸张。武旗红可没她那么乐观。排爆是协作性很强的工作，不是一个人能完成的。主排手确实承担了一定程度的风险，但其他人也一样。从进入现场近距离接触爆炸物的那一刻起，每个排爆手时时刻刻都有生命危险，谁也不知道炸弹什么时候爆炸。对爆炸物的观察、隔离，排爆之前的准备工作，排爆时的预备方案、应急措施，直到最后完全拆除炸弹，参与这些工作的每个人都面临着死亡的威胁。再说，"1·18"系列爆炸案和火车站爆炸案算在一起，一共排除了四个爆炸装置，武旗红拆除了其中的两个，剩下的是别的排爆手拆除的。而这一切在文章里都没有任何体现。

武旗红无奈，只好拿着这篇文章找李韦璜。李韦璜也正在犯难。本来这件事的初衷是挺好的，没想到事与愿违。他绝对相信这不是武旗红的意思。武旗红在排爆组干了十多年，他知道他是什么样的人。但怎么跟其他人解释？九大队里有哪个排爆手没冒过险，哪个没经历过九死一生的场面？他只有对武旗红说："看看反应再说吧，事已至此，我也想不出什么办法，如果和大家解释，说不定越描越黑。"

武旗红的担心变成了现实。实际上，这篇报道的社会反响不错，除了对案件本身的了解之外，读者们从一个侧面认识了一群不为人知的排爆手的默默奉献。都市报的网站全文刊载了这篇报道，许多网友发帖子留言，说媒体就是应该多反映这些幕后英雄的事迹。甚至公安局的领导们也认为，尽管对武旗红个人的渲染有些过分，但这篇文章的社会影响他们还是认可的。可这丝毫不能改变武旗红的处境。他不知道自己该如何面对大队里那些和他一样的排爆手们。有些排爆手的家人也看到了那篇文章，他们会对那些排爆手说："难道所有炸弹都是武旗红一个人拆的，就他一个人在拼命？"听了这些话，即便原先对武旗红没什么看法的人也多少有点儿意见。大家不会当面对武旗红说什么，但武旗红明显感觉到，在九大队里，自己被孤立了。

这件事情的影响直到几个月之后也没有消除。7月5日下午四点，曾经发生过险情的致悦俱乐部门口的停车场上再次发现了爆炸物，俱乐部老板的奔驰车右后视镜上挂着一个鞋盒子。很明显，"1·18"系列爆炸案的作案者耐不住寂寞，在沉寂了五个月之后又出现了。

这次的排爆方案是将鞋盒子从后视镜上钩脱，放进液氮罐里冷却处理。在研究主排人选的时候没人说话，大家都看着武旗红——那篇报道在九大队排爆手们心中造成的不满情绪远远没有消散。武旗红二话没说，默默换上排爆服。

就在武旗红靠近奔驰车的时候，那种不安的感觉又出现了。他努力捕捉着那一闪即逝的念头，思索着到底是什么原因让他心神不定。

他的眼前是空旷的停车场，由于不是营业时间，除了被安放了炸弹的奔驰，停车场里几乎没什么车。俱乐部也空无一人，工作人员早已撤离了。武旗红停住脚步，回头看了一眼。身后是他的战友们，他们都目不转睛地盯着自己。再后面就是警戒带，俱乐部工作人员都站在外面看热闹，还有不少路过的行人也在那里驻足观看。武旗红突然停住脚步。他意识到问题出在哪儿了——

人群。

这个炸弹的伪装实在是太拙劣了。根据武旗红的经验，如果作案者想让炸弹爆炸的话，至少要把炸弹放在一个稍微隐蔽一点儿的位置。就像1月18日那起爆炸案，炸弹固定在汽车底盘下面。而现在，挂在奔驰车后视镜上的鞋盒子实在太显眼了，摆明了就是在告诉人们：那是炸弹，都离远点儿。他马上转身回来，告诉大队长李韦璜，他怀疑附近有第二颗炸弹。这才是作案者的真正目的，他生怕他的炸弹炸不到人，于是先用一个鞋盒子吸引警方的注意力。基于普通人看热闹的心理，警戒带外围肯定有许多人等着看结果，真正有杀伤力的炸弹就放在那里，在密集的人群脚底下。

　　民警们疯了一样疏散警戒带外围的人群，最后在一个可移动的塑料果皮箱里找到了炸弹。炸弹随时可能爆炸，甚至仔细检查都来不及了。武旗红心一横，一个人用防爆毯将果皮箱整个围起来，以最快的速度推进了防爆拖车。排爆组的其他民警翻回头去检查挂在奔驰车后视镜上的鞋盒子，里面是一个廉价的闹钟和两个脏兮兮的矿泉水瓶，瓶子里都是沙子。

　　一起群死群伤事件就这么避免了。所有人都出了一身冷汗，如果炸弹在人群里爆炸了，没人敢想象那会是一个什么样的场面。支队长薛艾寒使劲儿拍着武旗红的肩膀，半天却没说出一个字来。

　　但这件事依然无法改变武旗红在排爆组里的处境，没人对他说一句祝贺的话，仿佛这一切都是他应该做的。事后李韦璜大发雷霆——其实，成功拆除了炸弹，他应该高兴才对，可他心里有一股无名火，他把队员们都叫到一起，把他们臭骂了一顿。骂娘归骂娘，他也不好说出他发火的真正原因，这层窗户纸要是捅破了，武旗红更没法在九大队混了。最后他撂下一句话："你们是不是男人？！"没人回答他。

　　此后的几天，大概是队员们也觉得自己做得有些过分，就时不时地和武旗红没话找话，想缓和一下队里的气氛。然而裂痕一旦形成，想要弥补就不容易了。李韦璜心里一直别扭，找到武旗红想安慰他几句，又不知道怎么说才好，吭哧了半天才说："老武，这事都怪我，要不是我异想天开找迟雨写什么狗屁稿子，哪会变成现在这样……你也别放在心上，过段时间就好了……"

　　武旗红只有苦笑："我看你还是把我换个地方吧，这样对大家都好。"

　　李韦璜沉默半晌，叹息一声："也好。"

第六章

代理副局长的玄机

　　北都市公安局新任局长刘潜的办公室位于市公安局大楼十六层，于是，十六楼成了局长办公室的代名词。"1·18"系列爆炸案发生后，薛艾寒是十六楼的常客。局长刘潜三天两头把他叫去询问案情进展，每次薛艾寒都是硬着头皮进去，灰头土脸出来。薛艾寒倒是能理解刘潜的心情。刘潜是省公安厅派来的，属于少壮派，下来当局长，自然是为了镀层金再回去。可上任没多久就碰上了这起倒霉的系列爆炸案，眼看着破案遥遥无期，作案者也没有收手的迹象，时不时就让他紧张一回。尽管后来作案者安放的炸弹再也没爆炸，但长期这么下去的确不是个办法。万一什么时候炸一颗，局面就不好收拾了。

　　早上刚上班，当薛艾寒得知十六楼有请的时候，他以为这次也不会有什么不同。他作好了挨训的心理准备，反正也不是第一次了。只不过他已经五十二岁了，刘潜还不到四十。让一个小自己一轮的人批评，心里总有点儿说不出的别扭。

　　薛艾寒这次没有完全猜对。十六楼的局长办公室里不止刘潜一个人，常务副局长唐涛、政委刘福三、政治部主任李耀新、纪委书记岳遥，还有其他几位副局长都在——他们都是局党委成员。薛艾寒以为自己来得不是时候，说了声"抱歉"就要出去，刘潜叫住他："老薛别走啊，都在等你呢。"

　　接下来的事情大大出乎薛艾寒的意料。刘潜郑重宣布，经过局党委研究，决定由薛艾寒暂时代理主管刑侦的副局长的职务，原刑警支队长的职务依然保留。

"老薛你先别推辞，"刘潜料到薛艾寒想说什么，摆摆手制止了他，"这是局党委的决定，而且市委也支持。"

这话薛艾寒相信。如今公安局长一律高配，刘潜本人就是市委常委，他说市委支持，那肯定是做了市委的工作。

"可'1·18'系列爆炸案还没破，这时候让我代理副局长恐怕不太合适吧。"既然是局党委的决定，薛艾寒知道自己没有讨价还价的余地，但他还是要表明自己的态度：他并不想当这个官。去年夏天，原主管刑侦的副局长齐亚先突发脑溢血，人虽然抢救过来了，可身体却从此垮掉了，再也没恢复过来，干脆安排到人大养老去了。副局长的位置腾了出来，市里上上下下活动的人不少，薛艾寒怎么也没想到最后竟然落到自己头上。如果是十年前，说不定他还会摩拳擦掌大干一场，可如今他也面临退休了，这个时候他不想成为众矢之的，挡了别人升官的路。

"你能时时刻刻记得这个案子，就表明局党委的决定没错。"刘潜说，"案子没破是事实，这不是你一个人的责任，我身为局长，要说责任，我更是难辞其咎。'1·18'案要破，副局长的位置也不能一直空着，你是老公安了，应该懂得这个道理。好了，这件事已经决定，就不再讨论了。今后局党委的会议你一律要参加。"

其他人都走了，刘潜把薛艾寒留了下来。"老薛，今天找你有三件事，第一件你已经知道了，第二件嘛……"刘潜斟酌着措辞，"我想征求一下你的意见。你认为马新宇这个人怎么样？"

马新宇是2004年前后从省会调过来的，从派出所副教导员、所长到分局刑警大队大队长、分局副政委，如今，他是城西分局主管刑侦的副局长。汉仅六年的时间，这种升官速度让人有点儿头晕目眩。知道内情的人透露说马新宇的父亲是省委某位大员的秘书，而且和前任北都市公安局长、现任省公安厅副厅长龙树彬是至交，背景相当厚，而且他还年轻，前途不可限量。

薛艾寒在办案过程中和马新宇打过几次交道，但仅限于工作。刘潜这个问题让他有点儿难以回答。他只得老老实实说:"我和他不太熟……"

"工作方面怎么样?"刘潜提示。

"还可以吧……"薛艾寒含含糊糊地说。

"最近他是不是破了个火车站爆炸案,集体二等功?"

薛艾寒没回答,想起这事他就觉得窝囊,觉得对不起排爆组的人。

"那就好了。"刘潜似乎认为薛艾寒的沉默是对马新宇的肯定,"你是老刑侦,这方面有发言权,马新宇也是搞刑侦的,你说他还可以,那就应该不错。"

这句话点醒了薛艾寒,他马上意识到刘潜话里有话,知道自己算是被"强奸"了。副局长哪儿有那么好当的?

刘潜继续说:"五龙坡分局的老秦退了,你知道了吧?继任的人选嘛,还在研究,不过马新宇的呼声很高。下次局党委会要专门研究这个问题。我就是想事先征求一下你的意见,统一一下思想。"

薛艾寒就是再迟钝,此时也明白了刘潜让自己代理副局长的意图。实际上,他是替马新宇占个位置。马新宇是城西分局副局长,直接提拔到市局当副局长显然不合规矩。但是借着破获火车站爆炸案的机会提拔他担任五龙坡分局局长却顺理成章。这个分局长怎么也要当个一年半载的,这期间市局副局长的位置不能一直空着,万一半路杀出个程咬金怎么办?薛艾寒就成了担任这个职务最合适的人选。他本人是刑警支队长,业务没得说,这么多年没功劳有苦劳,不会有多少反对意见,而且又是"代理",并不是正式任命。再过两年,薛艾寒也差不多该退了,正好给马新宇腾地方。薛艾寒不由得感叹领导们的深谋远虑。

"既然我们达成共识了,那就说第三件事,"刘潜的眉毛皱了起来,语气也变得有些沮丧,"'1·18'案有什么进展没有?"

薛艾寒摇摇头。又开始了,他想。

"最近的市委常委会上,万书记已经不再提爆炸案的事了,你知道这是什么意思?不是万书记忘了,而是他对我们失去信心了。"

"我想,"薛艾寒小心翼翼地说,"我们得面对现实了。"

"面对什么现实?"刘潜火了,"从1月18号到现在,七个多月,专案

第六章

组要人我给，要钱我给，要装备我给，人财物全部向专案组倾斜，可你们竟然连个犯罪嫌疑人都没法确定。薛副局长，"刘潜说这几个字的时候刻意加重了语气，"这就是你让我面对的现实？在六百万常住人口、二百万流动人口的北都市，有一个去化工商店随便买点儿什么就能搞出一颗炸弹的疯子，只要他高兴，他想把炸弹放哪儿就放哪儿。就在一个月前，他还差点儿把炸弹丢在看热闹的人群里。你想让我面对这样的现实？"

"我不是这个意思。"薛艾寒说，"我是说，我们必须承认，最佳的破案时机已经错过……"

"我以为这是放弃的另一种说法，我没听错吧？"

"有时候破案就是这样，铺天盖地的警力扑上去，一点儿效果没有；等大家心都凉了的时候，突然又冒出一条线索。现在我们只能等机会了。"

"等什么机会？是等他投案自首，还是等他再放一颗炸弹？难道你让我这么向万书记汇报？薛副局长，你好歹也要有点儿想法吧？"

"想法倒是有，"薛艾寒斟酌了一下措辞，想尽量说得委婉一些。"我想适当缩小专案组的规模。"

"缩小？"刘潜有点儿意外，"我以为你要说的是扩大。"

"是缩小，我想精简大部分专案组成员，只留下一小部分精干力量，不超过十个人。"

"为什么？六十多人都破不了的案子，十个人能破了？"

"不能。但现在正是刑事案件高发期，那么多人都陷在'1·18'系列爆炸案里，实在是有点儿浪费。专案组把基本面的工作做得差不多了，这是最耗费人力的工作，在这方面我想我们很难再摸到更多的线索。如今专案组里大部分人神经都麻木了，与其留在这里浪费时间，不如让他们该干什么干什么去。这样也可以缓解一下其他部门的压力。刑警支队还有好几桩大案急需人手，已经有点儿顾此失彼了。我们不如集中力量，把那些有希望解决的案子解决了。否则的话，不仅'1·18'案没破，其他方面再因为人手不够出现什么疏漏，岂不是得不偿失？专案组里留下几个人，重新研究一遍案卷，找找突破口。如果有新的线索，再调人手也不迟。"

刘潜叹了口气，"你说的不是没有道理，可听上去怎么有点儿把

'1·18'案当鸡肋的意思呢？好吧……就照你说的办。专案组谁负责？"

为了"1·18"系列爆炸案，刑警支队投入了太多的人力。趁这个机会，薛艾寒想把自己的几个得力副手撤出来。"最近刑警支队人手紧张，拐卖婴儿团伙的案子，大学生杀死教授的案子，女服务员刺伤政协委员的案子，还有那个经常在夜间袭击妇女的变态……"

"行了行了，"刘潜不耐烦地打断他，"就是说你不打算管了？那陶谦和廖辉呢？"

"我想让他们暂时把主要精力放在那几个案子上。"

刘潜的火气又上来了，"你打算把你的副支队长和重案队长都撤出来？我告诉你，绝对不行，你们三个必须有一个人主持专案组的工作。"

这倒不是刘潜形式主义。专案组组长的身份表示着公安局对案件的重视程度，底下的人办案的时候会少遇到一些麻烦。这个道理薛艾寒还是明白的。当然，刘潜也是为了向万书记汇报的时候好说一点儿。"要不还是由我来挂个名儿，具体工作由范米做，您看怎么样？"薛艾寒说。

"范米行吗？"

"专案组的所有案卷都是他负责的，我敢说整个公安局里没有第二个人比他更熟悉'1·18'系列爆炸案了。"

"果然是鸡肋。"刘潜很勉强地点点头，身子往椅背上一靠。"我有言在先，你的意见我是同意了，不过，如果哪天再冒出一颗炸弹来，你先替我起草一份辞职报告，然后再给你自己准备一份。"

"至于留在专案组里的其他人……"薛艾寒用征询的目光看着刘潜。

"不用每个人都请示我，你自己看着办吧。"

"另外，"薛艾寒补充，"我还想从治安支队排爆组调个人协助专案组调查。"

"排爆组？"刘潜的眉毛扬了扬，"专案组里难道没有爆炸物专家吗？"

"有。不过这些专家们只负责提供技术上的建议。"

"你还指望他们干什么，抓人是刑警的事。"

"最近我一直有个想法，刑警也好，爆炸物专家也好，他们对作案者的了解恐怕还不及一个排爆手。"

"这话怎么讲?"刘潜向前探了探身子,有点儿感兴趣了。

"您想,"薛艾寒说,"什么人能琢磨透那个案犯的心思呢?谁最了解制造炸弹的案犯的想法呢——是冒着生命危险去拆炸弹的人。"

刘潜思忖片刻,点了点头,"这可能是你今天提出的最好的建议。从排爆组调谁,你有人选了吗?"

"有。"薛艾寒回答。武旗红在7月5日的表现给薛艾寒留下了深刻印象。

第七章
不一样的情感体验

薛艾寒一个即兴的念头,就让武旗红调到了专案组。但武旗红却没有薛艾寒那么乐观。武旗红以前当过几年刑警不假,但他已经有十来年没有调查过某一桩具体案件了,不太确定自己到了专案组这种地方能帮上多大的忙。再说,不论案子是不是能破,专案组早晚要解散。解散之后自己的去向还是个问题呢。排爆组恐怕回不去了,可除了拆炸弹,他还能干什么呢?

吃晚饭的时候,武旗红随口对父母说了调动的事。老爸问:"哪个专案组?"

"年初那个系列爆炸案。"武旗红说。

"那个案子那么久都没破……"老爸突然警惕起来,"不会是你得罪了什么人,人家借机把你塞到个不碍事的地方去吧?"

武旗红的母亲有点儿紧张了,放下筷子,"旗红,是真的吗?"

"您的想象力太丰富了吧。"武旗红冲老爸使了个眼色,母亲身体不好,他不想让母亲为自己的事操心。"是正常借调。"他安慰母亲,"行政级别什么的都没变。"

老爸立刻改口:"换个地方也好,省得我和你妈天天为你提心吊胆的。"

吃过饭,等母亲回屋休息了,老爸提醒武旗红:"你可要多长几个心眼,这么些年,我吃的盐比你吃的米多,过的桥比你走的路多,喝的酒比你喝的水多。在部队里,这种事我见多了。在我的印象里,没有任何一次

借调是'正常'的。"

"没您想得那么复杂。"武旗红叮嘱老爸,"您可别在我妈跟前念叨这事。"

"你小子要是真孝顺,赶紧娶个老婆,让我们抱上孙子。"老爸叹口气,"你妈的想法你还不知道?等什么时候有个孙子在身边,她还哪有工夫操心你的事……对了,你那个女朋友是不是也该带家里来见个面了?这个周末……"

"人家在天津出差呢,等她回来再说吧。"武旗红敷衍。

老爸说的那个"女朋友"指的是戚丹。武旗红和戚丹是半年前李韦璜介绍认识的。当时,李韦璜告诉他,戚丹是全省甚至全国证券行业里屈指可数的几个女保荐代表人之一。武旗红一听就摇头,自己没钱没权,工作这么危险,还离过婚,人家怎么看得上自己。可李韦璜对他说:"这你就错了。正因为她太有钱了,所以她不在乎你有钱没钱。没钱女人想嫁给有钱男人,但有钱女人未必想嫁给比她更有钱的男人。你也别太把她的钱当回事。只要你有独立人格,她就是再有钱你也镇得住她,否则,就算你比她有钱,你也得听她的。再说,离过婚的男人是宝,你听说过吧?"

武旗红并没有被说服,但他不好驳了李韦璜的面子,勉强去赴约。见面地点在星巴克,场面很平淡。武旗红点了卡布奇诺,戚丹点了拿铁。简单的介绍之后,武旗红再也找不到什么可说的,只好一个劲儿搅和咖啡。戚丹皱着眉说:"卡布奇诺喝的就是泡沫,你这么搅和,泡都搅没了。"武旗红只得放下勺子。那次见面的大多数时间都是戚丹在提问题,最后,戚丹要了武旗红的手机号。武旗红想,这恐怕也只是出于礼貌。结账的时候,戚丹掏出钱包,武旗红觉得不合适,尽管戚丹挣钱多,毕竟自己是男的,又是头一次见面,于是武旗红坚持买单。戚丹也没再和他争。事后李韦璜埋怨武旗红:"她想付账你就让她付好了。这点儿虚荣心你都不满足她?她除了有钱,还有什么资本?长相一般,岁数也不小了,爹妈都是平头百姓,能比你强哪儿去?她想付账,说明她希望你能看重她。你干吗那么死心眼儿?她可能会认为你抢着付账是因为你不想欠她的。"

李韦璜说得或许有道理。不过一开始武旗红就觉得自己和戚丹不合适,根本没抱什么希望。果然，戚丹一直没给武旗红打电话。武旗红自然也不会主动给她打。半个月之后，武旗红都快把这件事忘了，突然接到了戚丹发来的短信，只有五个字："我们分手吧。"武旗红莫名其妙。两个人仅仅见过一面，连认识都算不上，何谈"分手"？正考虑着是不是给她回个信息，戚丹的短信又来了，这回是六个字："对不起发错了。"

武旗红觉得挺搞笑。这位保荐代表人不知有多少男朋友，竟然把他们的手机号都搞混了。不过想想也不奇怪，保荐代表人身价不菲，追她的男人应该成群结队吧。"你这是群发吗？"武旗红回了条短信。既然无所求，他就不怕得罪人。至于戚丹看了是不是会不高兴，他才不在乎。戚丹当天没回复，第二天却发来短信："有空去星巴克坐坐吗？这回没发错。"

武旗红和戚丹的职业决定了他们不可能把工作和生活分开。戚丹一年到头不着家，准备上市的项目在哪儿，她就要往哪儿跑，不出差的时候也是一天到晚忙忙碌碌。武旗红出差虽然没那么频繁，但也没多少真正属于自己的时间。两个人住在同一个城市，却是聚少离多，一个月见不了几次面。好不容易见面了，说不定什么时候其中一个人会被电话叫走。不过这样一来也有一个好处——相互之间扯平了，谁也别抱怨谁。

戚丹的朋友很多。参加朋友聚会的时候经常要叫上武旗红。遇到这样的场合，武旗红都觉得很不自在。不是武旗红不善交往。戚丹的那些朋友大多是从事金融行业的，说来说去都是一级市场二级市场、融资贷款投资利率之类的，总之离不开一个钱字。武旗红对这方面一窍不通，和他们没什么共同语言。戚丹的那些朋友们倒是对武旗红挺感兴趣，这些人平时很少和警察打交道，最多也就是开车超速被交警开罚单。他们经常问武旗红一些很难回答的问题，比如警察审犯人的时候是不是刑讯逼供以及公安局和黑社会到底有没有共同之处。每当这时候，戚丹总是乐呵呵地看着武旗红，仿佛这让她很开心。有时候，武旗红觉得跟戚丹参加这样的聚会和把自己拿出去展览没什么区别。

不过到目前为止，无论是武旗红还是戚丹，谁也没有主动提起过结婚的事。武旗红也不确定，他和戚丹之间的关系是不是到了谈婚论嫁的程度。

第八章
拎 LV 的女警察

周一早上,带着多少有点儿忐忑的心情,武旗红敲开了专案组副组长范米办公室的门。

范米五十来岁,身材高大,有点儿秃顶,戴着一副厚厚的近视镜。"你来得正好,"范米说,"我们这里正忙得不可开交呢。马上就开碰头会,你先和大家认识一下吧。"

武旗红跟着范米来到了专案组的办公区域,以前这里是刑警支队的会议室,自从 1 月 18 日案发以来,一直被专案组占用。会议室里一片狼藉,每张办公桌上——确切地说,每个能堆放东西的地方,都被一摞一摞装订成册的案卷占据。

范米皱着眉头打量着会议室里的景象,仿佛他是第一次见到似的。"专案组里大部分人都撤了,他们移交的案卷、调查笔录、分析报告,"范米冲屋子里微微摆摆头,"都在里面。吕焕,"他叫住一个抱着小山一样高的案卷匆匆忙忙经过他们身边的民警介绍说,"这是治安支队排爆组的武旗红,刚调过来的。"

吕焕黑黑瘦瘦的,长相挺憨厚,就是衣服有点儿邋遢,一件警用 T 恤皱皱巴巴,看上去好久没洗了,胸前的"POLICE"几个字母几乎变成了黑的。单独一个人还好点儿,这会儿站在武旗红和范米的旁边——两个人都是大高个儿,相形之下就像个要饭的。武旗红见他抱着那么多案卷有点儿吃力,赶紧上前接过一部分,"放哪儿?我帮你搬过去。"

"刚刚范组长让我们先把有关爆炸物方面的分析报告都挑出来,"分量减轻了,吕焕长出了一口气,"这些都是给你的。"

"你抽时间熟悉一下吧。"范米对武旗红说,然后又转向吕焕,"去帮着归置一下,安排好了就通知大家开会。"说罢,范米走了。

吕焕带着武旗红来到会议室角落里的两张相对而放的简易桌前,那桌子实在是简单得不能再简单了,就是一个面,四条腿,像是从公安局食堂淘换来的,上面的塑料贴面都翘起来了。吕焕把手里的材料放在其中一张桌子上。"条件简陋,桌子连个抽屉都没有,你暂时委屈一下吧。"他又指指对面那张桌子,"李咏坐你对面,等会儿开会的时候大概能看见她。"

李咏这个名字很平常,也很中性化,但在北都市公安局,这个名字代表着一个不同凡响的人物。也许同名同姓吧,武旗红想。他觉得不会这么巧,公安局里那个大名鼎鼎的李咏会和自己在一个专案组,而且坐对桌。

趁着开会前几分钟的工夫,武旗红抓紧时间翻了翻吕焕给他抱来的材料,结果失望地发现材料里并没有什么新鲜东西。这些材料中的很大一部分都是排爆组提供的。实际上,武旗红对这个案子的熟悉程度比范米预想的要高得多。从1月18日到2月1日,九大队排爆组都在和制造爆炸案的案犯打交道——案犯安放炸弹,他们拆除炸弹——案件的主要过程武旗红都了解。

专案组的人员陆陆续续到齐了,大家都围坐在会议室前端的椭圆形实木会议桌前,这是会议室里唯一没堆放案卷的桌子,只有几个塞满烟头的烟灰缸,几个还残留着茶叶和咖啡痕迹的一次性纸杯。桌子边上立着两块白板,上面贴满了各种各样的通知和简报,有手写的,也有电脑打印的,至于白板上原来写着什么,早就看不见了。

会议一开始,范米先把武旗红正式介绍给大家。除了刚刚见过面的吕焕,还有左泠、朴明盛、郭天信、陈寿庭和康敏。武旗红有点儿纳闷儿,刚刚不是说还有李咏吗,怎么没见到?正想着,从门口跑进来一个女民警,带着股风坐到了武旗红身边,顺手把她的黑色挎包扔到桌上。女民警二十六七岁,相貌算不上出众,但在男多女少的刑警队里也算是稀有品种。尽管是素面朝天,她那身套装的颜色也比较低调,可剪裁得体,面料考究,

一看就知道不是便宜货。再看她扔到桌上的挎包,武旗红吃惊地意识到,自己竟然有幸和"最佳着装民警"在一个专案组工作。

李咏是几个月前从滨江市公安局调来的,但很快就闯出了名头。在北都市公安局里,"最佳着装民警"比李咏这个名字更响亮。因为李咏的穿着打扮实在是太讲究了,里里外外都是名牌。识货的人认出了那些牌子,香奈儿、里维斯、卡文·克莱恩、拉尔夫·劳伦、乔治·阿玛尼、古驰、江诗丹顿……不过李咏最引人注目的标志是她的女士挎包,不论是什么款式,上面永远都有 LV 的字样。局里的民警们开玩笑说,如果北都市公安局举行一个最佳着装警察的评选,李咏一定是当仁不让的冠军。

李咏的大名武旗红如雷贯耳,今天还是第一次亲眼见到。给武旗红的印象是,李咏的打扮更像个豪华写字楼里的高级主管而不是警察。武旗红估计她家里的经济条件不错,靠警察的收入肯定穿不起这么贵的衣服,还有那个挎包。而且,她受的教育也应该不错,这身衣服穿在她身上显得很自然,好像她天生就该穿成这样似的。如果换了局里任何一个女民警穿成这样都会很扎眼,唯独她不是。

范米好像并没有注意到李咏的迟到,或者说他已经习惯了,对此几乎视而不见。他根本没往李咏的方向瞧一眼,而李咏也没有一句解释。

"武旗红是排爆组的专家,今天开始他就和我们一起工作了,大家在爆炸物方面有什么不明白的多向他请教……"范米说到这儿停住了,大家意识到了什么,赶紧象征性地拍了几下巴掌。武旗红点头向众人致意。

"那么大家就说说吧,"范米把目光转向朴明盛,"你那边情况怎么样?"

"我和康敏把涉案的几个娱乐场所老板的社会关系又重新梳理了一遍,"朴明盛打开面前的笔记本,武旗红猜测他这个动作纯粹是下意识的,因为他的眼睛根本没往笔记本上看,"目前还没什么新的发现……"他又把笔记本合上了。

范米似乎早就料到他会这样回答,继续问下一个:"吕焕,你那边呢?"

吕焕摇摇头:"没有发现更多的东西。专案组早就排查过全市所有的化工用品商店,没有任何收获。过了这么长时间,化工商店里的人根本回忆不起来了。炸药的主要成分是硝酸铵,属于危险化学品。购买危险的化学品需要相关的证明，还需要在公安机关备案，案发前购买过硝酸铵的顾客我们调查过，他们都有合法手续，而且用途明确。据以前专案组里的老冯说——就是行动技术支队那个老冯，作案者根本不必去化工商店买硝酸铵，这种东西化肥里多得是。可是，如果你想查清楚一个人是怎么弄到一袋化肥的，那就无从下手了。"

范米征询地看着武旗红，"老武，你是研究爆炸物的，你怎么看？"

武旗红没想到第一次参加专案组的会议，范米就会问自己的意见。好在爆炸物是他的专长，这个问题难不住他。"吕焕说得没错。那些爆炸物是我亲手拆的，属于最廉价的炸药，硝酸铵可以从化肥里得到，其他成分也不难弄到手，水银、酒精、煤油或者柴油——"

"难道说，"李咏突然插了一句，"任何一个人只要搞到这些东西，都能弄个炸弹出来？"

"理论上是这样。只要他对这些东西的性能有基本的了解，懂得混合的比例以及先后顺序，外加一些电路方面的知识——制作起爆装置的时候用得上。不过最主要的，他必须具备把某个人或者某样东西炸上天的强烈愿望。在我的经验里，所有蓄意制造爆炸案的案犯都有个共同点——对某人或者某物的刻骨仇恨，而且绝对不会是因为一时冲动，因为制作炸弹是需要时间的，这段时间足够使一个人恢复理智了。"

"大概需要多少时间？"李咏问。

"这要看具体情况……"

"打个比方，如果是你，"李咏饶有兴味地追问，"你需要多长时间？"

会议室里所有人的目光都集中在武旗红身上，看得出来，他们对这个问题颇感兴趣。

"我需要两三天的时间去乡下转转，搞点儿化肥。可以从农民手里买，也可以从农村的供销社之类的地方买，或者干脆偷一点儿。医用温度计里有水银，如果我的时间充裕，我会分期分批购买，而且肯定不会在同一个商店，甚至不在本地的商店。这样不至于引起别人的注意。酒精和煤油就更简单了。为保险起见，这些准备工作我大概要花上一周的时间。如果我足够谨慎，也许会用更长的时间，那样的话，医疗用品商店里的人恐怕不

会记得一个月前是谁买了两支体温表。等这些东西准备齐了,给我一个小时,我可以做一个和'1·18'案里一模一样的炸弹。"

"那么制造'1·18'系列爆炸案的人会不会和你一样,是个专家?"这才是李咏那些问题的真正目的。

"有这种可能性。但我估计可能性不是很大。"

"为什么?"

"比如1月24日那个案子,作案者用了十根雷管。因为他知道硝铵炸药的感度比较低,不容易起爆。如果他对爆炸物十分精通,他会在炸药里加点儿铝粉或者镁粉,不但能提高炸药感度,同时还可以增加爆炸物的威力,而不是盲目依靠雷管,再说他的雷管也是自制的,并不比炸弹的性能更可靠。"

"也许他是故意这么做的呢?就为了转移我们的视线,或者让我们产生错觉,以为他并不专业。"吕焕提出异议。

"这么说吧,"武旗红斟酌着措辞,"假如我是那个作案的人,我的目的是要把某个仇人炸上天,以我现在具备的关于爆炸物方面的经验,我绝对不会连续四次失手。"

会议室里一阵沉默。李咏吐了吐舌头,"我发誓我绝不得罪你。"

康敏和吕焕忍不住笑出声,范米的嘴角也露出一丝笑意。"老武你别介意,他们这些人开玩笑不分场合。"范米又转向大家,"老武刚才的分析有些道理。作案者的成功率太低了。以前我们普遍认为作案者对爆炸物十分精通,经老武一说,看来也未必如此。老武的意见大家都考虑一下,是不是对我们划定犯罪嫌疑人的范围有帮助。还有什么要补充的吗?"

"我补充一点……"康敏举起手。

范米冲她点点头。武旗红注意到朴明盛注视康敏的诧异的目光。他们是一个组的,显然康敏的补充有些出乎朴明盛的意料。

"研究案卷的时候我注意到一个情况,"康敏说,"哈梦工厂——就是2月1日发现炸弹的那个迪吧,它目前的老板叫乔清善。但在2007年以前,哈梦工厂挂靠在昊天文化的名下,当年年底才转手给乔清善。"

"昊天文化?"范米看着朴明盛,"那是什么地方?"

朴明盛耸耸肩，不满的神色溢于言表。"是小康的发现，还是请小康解释吧。"

康敏的表情没有丝毫变化，"是一家文化娱乐公司，主要业务是包装歌手、投资拍电视剧和综艺节目之类的，老板叫姚蕊，是个女的。有趣的是，这个文化娱乐公司同样是在2007年易主，之前它的老板叫杜沉。"

"杜沉？"朴明盛问，"这名字听上去怎么那么耳熟呢？"

"如果说出他哥哥的名字，大家肯定更不陌生，他哥哥叫杜渐。"

"杜氏兄弟？"范米有点儿吃惊。

"杜氏兄弟是什么人？"李咏一脸迷茫。

范米诧异地看着她，"你不知道？"转而醒悟，"那时候你还没来北都呢。杜氏兄弟曾经是北都最大的毒贩子，如果我没记错的话，应该是2008年底吧，贩毒集团内部火并，兄弟俩都死了。"

"难道说作案者是冲着杜氏兄弟去的？"朴明盛说，"难道他不知道他们已经死了？"

"我想，这正是我们应该搞清楚的问题。"康敏回答，"专案组曾经认为作案者和这四个娱乐场所都有恩怨，但调查的重点在最近一两年。虽然也收集了一些以前的材料，但没把主要精力放在上面。我们是不是有必要把调查的时间段扩大一些？比如延伸到2007年。也许作案者和那些娱乐场所之间的恩怨不是最近形成的，而是由来已久。"

"这恐怕不太容易。"朴明盛说，"这些娱乐场所的人员流动性很强，一个月前我们调查过的人现在有好多都换了工作，甚至已经离开本市不知去向了，何况是2007年。"

"肯定不容易，不过，我们至少应该试试。再说，那一年哈梦工厂和昊天文化同时易主，也许背后有什么其他的含义。"话是对朴明盛说的，但康敏的目光却望着范米。

"大家有什么意见？"范米环顾四周。

没人说话。武旗红多少有点听明白了，康敏的建议让大家有点儿犯怵。现在专案组就这么几个人，把四个娱乐场所在2007年以前的情况都摸清楚，要耗费大量的时间和精力。

"这样吧,"范米思索片刻,"小康的意见有些道理,不过,我们现在人手紧张,在没有明确的方向之前,我们只做一些基本面的调查。即便如此,工作量也不小。小康和老朴先重点摸摸哈梦工厂的情况,其他几个地方大家分一下工。左泠和吕焕,你们俩负责后宫夜总会;老郭老陈,你们负责夜未央俱乐部;李咏和老武,你们负责致悦俱乐部。"说到这儿,范米的目光转向武旗红,"老武,我知道这不是你的专长,但我听说你以前也干过刑警。鉴于目前的人手,你恐怕要做一些你的专业以外的工作,还请你理解。"

"我没问题。"武旗红回答。

范米看看表,"其他方面还有什么要补充的?没有的话,就抓紧时间干活儿吧。"

刚刚回到办公桌前,吕焕就抱着一大堆案卷过来了,"这都是和那四个娱乐场所有关的刑事案件记录,你们的工作先从这里开始吧,重点是致悦俱乐部,如果发现其他几个娱乐场所的,就把它们挑出来,回头我分给其他人。"

李咏接过那些案卷,往自己办公桌上放了一半,剩下的都给了武旗红。武旗红随手拿了最上面的那份正准备看,李咏突然问:"你的工作是不是很刺激?"

武旗红一时没明白李咏的意思,"什么工作?"

"拆炸弹,你以前不是拆炸弹的吗?"

"我们管那叫排爆。"武旗红纠正。

"是不是很刺激?"李咏似乎并没注意到两种说法的区别。

武旗红再次打量了一下她那身昂贵的套装,注意到她上衣的扣子上有双C的标志。"你不会喜欢的。"

"你怎么那么肯定?"李咏的问话稍微有点儿较真儿的意味。

"我从来没听说过女排爆手。"武旗红没有直接回答。

"这是不是意味着你认为女性不适合这份工作?"李咏把"你"这个字说得很重。

"我可没这么说。"武旗红不想在这个问题上和她纠缠。

"但我觉得你就是这个意思。"李咏不依不饶。

武旗红认为在这种问题上浪费时间毫无意义，不过鉴于此后可能要长期和李咏搭档下去，他不想因为这样的小事让李咏对自己有什么看法。他叹了口气，放下手里的材料。"我的确不认为女性不可以当排爆手。不过就像医院里的护士大多是女性一样，在战场上拼命的绝大多数是男人。我们的天性决定了我们适合从事的职业。"

"我怎么觉得你有性别歧视的倾向呢？"李咏歪着头看着武旗红。

"你经常去健身房之类的地方吗？"

"偶尔。这和我们讨论的问题有关系吗？"

"有一点儿吧。健身房里的那些器械，比如哑铃，五公斤的哑铃你有概念吗？"

"那可不是女士们经常从事的运动，会把身材毁了。"

"你有没有试着把五公斤的哑铃吊在脖子上站半小时？"

"我可从来没想到过这种锻炼方式，"李咏表情古怪，"听上去好像很傻。"

"假如你是个排爆手，排爆服上的头盔就有这么重。顶着那么个大家伙站半小时是基本要求，排爆的时候你还要低下头，即便我穿习惯了那身衣服，时间长了，也会觉得自己的脖子要断了。我想我老了之后最容易出毛病的地方可能就是颈椎，你……"

"我放弃。"李咏笑着举起双手，做出一副投降的样子，"我决定不当排爆手了。"

中午吃饭的时候武旗红遇见了李韦璜。李韦璜问他新环境怎么样。武旗红说还好，不过语气有些迟疑。

李韦璜拍拍他的肩膀。"我和老范挺熟，专案组的情况我知道一点儿。给你透露点儿内部消息。专案组刚刚组建的时候，薛艾寒把自己的左膀右臂陶谦和廖辉都顶上来了，专案组的主要成员都是他们的嫡系。其余的人手是从刑警支队各大队以及几个分局抽调的，这里面就有学问了。每个部门都有一摊子事，谁愿意把自己部门里最得力的人放到专案组里去？听好了，是最得力的人，不是最能干的人，这之间是有区别的。最后抽调到专案组的多半是领导最讨厌的、不干活儿的、不怎么听话的、没人指挥得动的，这类人放在身边也碍眼，还不如打发到专案组去，眼不见心不烦。现在专案组缩编，明摆着局领导把这个案子当鸡肋了，啃着没肉，扔了可惜。首先撤出去的肯定是陶谦和廖辉的人，其他人能回原部门的都削尖脑袋往回跑，最后剩下的都是各部门里最不受待见的。不过我要提醒你，不要小看了留在专案组里的这些人，他们可能不听指挥，目中无人，甚至有的看上去脑袋里进水，但他们不一定没本事。他们被留在专案组的原因大多是人际关系没搞好。"

说者无意听者有心，武旗红立刻想到了自己。如今，自己也是排爆组里最不受待见的。

整个下午，武旗红和李咏都在埋头研究手头的材料。案件的时间跨度比较大，从上世纪90年代末一直到2010年之前。尽管武旗红知道重点是2007年前后，但其他的也不能完全扔在一边不管。这些案件的性质五花八门，从小偷小摸、贩毒卖淫到杀人放火无所不有。而且数量实在是太多了。仅仅一个致悦俱乐部，每年够立案标准的案子就有七八起，另外还有各种各样牵涉到俱乐部的案件，十几年加起来不下二百起。就这么一个一个地分析，他实在看不出什么头绪。

武旗红想问问李咏有什么窍门儿没有。抬头一看，李咏手里拿着一份案卷正襟危坐地打瞌睡呢，案卷里的一份档案掉在地上她都没发现。武旗红起身帮她捡起来。随意看了一眼标题，是一起杀人案，他刚要把它放回李咏的桌子上，一个名字跳了出来——给武旗红的感觉就是这样，那个名字确实是从档案上密密麻麻的仿宋字中跳出来的——何小蓓。武旗红有一种恍若隔世的感觉。

时隔多年，武旗红已经记不起何小蓓的长相了，可看见这个名字，他又想起了那个惊心动魄的时刻，想起了赵灵儿横扫千军的一腿，想起了穿着老式排爆服像个太空人似的周毅泽在镜头里最后一次向自己挥手，想起了藏在炸弹后面的那个摩托罗拉手机，想起了爆炸那一瞬间周毅泽面临的被整个世界抛弃的绝望和无助……武旗红突然冒出一个念头：也许这就是冥冥中的天意吧。

"你身上有她的香水味,是我鼻子犯的罪,不该嗅到她的美,擦掉一切陪你睡。你身上有她的香水味,是你赐给的自卑,你要的爱太完美,我……"

一阵手机铃声让武旗红恍然回到现实。

"嘿,你发什么呆呢?"李咏似笑非笑地看着他。

武旗红被看得有点儿不好意思。循着铃声,他看到自己桌上的手机屏幕一闪一闪的,赶紧抢上一步接听电话。不用看来电显示他就知道,这是戚丹打来的。这段彩铃就是戚丹专门给他设置的。他一直觉得这歌词有点儿变态,但戚丹坚持不让他改。好在平时上班时间戚丹也不怎么给他打电话,没想到今天在专案组露了怯。

"在天津呢?还是回来了?"武旗红低声问。

"你希望我在天津,还是希望我回来?"虽然是调侃的语气,但武旗红知道,回答要谨慎,不知道什么地方就有陷阱。还没等武旗红想好说辞,戚丹继续说,"如果我告诉你我今天回来,你高兴不高兴?"

"今天?"

"你不会告诉我,今天晚上要加班吧?"

"应该没什么事,至少晚上肯定没事。"

"知道今天是什么日子吗?"

武旗红脑子里迅速过了一遍,不是自己的生日,不是戚丹的生日,除了八一建军节,整个八月份都没什么节日。他实在想不出今天这个日子有什么特殊意义。

"今天什么日子?"武旗红放弃了。

"算了,也没什么重要的。"戚丹说,语气突然变得冷冰冰的。

依照武旗红的经验,戚丹越是这么说,越表明事关重大。可他的确想不起今天是什么日子。"给个提示?"

"你忙吧,我一会儿还有个会,要准备一下。"戚丹把电话挂了。

武旗红拿着手机发了半天呆。戚丹就这点不好。*假如你不知道为什么惹我生气,那也别指望我告诉你。*

"你知道今天是什么日子吗?"他问李咏。

李咏诧异地看着他。"难道你不知道今天是什么日子?"

搭档

第九章
偷拍风波

今天是七夕,中国人的情人节。然而对姜少勤来说,却是糟糕透顶的一天。

下午交班的时间,老赵没按时出现在锦绣家园门口。姜少勤等了半个钟头还没见老赵的车,有心给他打个电话问问怎么回事,结果发现手机没带在身上。老赵一般都很准时,姜少勤不由得有点儿担心,但愿老赵是因为堵车或者送个远道的客人才耽误了时间,千万别遇到剐蹭事故之类的,那样的话就惨了,耽误挣钱不说,没准儿还要被公司罚一笔。出租公司才不管你出不出事故,每月的车份儿少一个子儿都不行。

姜少勤只得和小区保安聊着天打发时间。每天都在这儿交接班,他和保安早就熟了。他点上一支烟,随手把烟盒递给保安。保安笑着摆摆手拒绝了,他指了指头顶上方路灯杆上的摄像头,"那里有监控,万一被领导看见要挨骂的。"

叹了口气,姜少勤把烟盒揣进兜里。如今干哪行都要被监督,在哪里都会被偷拍。不定什么时候就有个摄像探头对着你,你还傻乎乎什么都不知道。火车站、地铁、机场、公共汽车、商场、酒店、路口、电梯、走廊、学生宿舍、浴室、卫生间,到处都是数码技术的衍生物,甚至躲在自己家里也在劫难逃。前几天他看到公司的通知,上面说以后出租车里也要安装摄像探头,据说是和GPS连在一起的,可以把车内的图像和声音直接传输到监控中心之类的地方,一方面是为了安全,另一方面也是为了监督司机,防止司机故意绕道、拒载、宰客、说脏话。

在地上留下一堆烟头儿之后，老赵开着绿白相间的伊兰特出租车姗姗而来。没等老赵下车，姜少勤紧走几步上前查看伊兰特的外观，没看见什么磕了碰了的痕迹，他总算放了心。

老赵下车就抱怨："你怎么不接电话？今天下午公司统一给安摄像头，半小时前刚刚装完，还耽误一下午的活儿。我想通知你一声晚点儿过来，可你……"

"今天装摄像头了？"姜少勤打断老赵的话，他最关心的是花了多少钱。记得通知上只说要司机付成本费，但没说具体数目。

"前几天公司不是发过通知吗，你忘了？"

"没忘，可我没想到这么快。"姜少勤说，紧跟着又问了一句，"你装了？"

"我敢不装？"老赵从兜里掏出张皱皱巴巴的收据，"一千块钱，我们一人一半，我身上没带那么多钱，公司说下次交车份儿的时候一起补上，你别忘了。"

"一千？"姜少勤一听就有点儿急了，"抢劫啊？"

"谁说不是，可公司说了，不装不许上路，我也是没办法。"

姜少勤想这下可好了，还不如刚了蹭了，补块漆也用不了这么多钱。五百块，意味着今后三四天的活儿都要白干了，要是运气不好，一个星期也挣不出来。其实他倒不是反对在出租车里装摄像头，毕竟他是夜间的活儿，安全第一。车里有个摄像头，可以通过GPS系统直接把乘客的照片传输到总台，多少有点儿安全感，万一出了事也可以及时报警或者查证。就是价钱有点儿太贵了。但愿物有所值吧。他曾经听说，省会最近也给一批出租车安装了摄像头，人家可是免费的。

老赵走了，姜少勤钻进了伊兰特，出租车里的确多了几样东西。数据硬盘安装在驾驶台下方，那是存储图像资料用的；左脚边增加了一个红色按钮，只要轻轻一踩就可以报警；挡风玻璃上方的反光镜上，还有个黑色的探头。

姜少勤还打算继续研究一会儿这套系统具体怎么工作，有人敲窗玻璃。

搭档

"师傅，走吗？"是个穿着吊带裙的年轻女人。

"走。"姜少勤说。

女人打开车门钻进了副驾驶座，"天香阁北口。"

姜少勤一脚轰响了油门。他心里估算了一下，到那个地方至少有二十五块钱的收入。晚上第一个活儿还算不错，多挣一点儿是一点儿，越快把摄像头的钱挣出来越好。出租车开上马路，姜少勤按下了计价器。

路上稍微有点儿堵，出租车走走停停。姜少勤问："咱们是走三环还是走斜街再走二龙路过去？"三环有点儿绕，但不堵车，斜街和二龙路一线不绕路，但是交通比较拥堵。

女人挺好说话，"您随便，怎么快怎么走吧，堵车的时候计价器不是也跳字儿，说不定花的钱比绕路还多呢。"一边说着，她一边从挎包里掏出化妆盒补妆。

以前当乘客的时候，姜少勤不明白司机们为什么那么贫，一路上不让人耳根清净，现如今姜少勤开出租也有两三年了，他发现自己竟然变成了话篓子，也终于理解了司机们的话为什么那么多。长时间开车枯燥，尤其是夜里开车，如果再不和身边的乘客聊几句，真能把人憋死。

"要是人人都像您这样我们开车的就省心了，"碰到好说话的乘客，姜少勤忍不住又打开了话篓子，"上次我拉俩上海人去机场，上海人让我快点儿开，说是赶班机。我就一路超车，连超了七八辆之后，上海人对我说，司机师傅，您这样绕来绕去的在马路上画龙，我们要多花多少钱呀。我这个气呀，我不绕过去怎么超车，不超车能快得了吗？照他们的意思，我的车只能飞着去机场了，那样才能走直线。"

"还有这样的人啊。"女人笑得花枝乱颤。突然间女人啪的一声合上了化妆盒，语调也变了，她指着后视镜，"这是什么？"

"摄像头呗。"姜少勤随口说。

"什么？"女人几乎是在尖叫，"摄像头？你在车里装摄像头？"她低头看看自己的低胸吊带装，继而抬起头对姜少勤怒目而视，"停车！"

姜少勤猛然间意识到女人可能误会了。她大概以为摄像头是自己私自装的。"这是我们公司统一装的，是为了保护……"

"胡说！我又不是第一次打车，怎么别的车上我没看见？"

姜少勤完全理解女人的愤怒，如今各种版本的艳照门事件层出不穷，女人可能担心自己日后变成出租车艳照门的主角之一。他耐心地解释："我们公司是头一批装摄像头的，现在是试行，日后北都所有的出租车都要装，是为了保护出租车司机的安全。"

"荒唐！"女人认准了姜少勤没安好心，"保护你的安全，谁保护我的安全，谁允许你用摄像头拍我？"女人掏出手机，"我警告你，再不停车我报警了！"

"大姐你也不看看这是什么地方，我能停吗？"出租车正行驶在三环路的里侧。姜少勤心里暗暗叫苦，今天怎么这么倒霉？刚刚安上摄像头，拉上第一个客人就出事。

女人恢复了一些理智，在这里停车是不可能的，而且停车也解决不了任何问题。"你把摄像头关上。"她说。

姜少勤被难住了。前几天公司的通知上只是说将要装摄像头，让司机们有个准备，并没有说摄像头应该怎么操作。刚才老赵说只要一按下计价器，摄像头就开始工作，至于怎么工作、怎么把摄像头关闭之类的细节，老赵也说不清楚。现在姜少勤行驶在三环主路上，也没办法仔细研究。正犹豫间，女人突然伸出手，一把抓住后视镜上的摄像头就要往下拽。

"你干什么！"姜少勤急了，那其中可包括自己的五百块钱啊。他伸出手阻止，纠缠之中，车子打了几个晃，后面的汽车狂按喇叭。姜少勤立刻扶稳方向盘。这时候就听咔吧一声，姜少勤心里一凉：完了。出门之前没看黄历，是不是今天不宜出行啊？

摄像头从后视镜上耷拉下来，晃晃悠悠的，就好像从桥上倒挂下来的一具尸体。连接摄像头的数据线有小拇指般粗细，女人揪不断，但是固定摄像头的底座彻底毁了。姜少勤无法估计摄像头被损坏的程度，但有一点确定无疑，他之前对那个女人的一点点理解彻底烟消云散。

"你他妈的神经病啊！"姜少勤怒不可遏。

"你还敢骂人？"女人看了看驾驶台右侧的服务监督卡，开始在手机上拨号，"我要投诉你！"

第九章

65

"投诉我?我还要你赔钱呢!"

"笑话!我这是在维护自己的正当权益。"女人收起手机,"好啊,你不是要我赔钱吗?咱们去派出所把事情说清楚,看警察怎么收拾你!"

姜少勤把车子并到外车道。他不能把这个女人放走,摄像头的修理费难道要自己出?那多冤枉啊!而且他记得公司的通知上有一条:司机不得随意关闭摄像头或者扭转摄像头的方向,否则公司要进行处罚。今天招谁惹谁了?姜少勤一脸晦气。但他知道这种事派出所解决不了,出租公司在车上装摄像头,肯定要和公交分局打招呼。看到前面有个出口,他把车开出了三环主路。

公交分局的民警是站在姜少勤一边的。在值班室里——这时候分局早就下班了——值班民警耐心向那个女人解释:出租车公司装摄像头的事他们知道,目前是试行,全市一万多辆出租车,只有七百多辆安装了摄像头。主要目的是为了震慑犯罪,而且也可以监督司机的不文明行为。他们请女人放心,摄像头拍摄的照片或者图像存储在数据硬盘里,司机无法调取,监控中心的人也会严格管理,上传的照片绝对不会外泄。只有在发生刑事案件或者意外情况的时候,公安机关才有权查看。而且图像资料在数据硬盘或者监控中心只保存三十天,之后会自动删除。

女人倒也不是蛮不讲理,这件事的确不是姜少勤的错。但女人说:"这关系到我的肖像权和隐私权,你们拍我的照片,难道不需要征求我的同意?谁给你们这样的权力?你们说不会外泄,谁监督你们?我买房子的时候销售经理信誓旦旦地保证说绝对不会泄露我的手机号码,可是后来呢,无数的装修公司给我打电话。"

"可是你也不能把摄像头给弄断了呀!"什么隐私权肖像权之类的,姜少勤懒得操那个心,他关心的是损坏的摄像头谁来出钱修理。

女人一口拒绝。"如果你们要我赔偿,那我就告你们侵犯我的人身权利,这不是钱的问题,一个摄像头才多少钱?这是是非的问题。我在保护我自己的权利,我不认为我做得有什么不对。"女人对姜少勤说,"抱歉师傅,我知道这事和您个人无关,如果您认为刚才我对您的态度很无礼,我向您道歉。我这是对事不对人,希望您理解。"

民警从没遇到过这种情况，有点儿为难。让姜少勤自己承担损失，没道理；让女人赔，女人说话一套一套的，民警说不过她。

这时候值班室里又进来个女人，头发短短的，穿着T恤衫牛仔裤，看上去很利索。值班民警立刻和她打招呼："迟记者，您怎么来了？"

迟记者笑着冲民警点点头，"我大学校友，"她冲那个穿吊带裙的女人招招手，"刚刚给我打了电话，说是出了点儿争执，说不定是我采访的素材。究竟怎么回事？"说罢走到吊带裙身边搂着她的肩膀，两个女人唧唧喳喳亲亲热热聊了起来。

民警无奈地看看姜少勤，姜少勤读懂了他目光中的含义，那意思是说，今天老兄你可能要哑巴吃黄连了。

问清了情况，迟记者对姜少勤说："姜师傅，我说句公道话，这件事真的很难说谁对谁错。你的车上装了摄像头，干吗不事先告诉乘客呢？或者在出租车上贴个'本车有摄像头'的提示也好啊，乘客在打车的时候可以选择上还是不上。"

姜少勤哑口无言。谁事先想到这么多？再说，公司让装，他一个当司机的只有执行的份儿。

"当然，我猜这不是您的问题。"迟记者接着说，"是您的公司没考虑周全，导致您和乘客之间发生误会。不过，让乘客赔偿确实没道理，乘客在事先没有被告知的情况下产生误解，为了保护自己才折断摄像头。但是让您承担损失也说不过去。您的公司能不能承担一部分修理费用呢？"

这时候，姜少勤已经打算认倒霉了。他是没法追究公司的责任的，就好比骆驼祥子没法和金三爷讲理。

迟记者递给他一张名片："我叫迟雨，是都市报记者。这件事我会追踪报道，还要采访您所在的公司、公交分局以及出租车管理部门，争取能给您一个满意的结果。如果您有什么要求或者建议，可以随时和我联系。"

姜少勤和值班民警面面相觑，都没想到事情居然到了上报纸的程度。万一这位迟记者在她的报道里让公司下不了台，吃亏的恐怕还是姜少勤自己。

从公交分局出来，天色已晚，北都的夜生活刚刚开始，正是拉活儿的

搭档

好时候。可姜少勤却再也没了这个心思。就因为一个该死的摄像头，经济上的损失不说，他这一天的心情全毁了。

经过分局前路口的红绿灯，他一抬眼就看见了两个摄像头，一方一圆。根据他多年的经验，圆的是派出所的，方的是交警的。摄像头……他突然冒出一个念头，如果2007年那会儿摄像头就这么普及，或许自己不会沦落到现在这个地步，献兵也不会白白丢了性命……

此时此刻，他吃惊地意识到，自己竟然好久都没有想起杨献兵了。单调的司机生涯几乎让他变成了一部会开车的机器，渐渐丧失了所有的记忆。想到杨献兵，姜少勤的心口一阵抽搐，痛彻心肺的感觉震颤着他浑身的每一根神经，这种痛楚他好久都不曾感受过了。这种痛楚让他意识到，他还活着。

姜少勤猛地停住车。后面传来一阵刺耳的刹车声。一个男人怒气冲冲敲他的车窗："有你这么开车的吗？这里是停车的地方吗……"话没说完，他愣住了。他看到出租车驾驶座上一个泪流满面的男人……

第十章

名牌海洛因

酒吧外面霓虹闪烁,门口两侧各有一只忽明忽暗的美人鱼,身体弯曲呈 S 状,一脸羞答答的样子。赵灵儿站在酒吧门前,盯着美人鱼夸张得有点儿令人头晕目眩的胸脯看了半天。酒吧里面传来阵阵嘈杂声。赵灵儿再次确认了一下酒吧的名字——脸红美人鱼。

刚进门,立刻有服务生迎上来,问她一共几位。

"就我一个。"她说。

"请到这边坐。"服务生把她往大厅散座上领。

和所有的酒吧一样,一端是吧台,中间光线幽暗的区域是散座,在酒吧的另一端还有个小舞台,专供歌手演唱。此刻,台上两个留着披肩发的小伙子正在收拾乐器。

走向座位的途中,赵灵儿意识到,服务生将要把她引到离卫生间比较近的位置上。那个地方总是有许多穿着打扮很可疑的男男女女进进出出,而且,紧挨着的一张桌子边围坐着五六个打扮花哨的女孩子,唧唧喳喳说笑个不停,眼睛却时不时往周围瞟。其中两个女孩打量了她一阵,然后对视一眼,低声嘀咕了两句什么。赵灵儿马上明白了她们是干什么的。或许她们误以为自己是她们的同行了。

赵灵儿想换个地方。看看周围,有几张空着的桌子,但都还没有收拾,上面一片狼藉。她又向吧台的方向看了看,那里只有两个人。一个年轻女子站在吧台里侧,相貌看不太清楚,估计是服务员或老板娘。后一种可能性更大一点儿，因为她没有穿服务员们统一穿的那种制服。坐在吧台外侧高脚凳上的女人穿着一身职业装——这身打扮在酒吧里显得过于正式——似乎是刚刚从写字楼里下班的样子。从背影判断，赵灵儿认为她的岁数不大。

她把服务生撇在原地，走向吧台的方向。走近了才发现，穿着一身职业装的顾客实际上还是个女孩。女孩趴在吧台上，盯着眼前那瓶快要见底的啤酒，正哭丧着脸对老板娘诉说："四年！我跟了他整整四年。他今天把我约出来吃饭，还挺正式。我以为他要求婚，可他说什么？他说，我们分手吧。就这么简单！四年啊！我一生里最值钱的四年就这么浪费了。他仅仅一句，对不起，我喜欢上别人了，就完了？"

"那你……"老板娘一脸同情。

"我？我还得假装一点儿不在乎！他妈的男人！没一个好东西！说完他就走了，把我一个人扔在饭店里，我当时就像傻瓜一样，面前还有一桌子菜！"

"喝点儿什么？"看到走到吧台前的赵灵儿，老板娘立刻换上一副笑脸，说话的语气就像经常见面的老熟人，赵灵儿甚至怀疑自己以前是不是见过她。

她仔细打量了一眼老板娘，二十七八岁，眉目清秀，但隐隐透着风尘之色，一看就知道是社会经验非常丰富的那种。她说话的时候一直面带笑容，盯着对方的眼睛。不过此刻，她的眼中流露的是经常熬夜带来的疲惫神情。赵灵儿心里再次确认，*没见过*。

"喜力。"她向老板娘报以微笑。

"再给我来一瓶！"女孩把面前的啤酒一饮而尽，"真他妈的难喝！"

"难喝就少喝点儿吧。"老板娘劝她。

"可是我烦哪！真可笑，就这么把我给甩了！在今天这么个日子！我的酒呢！"

老板娘转身拿酒的工夫，赵灵儿顺势坐在高脚凳上，就在女孩旁边。女孩转过头打量了赵灵儿一眼，又把头扭了回去。这一瞬间，赵灵儿看清了女孩的脸。她立刻意识到女孩是谁——黄婉悦的女儿刘帆千，母女俩太像了。刘帆千没认出自己，赵灵儿想，上次见到她的时候她才十六七岁。这么多年过去，她恐怕根本就不记得自己了。

一瓶啤酒摆在赵灵儿面前，下面垫了一个印着喜力商标的杯垫。深绿色的酒瓶上凝结着薄薄的一层水雾。老板娘冲赵灵儿轻轻点了点头："您慢用。"

"云云姐，我的酒呢？"刘帆千一只胳膊撑在吧台上，另一只手使劲儿拍着桌子。

被叫做云云的老板娘皱着眉，"你少喝点儿吧，早点儿回家，听话啊！"说话的口气就像在劝一个不懂事的小孩子。

"不！"刘帆千挺固执，"给我拿酒！"

赵灵儿转过头看了她一眼，刘帆千脸色通红，看上去已经不胜酒力了。

"你不能再喝了，你喝得太多了。"老板娘没动地方。

"我的酒呢——"刘帆千的嗓门变大了，边说边翻放在膝盖上的挎包，嘴里还念叨，"云云姐你太小气了，怕我喝酒不给钱，我现在就给你……"可是翻来翻去却没翻出个结果，也不知是因为她喝醉了忘了自己要找什么东西，还是真的没带钱。

"这个小妹妹的酒钱算我的。"赵灵儿掏出一张百元钞票放在吧台上。

"谁是你妹妹？"刘帆千扭头看着她，一副不买账的样子，"你凭什么请我喝酒？"她又对老板娘说，"云云姐，我自己付钱。"说罢又在挎包里翻找。

赵灵儿和老板娘都看着她，看她到底能不能找出钱包来。半分钟之后，刘帆千再次抬起头对赵灵儿说话的时候，语气和刚才有了天壤之别。"这位姐姐……不好意思啊，我爸爸说不能接受陌生人给的东西，不过我看你慈眉善目的，肯定不是坏人。"她又看看老板娘，"云云姐，拿酒啊。"

老板娘迟疑片刻，诧异地看着赵灵儿，又用商量的口气说："来点儿其他的饮料怎么样？鲜榨的西瓜汁？算我请客。"

刘帆千拿起面前的空酒瓶，认真地看了一眼标签，指着上面的英文字母对老板娘一字一顿地说："Hei——ne——ken！"

老板娘轻轻地叹息一声，转身去拿酒。

刘帆千嬉皮笑脸地对赵灵儿说:"这位姐姐看上去好眼熟啊,是不是我们以前见过……"

"我认识你爸爸。"赵灵儿说。其实她本想说认识刘帆千的妈妈,但犹豫了一下,改了口。

"哈!我就知道没这么便宜的事!"刘帆千的语气又变得玩世不恭起来,"原来是我爸爸让你来的。你是他什么人,是他新女朋友?老家伙还真行啊!女朋友一个比一个年轻。什么时候能找个比我还小的?"

老板娘已经把她的啤酒拿了过来。刘帆千端起瓶子狠狠喝了一口,上上下下打量着赵灵儿,"这位姐姐,我是不是应该叫你阿姨?"

"不必了。"赵灵儿淡淡地说,"我仅仅是认识你爸爸而已,我们什么关系都没有,你想得太多了。"

"哼,鬼才信呢!"刘帆千愤愤地说,把酒瓶重重地蹾在吧台上,"我爸每次也都是这么说,男人没一个好东西!"

"信不信由你。"说话的时候,赵灵儿注意着周围的动静。时间已经很晚了,一些客人陆陆续续准备结账离开,剩下的还在喝酒、聊天、调情,男人们的目光追逐着身穿百威或嘉士伯制服推销啤酒的身材苗条的姑娘们。坐在卫生间附近那张桌子边的女孩子只剩下两个,正无聊地一边抽着烟一边打哈欠。她们今晚不走运,估计很难再有什么生意了。卫生间门口还站着两个男孩,看上去也就十五六岁,都挺瘦。其中一个穿着一身肥大的嘻哈装,因为太瘦,所以那身衣服也就显得格外肥,就像身上套着个麻袋,此外,他的鼻子、耳朵、嘴唇上都穿着大大小小的环;另外一个显得利索一些,就是有点儿女里女气的,上身一件雪白的掐腰开领衬衫,下身一条笔挺的喇叭铮西裤,皮鞋铮亮,还把头发染成了绿色。两个小子低声嘀咕着,不耐烦地东张西望。通常来说,赵灵儿并不认为90后一定脑残,不过这二位的脑残程度可以去玩劲舞团了。

门口风风火火进来个人。"云妹妹,给来瓶科罗娜!"来人是个矮胖子,NIKE运动服箍在他啤酒桶似的身体上,并没有让他显得更矫健一些,不过这是酒吧街卖摇头丸的标准打扮。

赵灵儿认出了那张油光光的胖脸。此人大名古弼金,乍一听容易让人以为他是个古币收藏家什么的。不过这名字很少有人叫，熟悉他的人都叫他古胖子。他的职业和收藏古币无关，和摇头丸倒是颇有缘分。古胖子吃力地爬上高脚凳，就坐在赵灵儿的另一边，一边喘气一边催他的啤酒，根本没往赵灵儿的方向看一眼。听古胖子说话的口气，他和酒吧老板娘很熟。

"云妹妹，几天没见，你越来越漂亮了。你越漂亮，酒吧生意就越好。你的生意越好，我的生意也就越好。"接过老板娘端来的啤酒，古胖子一口气喝了大半瓶。

老板娘没接他的话茬儿，只是微微冲刘帆千的方向努了努嘴。古胖子直起腰伸长脖子越过赵灵儿朝刘帆千的方向看。刘帆千也听到了古胖子的声音，探头向古胖子那里看过去。两人一照面，都愣了片刻。古胖子张着嘴，下巴都快掉到地上了。刘帆千则眯起眼睛做出一副努力辨认的样子。两人同时说了一句："是你？"

古胖子尴尬地笑着："哎呀，我今天真是出门遇贵人，千千妹妹，什么风把你吹来了？"

看到古胖子，刘帆千气不打一处来，立刻把赵灵儿撇在一边，冲古胖子吼道："死胖子，我正找你呢！"

古胖子一脸无辜："千千妹妹，我没得罪过你吧？"

"你上次卖给我的东西，"刘帆千恶狠狠地说，"全是淀粉和白糖，还信誓旦旦跟我说这条街上就你的货最纯！"

"谁的货里不掺淀粉？我的货是这条街里淀粉掺得最少的。再说，上家给货的时候就已经掺好了，和我一点儿关系都没有啊。"

"那你干吗卖我那么贵！"

"统一零售价，我还给你打了八折。"古胖子说，"你打听打听，这个价钱你在别人那儿根本拿不到。"

"放屁！"刘帆千在自己的挎包里又是一通翻找，这回没费多大周折就找到了，她把一个火柴盒大小的四四方方的塑料袋拍在桌子上，"这是我昨天刚拿的货，比你给我的便宜一半，可纯度高了一倍！你要不要试试？"

赵灵儿看了看刘帆千拍在桌上的东西。塑料袋是半透明的，上面有个地球图案的标志，一看就知道是名牌货，里面是白里微微泛黄的结晶状粉

搭档

末。根据她的经验,在街头零售的这类东西很少有高纯度的,每经过一个分销商,纯度就要降低一点儿。尽管有点儿泛黄,总的来说,这货的成色还不错。千万别相信那些纯白色的,看上去似乎纯度很高,实际上都是苏打。

古胖子拿起那个小塑料袋对着灯光仔细端详。老板娘急了:"胖子!你别这么招摇好不好?我这里客人还没走呢!"

"千千妹妹,你这东西是哪儿来的?"古胖子的语气里有点儿怀疑。

"你管不着!"刘帆千从古胖子手里抢过塑料袋,又装回自己的挎包。

"妹妹,这完全是不同的两种货呀,价格当然是不一样的……"

刘帆千根本不理古胖子那一套:"少跟我装蒜,古胖子,你是个骗子,以后我再也不会买你的东西了,而且我还要逢人便讲,你的货都是假的……"

卫生间门口那两个打扮古怪的小子朝吧台走了过来。"古胖子,你答应给我们的货呢?"其中那个绿头发问。另一个穿着一身麻袋的则不停地向门口张望。

古胖子没注意他们的问话,依旧在央求刘帆千,"好妹妹我求求你,我把钱退给你行不行,你可千万别在外面乱讲话……"

两个小子对视一眼,转身向外走,路过刘帆千身边的时候,麻袋突然一把抢过刘帆千的挎包撒腿就跑。刘帆千虽然喝得有点儿迷迷糊糊的,但还是下意识地抓住了他的衣襟。麻袋一时没挣开,顺手把包扔给了绿头发。绿头发接过挎包没命地朝酒吧门口跑。

麻袋挣脱了刘帆千,却被赵灵儿挡住了去路。"让开!"说话的同时他的手已经伸向自己的腰间。这个动作的意图太明显了,刚刚从震惊中恢复过来的云云不由得一声尖叫。

赵灵儿不慌不忙,左手在对方的面前虚晃一下,麻袋下意识抬起胳膊护住脸,却不料胃部挨了一记重击。他连刀子都没来得及拔出来,双手捂着肚子,弯下腰一阵干呕。赵灵儿右手拎住他鼻子上的环往上提,他迫不得已,勉强站直了身子,疼得龇牙咧嘴。

"这位大姐,我不敢了,你饶了我吧……"

74

赵灵儿凑近他低声说："把包找回来我就饶了你。"

"可是……"

赵灵儿手上加了点儿劲儿，听到了一声惨叫。"我一直很感兴趣，这个环是怎么穿在鼻子上的？要是找不到那个包，我就把这个东西直接从你鼻子上摘下来研究研究。"

"别别！"麻袋一脸惊恐，"大姐你饶了我吧，我现在也没办法——"

一旁的刘帆千似乎忘了自己是受害者，兴奋得直拍巴掌："没想到我爸找了个高手，看他今后敢不敢甩了你。"

古胖子颇有点儿佩服地看着赵灵儿，"这个小姑娘够狠……"

云云难过地发现，一场混乱之后，酒吧里最后几桌客人都走光了，今天可是七夕呀。正懊恼着，刚才跑出去的那个绿头发又回来了。一个身材壮实的中年男子一手拎着绿头发的一只耳朵，一手拎着刘帆千的挎包，进了酒吧的门。

"萧警官，"云云心里暗暗叫苦，却还要强打精神迎上前去打招呼，"今天怎么有空到我这儿坐呀？"

被称作萧警官的男子照着绿头发的屁股踢了一脚，"老远我就看见他慌慌张张从你这里跑出来，还拎着个女式挎包，就知道他没干好事。"他举起手里的挎包，打量着吧台前的几个人，"谁的？"

刘帆千没吱声，眼睛滴溜溜乱转。她的包里有毒品，她不敢说包是自己的。赵灵儿松开手，推了麻袋一把，把他推到萧警官跟前："是我的。我拦住了一个，那个让您抓住了。真是多谢您了。"

萧警官让这两个小子抱着脑袋蹲着，然后掏出手机打电话叫警车。打完电话，他问赵灵儿："这两个小子抢了你的包，周围的人都看见了吧？"说着，他的目光在老板娘、古胖子和刘帆千的脸上扫过。刘帆千赶紧低下头。"一会儿麻烦大家到派出所做个笔录，用不了多长时间。"

刘帆千的酒完全醒了，她从高脚凳上出溜下来，结结巴巴地说："我……太晚了……我该回家了……我、我爸该着急了……"

"给你爸打个电话，就说你正在履行一个公民的义务，协助公安民警办案，他会理解的。"

搭档

"可是我这儿的生意……"云云有点儿为难。

"你可以晚点儿去，把你的生意交待一下，或者你明天早上去也行，"萧警官说，"不过这几位都得跟我走。"

十分钟之后，酒吧门口停了两辆警用依维柯。萧警官带着两个抢包的小子上了一辆，赵灵儿、刘帆千和古胖子上了另一辆。

一路上，赵灵儿不动声色，古胖子表情轻松——今天他身上没带毒品，只有刘帆千如坐针毡。尽管赵灵儿替她认了那个包，但自己的手机还在包里，她担心最终还是脱不了干系。她悄悄地问赵灵儿："怎么他们不把包还给你？"

赵灵儿说："要等做完笔录。万一你拿到包就走了，他们找谁作证？"

"可是那包里……"刘帆千的话没说完。

"你现在知道担心了？"

"少教训我！你还真把自己当棵葱啦？"刘帆千嘴硬，"大不了坐两天牢，有什么了不起？"

第十一章
排爆手的推理

第二天早上的碰头会，李咏照例迟到。坐到武旗红身边，她悄悄问："昨天你女朋友有没有给你打电话？"

武旗红摇摇头。昨天下班的时候，经李咏的提醒，武旗红终于弄明白了当天到底是什么日子。恍然大悟之后，武旗红再拨戚丹的号码，关机了。李咏仿佛看一个外星人似的看着武旗红，不住地摇头。"还没结婚呢，就敢把这种日子忘了，真有你的。"最后她叮嘱武旗红，女朋友要是再来电话，好好承认错误，态度诚恳点儿，见面的时候再买束花，"女人就喜欢这个，一哄就开心。"可整整一个晚上，戚丹一直没开机。

碰头会只持续了十五分钟。范米挨个问每个组的进展，所有人都摇头。问到武旗红的时候，武旗红犹豫了一下，也摇了摇头。范米不动声色，挥挥手说"散会"。

回到简易办公桌前，李咏问武旗红："昨晚一个人过的？人家不开机，难道你就不想想别的办法？"

武旗红苦笑，他不想再讨论女朋友的话题。昨天下班后，何小蓓三个字总在武旗红眼前挥之不去，他隐约觉得这个案子对自己意义重大，一时又找不到要点，一个人在办公室里坐了好久。

看见武旗红摊在桌子上的案卷，李咏诧异地问："昨晚你加班了？"

"也算不上，就是想尽快熟悉一下。"

李咏用探究的目光打量着武旗红，"有发现？"

武旗红点点头。"正想和你商量一下。"

"什么问题?"

"关于炸弹的。因为那几枚炸弹都是我们排爆组拆的,当时所有的细节我都记得挺清楚。第五枚炸弹,也就是7月5日那枚,是针对围观人群的,姑且放在一边不谈。就说春节前的那四枚。我发现第一枚炸弹,也就是针对后宫夜总会老板的那枚炸弹固定在汽车底盘上,和后来几枚炸弹的安放方式都不一样。第二枚和第三枚炸弹都是针对汽车的,一枚在车库门口,一枚在停车位上。第四枚炸弹放在夜总会的门口,虽然针对的不是汽车,但在有些方面和第二、第三枚炸弹很相像——它们的爆炸效果,是否能伤害到作案者想要伤害的人,都是不可预测的。"

"等等,慢点儿,你说得我有点儿晕。"李咏夸张地用手扶住额头,"炸弹的安放方式是什么意思?"

"如果想把一辆汽车炸飞,把炸弹固定在汽车底盘上是最有效的办法,就像第一起爆炸案里那样。"武旗红说,"可作案者安放的后三枚炸弹是不是能炸到人,全凭运气。"

"我还是有点儿糊涂,这又说明什么?"

"我有点儿奇怪,针对另外两辆车的炸弹为什么没有固定在车底盘上?"

"也许因为作案者没机会,毕竟钻到车子底下安炸弹容易引起别人的注意。"

"那他为什么能把炸弹固定在第一个受害者的车子下面?"

"你是说他有合理的借口可以接近第一个受害者的车?"李咏眼睛一亮,"老武,真有你的!"

"以前专案组有没有查过受害者的修车记录?"

"我看一下,"李咏打开电脑搜索了一阵,"有。出事前他刚刚在新碧街的4S店做过保养,专案组根据他的保养项目调查了可能接触他的车的所有店员,这里有询问记录……不过专案组调查的依据和你不同。他们把有可能钻到受害者车底下的人都查了一遍,还包括他的司机、家人、朋友、俱乐部的职员、保安,4S店只是其中之一,没有作为重点。我们是不是有必要把4S店里的人再过一遍?"

武旗红把一沓案件材料递给她,"这是我昨天偶然发现的,你有印象吗?"他没说这是从李咏看的案卷里掉出来的。

李咏接过材料看了看,"和致悦俱乐部有关的案子?"

"这个案子是2007年的,材料上说凶手一直没有确认,不过一个叫张建军的人嫌疑很大,可惜没找到证据。"

"为什么对这个案子感兴趣。你认为它和系列爆炸案有关?"

"不知道你有没有印象,2006年夏天,有个家伙身上绑着炸药冲进了东港的一个幼儿园,"M78星云,武旗红想起了那个古怪的名字,"劫持了几个人质,其中有一个叫何小蓓的。我当时就在现场。"

"好像听说过,不过那时候我在滨江公安局。我记得炸弹后来还是爆炸了,不是你拆的吧?"

"是我的搭档……"武旗红不想再提起周毅泽的死,赶紧把话题扯了回来,"何小蓓当时是那个幼儿园的老师。后来幼儿园关了门。我昨天看了材料才知道,一年之后她被害了。"

"幼儿园老师?"李咏又看了看材料,"这上面说她在致悦俱乐部当过服务员——我以为这是三陪女郎的另一种说法,所以专案组才把她的案子放进了专案卷宗。这两个职业好像差得有点儿远,会不会是同名同姓?"

"不会那么巧吧。我记得当时何小蓓二十出头,是云阳县人,还有个弟弟在经贸大学读书。材料上也是这么说的。"

"她很漂亮吗?"

武旗红被这个问题搞得有点儿莫名其妙。"那有什么关系?"

"隔了这么多年,如果男人还能记住一个只有一面之缘的女人,原因只有一个。"李咏把手中的铅笔咬在嘴里,双手敲击键盘,在查询系统的搜索栏输入了何小蓓三个字,很快就调出了案件记录,其中有何小蓓的照片。李咏歪着头仔细端详了一会儿,"我看很一般嘛。"

武旗红也看见了那张照片,隐约想起了当年何小蓓的样子。不过他的看法和李咏正相反,但他很明智地什么也没说。女人对女人相貌的评价和男人不同,这一点他早就知道。

"我有点儿不明白,何小蓓的案子和你刚刚说到的4S店的疑点有什么关系?"李咏问。

"我也不知道,只是觉得这个案子里可能有我们感兴趣的东西。致悦俱乐部是系列爆炸案中的一个目标。何小蓓在致悦俱乐部工作过,后来被谋杀了。办案的人曾经对一个叫张建军的嫌疑人产生过怀疑,但没有证据,只好把他放了。不论何小蓓是不是张建军杀的,至少他与何小蓓的关系很密切。"

"那又说明什么?"

"材料上说他是个汽车修理工。"

李咏一直咬在嘴里的铅笔掉在了地上。她没顾上捡,再次查看电脑上的记录,"4S店里没有叫张建军的,不过这不说明什么问题。也许他没用自己的真名字。我们需要搞到张建军的照片。"她的手指在键盘上敲了几下,"系统里有两个叫张建军的,一个是上市公司董秘,去年年底因为伪造虚假财务信息被起诉,案件还在审理之中;另一个是房地产开发商,涉嫌诈骗在逃。都不太像是我们要找的人。或许他没有前科?这个名字实在太普通了。北都市叫张建军的恐怕有几十个,要是扩大到全省,还不成百上千?我们怎么找他?他是本地人吗?"

"这些情况都不清楚,专案组的材料上只记了个案件的概要。"

"那我们去查案卷。"李咏从座位上站起身。"不过先要向范组长汇报一下。"突然她又站住了,疑疑惑惑地打量着武旗红,"老武,这些情况刚才你在碰头会上怎么不说?"

"本打算开会之前和你通个气。可你来的时候,会议已经开始了,没来得及。在向范组长汇报之前,我想应该先让你知道。我们是搭档。"

两个人去了范米的办公室。范米并不像武旗红和李咏那么乐观。他承认关于4S店的推测很有道理,但毕竟七个月过去了,即便作案者真的在那里工作过,现在恐怕也离开了。"不过还是有必要查一查,"范米说,"至于何小蓓的案子,我觉得你们把它和系列爆炸案联系起来的理由有点儿牵强,基本上都是猜测。"

李咏说:"何小蓓在致悦俱乐部工作过。"

"许多人都在那里工作过。"范米不以为然。

"可她死了，被谋杀的。"李咏争辩，"而且她是三陪小姐，她工作过的夜总会肯定不止致悦俱乐部一家——小姐们经常换地方，夜总会也需要新面孔。如果她在系列爆炸案里的其他几个夜总会也工作过呢？我看了何小蓓的照片，很漂亮的姑娘——"武旗红不由得想起李咏刚才对何小蓓相貌的评价，"这样的姑娘在夜总会里一定很吃得开。假设张建军喜欢她，可她看不上张建军，于是张建军怀恨在心。不仅恨她，也恨那些夜总会，这是很自然的——声色犬马的场所腐蚀了一个原本纯朴善良的姑娘，夜总会是罪恶的根源等等等等。所以……"

"所以他要报复，"范米打断她的话，"先杀了那姑娘，然后等了三年，再报复夜总会？"

"间隔是有点儿长了。或许他怕马上报复夜总会容易引起警方的注意，或许正好有什么意外情况耽误了，或许他一直没考虑好用什么办法报复夜总会，也或者那时候他不知道怎么制作炸弹……"

"于是他自学成才，用了三年时间？"

"也许他一开始并没有报复夜总会的想法，在4S店工作期间，偶然遇到了去店里修车的夜总会老板，又激起了他埋藏在心底的仇恨……"

"还是猜测。"范米摆摆手制止李咏让她不要再说了，"不过，你确实很有想象力。关于张建军犯罪动机的猜测，也不是完全讲不通。就是三年的时间间隔不好解释。"

"去查查案卷说不定就清楚了。"

"那么谁去查4S店？"

"让吕焕去。"李咏马上说，"吕焕比较细心。"

"好吧，"范米终于同意了。"那你们就去查查，如果看不出两个案子之间有什么必然联系，就别耽误时间。需要我协调一下吗？这案子当初是哪个分局办的？"

"五龙坡分局。"武旗红说。

"要不要我给他们马局长打个电话？"

"马局长？哪个马局长？"武旗红印象里，北都市姓马的分局长好像只有一个，"不会是马新宇吧？他不是城西分局的吗？"

81

搭档

"就是马新宇。刚刚调到五龙坡,你不知道?"
武旗红点点头,又摇摇头。
"你们认识?"
"就算认识吧。春节前我刚刚得罪过他。"
"这可真是太好了。"范米说。

第十二章
三陪女之死

时间还早，武旗红和李咏商量了一下，他们计划今天至少要做两件事：第一，到五龙坡分局调阅 2007 年那起谋杀案的案卷；第二，找当时办案的民警谈谈。

五龙坡分局在市区东北边，从市局开车过去至少要四十分钟，但现在早高峰还没过，要是堵车的话就没准儿了，一个小时两个小时都正常。

武旗红看看专案组办公室墙上的钥匙牌，上面一把车钥匙也没有。这意味着专案组的车都开出去了。他打算问问市局里的熟人，看有谁去五龙坡办事，好搭个顺风车，实在不行的话，只好打出租车了，结果李咏直接招呼武旗红上了一辆亮黄色的 Mini Cooper。这辆车算不上是市局里最贵的，但肯定是最招摇的，就像它的主人一样。Mini Cooper 的性能不错，不过是为女性设计的，武旗红一米八几的大个子，钻进去还真有点儿不自在，就好像姚明开着一辆儿童玩具小汽车。

看到武旗红坐在车里比较拘束，李咏对他说："别皱眉头啊，有辆车开就不错了，你的待遇相当高呢，就是局长要搭我的车我都未必同意。"

"这不是市局的车？"武旗红问。

"公安局怎么会有这样的车，开出去不是找骂？我这可是开着自己的车，自己贴油钱为公家办事。"

武旗红听了暗暗咋舌。Mini Cooper 最便宜的也得三十万，这种价位的车他想都不敢想。他最大的梦想就是能开上辆捷达，只可惜囊中羞涩。戚丹倒是有辆奥迪A4，她曾经把钥匙给了武旗红，说她不在北都的时候，这辆车武旗红可以随便开。但武旗红觉得开女朋友的车到处招摇挺没面子的，尽管奥迪A4很有诱惑力，最终他还是客客气气地把钥匙还给了戚丹。

一路堵车。李咏先是抱怨北都市的交通，抱怨够了，又开始滔滔不绝地数落公安局的抠门儿。"自从专案组人员缩减之后，经费跟着缩减，咱们的日子一天不如一天。就说车吧。原先六十个人的时候，出门办事没车开那基本上不可能。现在呢，只剩下两辆。一辆帕萨特范组长开着，还有一辆快报废的切诺基，大家排队轮着用。那破车开出去一回出一回毛病，百公里十五六个油，哪儿叫烧油啊，简直就是吃油。咱们在外面跑案子，哪天不得百八十公里地跑，可油钱花多了领导还不高兴……干脆我就开自己的车，这样领导该没话说了吧？也不行。遇到出门办事的时候，领导一准儿让我去，就因为我有车。其他那几位只要是去外面办案就管我借车。一开始我还真的借给他们，都是一个组的，不借不合适。后来我一算，一周七天，这车有六天半不在我手里，而且早上油箱是满的，晚上还给我的时候就空了，就从来没一个人替我加一箱油！后来我干脆谁也不借了，那帮人天天见我扫眉耷眼的，就好像我欠他们似的。我就不明白了，这是我花钱买的车啊！"李咏唉声叹气，"在咱们这地方，你可千万别当好人，不是分内的事你别干，否则人家就以为那都是你应该干的。所以老武，和我一组算你运气好。我估计范组长也是对你另眼相看，否则不可能你刚来就让你和我搭档，省了跑路的麻烦。"

李咏的那通牢骚武旗红早已见怪不怪了，机关里就是这样。如果适应不了，那你就只好去外企，那种地方公的私的分得很清楚。让他弄不懂的是，李咏这么好的条件，到公安局来做什么？难道真是出于对公安事业的热爱？他觉得不像。不过李咏的最后一句话武旗红还是很认真地想了一下。即便是昨天来专案组报到的时候，武旗红也没想到办公用车的问题。以往他在排爆组，每次出任务都有专车，所以他想当然地认为到了专案组之后也应该差不多。今天听李咏一说，他不得不承认范米确实对自己挺关照。范米和自己没有任何交情，那么就一定是自己的老领导李韦璜的面子了。

到五龙坡分局的时候已经上午十点多了。说明来意之后，五龙坡分局刑警大队长徐杰有点儿疑惑："专案组对这个案子感兴趣？难道它和系列爆炸案有关？"

武旗红和李咏没有向他解释，大概徐杰也意识到自己没权力过问专案组的事，没再继续问什么，找来一个女内勤带他们去查案卷。

案卷不多，只有两本，他俩一人看一本，然后交换，大概其拼出了何小蓓死亡案的情节。

案卷上记载，发现何小蓓尸体的时候是2007年6月12日，也就是她死亡的第二天凌晨。办案民警在现场找到了一个电话本，通过这个电话本，最终确认了死者的身份。电话本上一个叫于芳的女人承认，她和死者曾经一起在致悦俱乐部当三陪小姐。后来何小蓓被人包了。发现何小蓓尸体的时候，她已经离开俱乐部一年多了。于芳还说，何小蓓在致悦俱乐部有个常客，别人都管叫他"陈哥"。

接着，民警找到了何小蓓的弟弟何小雷。何小雷证实，2006年上半年，何小蓓在东港区一个私立幼儿园里找到了一份工作，但没过多久幼儿园就出了事，一个绑匪怀揣炸药冲进了幼儿园，何小蓓也成为人质。事件结束之后不久，何小蓓告诉弟弟说她辞工不干了，准备和别人合伙做生意。但也只是说说而已，并没见何小蓓有什么行动。差不多一年时间，何小蓓没有工作，可也不愁吃喝，还经常给弟弟一些零用钱。2007年6月11号，也就是发现何小蓓尸体的前一天，她给弟弟打电话，说她第二天要到五龙坡看一处门脸房，到时候请何小雷参谋参谋，帮她杀杀价钱。但第二天何小雷一直没接到姐姐的电话。此后何小蓓的手机就再也没开机。

说到做生意，办案民警想到了一个字：钱。有钱才能做生意。他们在北都市城市商业银行的储蓄所查到了何小蓓的账户。银行记录显示，6月11日何小蓓在五龙坡的营业点分两次取了四万块钱。他们到银行去调看当天的监控录像，没想到银行的监控系统出了故障，当天所有的录像都被洗掉了。

在发现何小蓓尸体的现场并没有找到那四万块钱，这很有可能是谋财害命。何小雷并不知道姐姐说的门脸房在什么位置，更不知道房主是谁，但他告诉警察，姐姐曾经说过，那处门脸房是张建军介绍的。据何小雷说，

搭档

张建军是何小蓓的男朋友。姐姐失踪后,何小雷给张建军打电话询问,没想到张建军却说那处门脸房并不是他给介绍的,他根本就不认识什么门脸房的房主,是何小蓓逼着他去找,他没办法,才随便找几个应付她,她都没看上。他最后见到何小蓓是6月11日早上,何小蓓要他陪着去五龙坡看门脸房,但那天张建军要上班,不能请假。何小蓓挺生气,张建军只得赔着小心说着好话,陪着她坐公交车到了五龙坡才回来。此后就再也没见过她。

警察找到了张建军,惊讶于何小蓓怎么会看上这个形容猥琐的男人。他们问张建军与何小蓓是什么关系,是不是她的男朋友。张建军苦笑着说,你们看我像吗?

张建军是川沙县人,当时二十六岁,几年前来北都学开车,后来在一个私人汽车修理厂当修理工。他还有另外一份职业。在汽车修理厂工作,就要和车打交道,张建军会开许多种车型。生意忙的时候,他经常加班加点,当然老板不会陪着他。这样一来,老板下班之后,他就比较自由了。如果这时候厂里有修好的小轿车,他就会以试车的名义把车子开出去,在外面兜兜风,顺便拉点儿活儿赚几个零花钱。晚上最容易挣钱的地方就是饭店、宾馆、夜总会。喝多了酒的客人们不方便开车回家,只好打出租车。半夜下班的小姐们也要打车回家。如果张建军当晚开的是高档一点儿的轿车,那些爱面子的客人们一准儿会上他的车。运气好的时候,他一晚上能挣个百八十。这比当出租车司机合算多了,司机要自己掏车份,掏油钱,车出了毛病还要自己花钱修。对张建军来说,这些花销都省了,不管挣多少钱都是自己的。可惜的是,这种机会不是天天都有。

时间久了,张建军和市区里几个比较出名的夜总会门口的保安们都熟了,见面扔给他们两盒烟,他们会主动把客人或者下了班的小姐介绍给他。他就是这么认识的何小蓓。小姐们一般比较注意安全,她们下班的时候多是半夜甚至凌晨,身上带的都是现金。打车的时候她们比较挑剔,生面孔的出租车司机的车她们是不太敢上的。何小蓓本来也不会上张建军的车,但有保安介绍就不一样了。坐了几次他的车,两个人渐渐熟悉起来。因为何小蓓长得漂亮,张建军多少有点儿心动——他是单身汉,于是只要有机会开车出来,他就把车停在致悦俱乐部门口等着何小蓓。何小蓓坐他的车坐习惯了,只要看见他的车停在门口,就不上别的出租车。张建军有些遗憾地说,他虽然对何小蓓有点儿意思,但何小蓓心气比较高,根本看不上他。他自己要个头儿没个头儿,要长相没长相,要钱没钱,要房没房,也就只能是幻想一下而已。

既然如此,警察就不明白了,为什么何小雷说张建军是他姐姐的男友呢?张建军解释说,何小蓓的父母一直很担心女儿,生怕她孤身在外出个什么意外。何小雷考到北都市经贸大学之后,父母嘱托他照看姐姐,并且转告她有人给她介绍男友了,让她回老家见见。何小蓓才不愿意回去,就谎称自己已经有男友了。父母说既然有男友了,就和你弟弟见个面吧。何小蓓无奈,只得请张建军帮忙。于是张建军穿上自己最体面的衣服,陪着何小蓓去见她弟弟。此后,这样的事又有过两三次。张建军有时候真的以为自己就是何小蓓的男朋友了。他很希望这样的日子继续下去。

情况很快发生了变化,有一天晚上张建军照常开着车到俱乐部门口等何小蓓,保安告诉他,何小蓓没来上班。此后连续一个星期,何小蓓一直没在俱乐部出现。给她打电话她也不接,找到她的住处,房东说她搬走了。张建军知道早晚有这么一天,也无话可说。过了大约一年多,张建军以为永远也见不到何小蓓了,没想到何小蓓突然和他联系,让他帮忙租门脸房。他没有这方面的关系,但还是答应下来,为的就是能再见何小蓓一面。

6月11日上午两人见了最后一面,何小蓓想让他陪着去五龙坡看一处房子。因为那天张建军修理厂的工作离不开,何小蓓很不高兴。他只得陪何小蓓去了公共汽车站,看着何小蓓上了车才回去。他对警察说,他也不清楚何小蓓要去看的门脸房的具体位置。从此他再也没有见过何小蓓。

何小蓓来北都市的时间虽然不短了,但主要活动区域是城西区和东港区,对五龙坡的情况应该不是很熟悉,这一点从她弟弟那里得到了证实。发现何小蓓尸体的地点很偏僻,受害者不会单独去那个地方,换句话说,她是和别人一起去的。这个"别人"必定是凶手无疑。那个地方那么僻静,何小蓓不太可能跟一个陌生人去,那么凶手八成是她的熟人。何小蓓的熟人基本上都调查过,他们在6月11日都没有作案时间。唯独张建军没有旁

证。据他自己说,那天他一直在修理厂干活,可老板带着另一个修理工出去了,一整天都没回修理厂,而那段时间又没有什么上门修车的顾客,因此没有人可以为张建军的说法作证。

张建军对何小蓓的弟弟说他把何小蓓送到了五龙坡,但他对警方的说法却是只把何小蓓送到了去五龙坡的公交车站。找何小雷核实,何小雷很肯定,说当时张建军就是这么告诉他的。但询问张建军的时候,张建军却说何小雷记错了,他从没这么说过。到底是何小雷记错了,还是张建军说谎,这个问题一直没查清楚。

张建军成了重点嫌疑对象,因为他有足够的杀死何小蓓的动机。张建军的父母都是川沙县三零八厂的退休职工,单位集资买房子,他们一下子付清了五万元房款。三零八厂是濒临改制的企业,效益不太好,甚至有时候退休工资都不能及时发放。联系到死者被害当天取的那四万块钱不知去向,警方对张建军家里五万元房款的来历表示怀疑。但调查结果让民警很失望,张建军的父母交房款的事发生在谋杀案之前。

公安局传唤张建军,审查了一天,没有任何结果,只好把他放了。就在公安局审查他的第二天,张建军写了一封绝命书,大意是,公安局冤枉我,我要用死来证明我的清白,要公安局还我公道,然后一口气吞了几十片安眠药。邻居发现之后把他送到医院抢救,洗了胃,没生命危险,只住了一天医院就出来了。这起自杀事件对公安局造成了一些负面影响。在一般人看来,好像是公安局逼得张建军自杀似的。

张建军的嫌疑就这样上也上不去,下也下不来。再审他,没证据。不管他,又不放心。案子悬了起来。

案卷上的内容到此为止,剩下的就是现场勘查记录、尸检报告等等。武旗红把案卷上的要点都记录在笔记本上。从案卷的内容看,张建军的嫌疑确实很重,但武旗红觉得案卷里有意无意地忽略了什么东西。他把自己的怀疑告诉了李咏。"调查何小蓓的死因,不能绕过致悦俱乐部,办案的人已经了解到死者有个叫'陈哥'的有来头的男友,这个'陈哥'到底是谁,案卷里一个字没提。难道是调查的时候漏掉了?"

"办案的人不是傻瓜,这种最基本的问题他们不可能不查清楚。明摆着,致悦俱乐部是块烫手山芋,没人愿意碰;也可能这个'陈哥'真的很有来头……"

"那我们该怎么办?"

"什么怎么办?"李咏有些狐疑地看着武旗红,"既然知道张建军是川沙县的,等会儿我们给川沙县公安局打个电话,看他们那边有什么线索。再和当时办案的警察聊聊,他们也许能回忆起一些有关张建军的情况。"

"那何小蓓……"

"老武,我们任务是找到张建军,不是找到杀死何小蓓的凶手,找凶手是五龙坡分局的事,你糊涂了?"

武旗红知道李咏的话有道理,可他心里还是有点儿放不下何小蓓的事。他又翻了翻卷宗,各种讯问笔录是按照时间顺序排放的,让人有点儿奇怪的是,只有头两天的笔录下面的签名是姜少勤和杨献兵,之后所有笔录的签名都是董力强和段玉昆。而且有关那个"陈哥"和致悦俱乐部的内容只见于姜少勤和杨献兵做的笔录,在董力强和段玉昆做的笔录里没有一点儿反映。

再次见到徐杰,武旗红提出了这个疑问。徐杰说:"头两天确实是姜少勤和杨献兵调查的,后来这个案子被大案中队接过去了。"武旗红提出见见这两个警察。徐杰问,"董力强和段玉昆?"

武旗红想了想,关于张建军的情况笔录里记得比较详细,因此他回答:"不是,我们想见见姜少勤和杨献兵。"

"姜少勤好几年前就辞职不干了,听说是下海做生意去了,现在我也不太清楚他在什么地方。"

武旗红问:"不是还有个杨献兵吗?找他谈谈也可以。"

徐杰诧异地看着他:"你不知道?"

"知道什么?"

"杨献兵2007年的时候死了。"

武旗红心里忽悠了一下。当初看到杨献兵这个名字的时候他就觉得有点儿熟悉,但一时想不起来在哪里见过。原来如此。2007年夏天北都市有一个比较轰动的案子,一个叫杨献兵的民警在夜间遭袭击身亡,杀害他的

凶手一直没找到。

武旗红随口问了一句:"杨献兵被害的案子是谁办的?"

"当然是市局,"徐杰说,"这么大的案子,我们这个小庙可扛不起来。按说杨献兵是我们分局刑警大队的,市局的调查组至少应该从我们这里调一两个熟悉情况的人过去,可我记得他们一个人也没要,调查组都是市局的人。"

"我们怎么才能找到姜少勤?"李咏问。

徐杰给他们写了一个手机号码。"这是几年前的联系方式,现在能不能通过它找到姜少勤我可不敢保证。自从他辞职之后我再没见过他,也没听说他回队里来看看什么的。"

李咏接过纸条,立刻走出办公室掏出手机开始拨号。武旗红对徐杰说:"无论如何还是要感谢你的帮忙。你知道姜少勤为什么要辞职吗?"

"那年杨献兵出事之后,姜少勤的情绪一直很低落。他俩搭档好多年了,好得像亲哥儿俩似的。"

"就因为这个?"武旗红突然意识到姜少勤和自己有一些共同之处,他们都是失去了搭档的警察。

"当然还有别的原因,"徐杰耸耸肩,"如果给你一个机会,让你从事一份年薪二三十万的工作,你还会当警察吗?"

"姜少勤找到了这样一份工作?"

"我不知道,但如果不是这样,好好的为什么要辞职,又没人逼他。"

"杨献兵是在执行任务的时候出的事吗?"

"调查组没得出明确的结论,这事我不好随便说。"

李咏走了进来,看她的表情,武旗红就知道电话多半没打通。"手机号码是空号。"李咏说,"徐队长,您知不知道他还有什么其他的联系方式?"

徐杰摇摇头。武旗红注意到他目光中的迟疑。

第十三章
监狱不好玩

"我叫刘帆千，今年二十岁，家住城西区紫微路都灵花园三号 A 座 1906 号，在城市商业银行城西区分行湖滨路储蓄所工作。我一直希望自己能进 PWC，可是我学习差，英语烂，只能去储蓄所坐前台。尽管这份工作很无聊，可我今天还是要去上班的，否则所长要扣我的工资。你们能不能放我走？"刘帆千像背课本似的重复着她已经说过一百遍的话，边说边打哈欠。

"当然，只要你对我们说实话。"庄道荣低着头摆弄着自己的黑莓手机，不时地回着短信息。进入讯问室二十多分钟了，他的注意力都集中在手机上。

赵灵儿坐在庄道荣旁边，在笔录纸上记下这些毫无意义的废话。

"我对你们说的都是实话，警察大哥，我没偷没抢，更没杀人，尽管我曾经有过杀人的念头。我想你偶尔也会有杀了谁的想法吧？有想法并不是犯罪。"

"没错，"庄道荣终于把手机放到一边，"想杀人和实际上杀了人是有区别的。况且我们从来没有认为你杀了人。"

"我们总算是达成共识了。"刘帆千说。

"那么就配合一下，把你知道的都说说吧。"

"说什么？你们已经把我关了一个晚上了，又从派出所把我弄到这里——请问这里是哪儿？"

"市公安局。"庄道荣稍微停顿了一下，接着问，"知道我们是哪个部门

的吗?"

"不知道。"

"市局禁毒支队。这个房间是禁毒支队的讯问室。凡是我们过问的案子,都和毒品有关。"

"是吗?真有趣。"刘帆千眨眨眼,仿佛第一次听到这种说法。

"知道你为什么会在这儿吗?"

"不知道,"刘帆千摇摇头,"你呢?"

庄道荣似乎是被什么东西噎了一下,脸色突然间变得很难看,不过他还是克制住了,深深呼出一口气,终于没有发作。

赵灵儿强忍着没有笑出声。她想象着其他人看到这份讯问笔录时的表情。

"你在这儿是因为我们在你的包里发现了海洛因。"

"跟你们说了多少遍了,那个包不是我的……"

"你的手机怎么会在里面?钱包里还有一张银行的进门磁卡,上面的名字和照片都是你的,这怎么解释?"

"好吧好吧,"刘帆千不情愿地承认,"那个包是我的,可我不知道毒品是怎么回事。也许是有人偷偷塞到我包里的。"

"你一点儿也不知道?"

"真的,我真的不知道。我说警察大哥,已经中午了,我连假都没请呢。你们至少让我给所长打个电话呀。"

"我们可以替你给他打,就说你在协助我们办案。"

"别呀,他肯定会以为我犯事了。"

"可事实上,你就是犯事了。"

"我是冤枉的。天地良心!"刘帆千赌咒发誓,"在你们拿走我的包之前,我根本不知道里面有毒品。"

"就是说你从来没碰过它?"

"哦……"刘帆千似乎意识到这话里有什么圈套,但她还是很坚决地说,"从来没有。"

"那上面有你的指纹。"

"见鬼！"刘帆千气急败坏，"哪个王八蛋那么缺德……"

"好了，别装了，"庄道荣快要失去耐心了，"我的时间也不多。如果你不打算告诉我毒品是哪里来的，你就在这儿坐着吧，等想清楚了再说。"

"你们扣留我不能超过二十四小时……"刘帆千气哼哼地嘟囔着。

"如果我们没发现毒品，确实不能这么做。可是现在我们人赃俱获。"

"我要和我爸爸通电话。"刘帆千的声音小了，"他会给我找律师……"

"律师也救不了你。照现在这个情况，我们完全可以刑拘你。然后你就会有刑事犯罪记录。你的单位可能会开除你。就算不开除你，你在单位里也身败名裂了。你的家人会因为你抬不起头，你的朋友和同事会因此看不起你。今后无论你走到哪儿，这个记录会永远跟着你。就为这么一小袋毒品，值得吗？只要你告诉我毒品的来源，这件事就结束了。我保证你不会有任何不良记录。你自己选择吧。"

刘帆千低下头默不作声。

庄道荣放在桌上的黑莓手机嗡嗡作响，又有短信息进来了。他拿起手机看了一眼。"你要赶紧决定，等我们再抓到一个像你这样的，他或许没你这么固执。到那时候，你说不说就没那么重要了。"然后他扭头对赵灵儿低声说，"梅副支队长找我，这里交给你了，大美女，看你的了。"说罢还冲赵灵儿挤了挤眼。

赵灵儿眼睛盯着笔录纸，把庄道荣说的话一字不落地记了下来。庄道荣看了一眼笔录，脸色有些尴尬。想说点儿什么，一时又不知道该说什么好，讪笑着站起身出去了。

讯问室里就剩下赵灵儿和刘帆千。

刘帆千收起了那副嬉皮笑脸的神态，冷冷地盯着赵灵儿："我早该想到你是个警察。这都是你们事先设计好的吧？"

"是你自己撞上门的。"赵灵儿淡淡地说。

"古胖子也是你们安排的？"

"我没必要回答你的问题，回答问题的应该是你。"

"演得可真好啊！"刘帆千语带嘲讽，"先是骗我说认识我爸爸，然后古胖子来了，话题自然而然扯到毒品上，然后安排两个小流氓抢劫，为的就是拿到你们所谓的罪证,最后来了个警察。我开始还纳闷儿呢,怎么警察早不来晚不来,偏偏等到那个小流氓抢了我的包之后出现,原来是你们几个合伙演了一出戏。"

"实际上,这是为了保护你的安全。表面上看,你是作为一个抢劫案的受害者或是证人进的公安局,和毒品无关。我们不想让某些人知道你是因为毒品进来的,否则你出去之后或许有危险。"

刘帆千冷笑:"这么说,我还应该感谢你了?"

"那也不必。"赵灵儿说话的口气依旧平淡,"我们抓你是为了破案,你别忘了,我们在你身上找到了毒品。"

"要是我坚持说我不知道毒品是怎么出现在我包里的,你们怎么办?"刘帆千挑衅地看着赵灵儿。

"我们有证人。"赵灵儿无所谓地耸耸肩。"无论你承不承认都没关系。"

"你是警察,是你设的套儿,你的证词应该不算数。"刘帆千强词夺理。

"除了我,还有别人。"

"古胖子是个毒贩子,他的话根本没人相信,我可以说他诬陷我。"

"没错,还有酒吧老板娘。"

"云云姐不会出卖我!"刘帆千急了。

"她会的。"赵灵儿说,"相信我,只要她还想继续开酒吧,她就必须说实话。"

"你胡说!我不信!"

"你重要,还是她的酒吧重要?如果她不说实话,我们有充足的理由让她的酒吧关门——在她的酒吧里有毒品交易,这个理由足够了。"

刘帆千默然。突然她恶狠狠地冲赵灵儿吼道:"我恨你!我恨你们这些讨厌的警察!"

赵灵儿迎着她的目光:"别忘了,你母亲也是警察。"

刘帆千吃惊地看着她:"你怎么知道?"

"我们见过面。M78 星云幼儿园,还记得吗,在东港。"

刘帆千愕然地盯着赵灵儿的脸,终于点了点头。

"后来我们也见过。第二年六月份,我和公安局政治处的人一起去过你家,当时人很多,你可能忘记了。我记得你很伤心。我想你很爱你的母亲。"说到这里,赵灵儿一直公事公办的口气变得柔和了,"如果她还活着,她一定不希望看到你变成现在这个样子。我们是你母亲的同事,我们都愿意帮助你。真的。"

"请你不要再提起我妈妈!"刘帆千从震惊中恢复过来,一字一顿,几乎是咬牙切齿地说,"你不配,你们所有这些警察都不配!她曾经是你们当中的一员,可你们没有一个人真正关心她的死活!"

"在这件事情上,我是站在你这边的,请相信我。但你母亲的死因已经有了确切的结论,你也应该相信公安局的调查结果……"

"不要再说了!"刘帆千打断她的话,她的声音有些哽咽,"这和今天的事情无关。我不想……我也请你别再提起我妈妈了!求你了。"

赵灵儿不再说下去了。她等着刘帆千平静下来,也希望刚才的一番话对刘帆千有所触动,希望她可以和警方合作,这样对她对案子都有好处。她内心里的确不希望刘帆千因为这件事蹲班房,这可能对她的一生都会有影响。

但赵灵儿错了,等刘帆千从震惊中恢复过来之后,又是一脸玩世不恭的神态。"既然你口口声声说想要帮助我,是不是拿点儿实际行动出来?"

"我现在就是在帮助你。"赵灵儿说。

"我怎么没看出来?看上去你正在千方百计地要把我关起来。"

"只要你告诉我毒品是从哪儿来的,我保证你不会有事。"

"刚刚那个自以为是的白痴也是这么说的。"

"他说得没错。"这么说的时候,赵灵儿意识到自己等于是承认了刘帆千的说法。在这一点上,她俩观点一致。

"我才没那么傻,"刘帆千继续说,"如果我告诉了你,不是等于不打自招?你没听说过那个顺口溜吗,坦白从宽,牢底坐穿;抗拒从严,回家过年。"

"你怎么还不明白?你现在和一桩毒品交易案有关,而且我们人证物证俱全,你持有毒品的重量已经足够判刑了你知道吗?"

"就这点儿东西,大不了关我几天。"刘帆千满不在乎。

"要不要我找本《刑法》给你看看？"赵灵儿说，"《刑法》第三百四十七条规定，走私、贩卖、运输、制造毒品，无论数量多少，都应当追究刑事责任，持有海洛因五十克就可以判死刑，十克以上不满五十克的，判七年以上有期徒刑，不满十克的三年以下有期徒刑。你手里的海洛因至少有一克，判你个一年半载绝对算轻的。而且你态度不好，可能还要从重。"

这回刘帆千是真的被吓到了，脸色苍白，不过嘴里依然不服软。"你少吓唬我，我可以让我爸给我请律师。"

"没用的。"赵灵儿站起身，从桌上的文件夹里抽出几张纸递给刘帆千，这是她刚刚下载的几个案例，都是持有一克左右的海洛因被判刑的。"看看吧，都是和你的情况差不多的，你看看他们都是被怎么处理的。"

那几张纸上一共有三个案例。第一起是广西的，一个青年男子并不吸毒，但他帮自己的朋友买了一克海洛因，被判处有期徒刑八个月并处两千元罚金；第二起在山西，持有海洛因一点一克，判刑两年；第三起在福建，贩卖一克海洛因，三年徒刑。

刘帆千看完那几个案例，半天没说话。

"怎么样，我不是吓唬你吧？"赵灵儿观察着刘帆千的脸色，知道她终于害怕了。"最轻的一个也是八个月。我知道你爸爸有钱，别说两千，就是二十万罚金他也不在乎，不过那不能抵刑期。当然，八个月也不算太久，如果你打算扛着不说，那么我希望你有个心理准备。你知道监狱里是什么样子吗？"

刘帆千没回答，只是看着手里的那几张纸发呆。

"关于监狱的电影或者电视剧你总看过吧？比如《越狱》？"

刘帆千终于点了点头。

"中国的监狱绝对没《越狱》里那么舒服，两个人一间牢房太奢侈了。不过有一点是差不多的。《越狱》里的 T–BAG 你还有印象吗？那可是监狱特色。像那样的人不仅男监里有，女监更多。你这么漂亮的小女生进去之后，她们肯定对你特关照……"

刘帆千的眼睛瞪圆了，那样子就好像刚刚吞下一只苍蝇。

第十四章

上帝给的案子

姜少勤被手机铃声吵醒，只觉得头痛欲裂，耳畔嗡嗡作响，嗓子眼儿干得像着了火。他费劲儿地睁开眼睛，眼前一片朦胧。他的意识还有点儿模糊，不太明白自己为什么会变成这样，直到他看到折叠桌上那半瓶二锅头。

电话是老赵打来的，"老姜你别担心了。上午那个迟记者找到了公司，说了昨晚的情况。公司看了硬盘上的记录，你都想不到，摄像头居然还能用，就是固定的底座坏了，昨晚你们的争吵也被录音了——这东西什么功能都有。这次公司还算讲理，说没你的责任，就是不该骂乘客神经病。好在你是在她掰了摄像头之后说的，可以理解。但是摄像头暂时不能修，因为和女乘客的争执还没完，如果人家告咱们，那也算一个证据。所以我把摄像头绑在后视镜后面，先凑合一阵吧。这样也好，有后视镜一挡，任谁也发现不了摄像头了，省得提心吊胆的，万一再碰上一较真儿的……"

姜少勤终于想起昨晚发生的事情。该死的摄像头。还有那个多事的女乘客。桌上的玻璃瓶里有半瓶茶水，是昨天剩下的，他也顾不得许多了，挣扎着从床上爬起来，端起瓶子咕嘟咕嘟喝了个精光，嗓子里的灼烧感稍稍得到了缓解。

"老姜，你在听我说话吗？"老赵的声音很轻松，和今天早上截然不同。

早上姜少勤在锦绣家园门口交车的时候，老赵看见晃晃悠悠耷拉在后视镜上的摄像头，眼泪都快掉下来了，一个劲儿念叨："怎么这么倒霉呢！

怎么这么倒霉呢!"姜少勤耐着性子跟他说了事情的经过,告诉他这件事已经通知了公司,如果乘客不赔偿的话,就由他自己掏钱,让老赵不必担心。然后就回了自己的住处。他心情糟糕透顶,根本没心思考虑钱的问题。半路上,他敲开一个杂货店的门,买了瓶二锅头。

"听着呢。"姜少勤听到自己沙哑的嗓音,知道那是烟酒过量的缘故。*我为什么喝那么多酒?*

"可能这事还没完。那个迟记者说不定还要采访运管处和公交分局。"老赵继续说。

"让她采访去吧,跟咱们有什么关系?"姜少勤对此一点儿兴趣也没有。

"你是没看见,"老赵的声音里透着快意,"咱公司那帮人在记者面前什么德行。还多亏了那个记者,要是换了平时,公司不管三七二十一,先得把所有责任都推你一个人头上。一听人家记者要采访,立刻跟孙子似的……"

姜少勤无心和老赵费话,应付了几句把电话挂了,站起来满屋子找烟抽。没找到。他看见地上还有半截烟头儿,捡起来用打火机点着了,狠狠抽了两口。这时候他才发现身上的衣服皱皱巴巴,睡觉时根本就没脱。

我为什么要喝酒? 姜少勤坐在床沿上,把已经抽到过滤嘴烧得有些烫手的烟头儿扔在地上,双手抱着脑袋使劲儿回忆。

昨晚从公交分局出来,他开着车满街转悠,却没心思拉活儿,经过好几个招手要打车的人,他都没停车。他很清楚,他必须不停地拉活儿,他要交车份儿,要交那个摄像头的钱,要填饱肚子,要交房租交水电费,只有不停地拉活儿,才能保证他至少像个人似的活下去。可昨天晚上,他把这些顾虑都抛到了一边。他觉得生不如死。

现在,坐在这间不到十平方米的出租屋里,他回想着自己昨晚都开车去了哪些地方。科贸大厦后面的那片荒地,五龙坡公安分局,东港的豪华住宅区,城西区的哈梦工厂,最后是杨献兵的家。当然,他没上去。杨献兵的老婆孩子早就不住那儿了。他只是想去看看,把车停在楼下待一会儿。他甚至产生了错觉,觉得杨献兵很快就会从那个黑洞洞的楼门洞里小跑着出来,钻进他的汽车,就像以前晚上执行任务,他把车停在这里等杨献兵的时候一样……

　　昨晚他去了那么多地方，却没拉一个客人，没挣一分钱。因为什么？他想，绝对不是因为摄像头，不是那个穿着吊带裙还担心别人偷窥的脑袋进水的女乘客，不是那个人五人六的记者。

　　他想起刚当上刑警那会儿带他的师傅对他说的一句话。他师傅特爱读书，因此说起话来也显得特有学问，特文绉绉。师傅告诉姜少勤，这句话是他从一个警察写的自传上读到的。但他忘了那个警察是谁——

　　每个警察都有一个悬案，像幽灵一样折磨着你的心。如果你足够幸运，躲过了子弹、癌症和炸药，那么上帝就会给你这么一个案子。

　　上帝给了姜少勤这么一个案子。如今他早就不是警察了，上帝却没把那个案子收回去。

第十四章

第十五章
爱管闲事惹的祸

对警察来说，只要有名有姓，找到一个人还是不难的。即使无法直接找到这个人，也可以通过他的家人找到他。离开五龙坡分局，李咏立刻给专案组打电话，请左泠帮忙查一下姜少勤的户口底卡。不久之后左泠给她回了电话。户籍档案上姜少勤的住址在锦桥路。他的妻子叫王佩文，在三中当老师。不过他们已经离婚了，锦桥路的那套房子在王佩文的名下。他们的儿子叫姜元，是个吉他手，组织了一个小乐队在酒吧里卖唱。

现在是八月份，学校正放假，但王佩文家里的电话却无人接听。武旗红估计放假期间学校可能安排了辅导，于是又把电话打到三中，终于辗转找到了王佩文。接电话的女人声音很柔和，一听说武旗红是市局的，立刻警惕起来，语调也变得冷冰冰的。"这么多年了，你们还找他干什么？再说，他早就不是警察了。"

"我们找他只是想了解一个旧案的情况，"武旗红说，"当年这个案子是他办的。"

"我恐怕帮不了你。他不当警察之前我们就离婚了。我不知道他现在在什么地方。你还是找别人去打听吧。"不等武旗红再说什么，她就把电话挂断了。

武旗红想再把电话拨过去，"等等。"李咏制止了他，"你觉得她说的是真话吗？"

"不像。如果她一上来就说不知道，我或许还会相信。可她先问我找姜少勤做什么。既然离婚了,何必关心我们找她前夫做什么?"

"那我们不如直接上门找她。"李咏说,"这是她单位的电话,或许办公室里还有她的同事,她不一定愿意在这种场合和我们谈论她的前夫,继续打电话只能让她更反感。"

"我们去学校?"武旗红问。

李咏看看表,已经快中午了。"去她家看看。三中离锦桥路就隔着两条街,中午王佩文说不定会回家休息。如果在家里找不到她,我们就去找她儿子。儿子总该知道自己老爸的联系方式吧。"

开车赶到城西区的时候,李咏说肚子饿了,问武旗红想不想吃点儿什么。如果是武旗红一个人,他吃什么都无所谓,一碗面条、一个火烧、一个盒饭或者几个小笼包子,他都能将就,但考虑到李咏那身名牌,他觉得挑个干净点儿的地方比较稳妥。正好看见街边的永和豆浆,武旗红说就去那里吧。

点餐的时候,李咏说AA制,各付各的。武旗红想到刚才李咏对汽油的抱怨,执意要自己请客。"第一次一起吃饭,还是由我来吧。下次你要AA制我不反对。"

李咏也不再坚持,半开玩笑地说:"别说我没事先警告你,我很能吃的。"

武旗红笑笑没说话,付了账,找个空位子和李咏一起坐下。

李咏边吃边说:"不知道你以前在治安支队怎么样,目前在咱们专案组报销餐费可不容易,我已经攒了一大堆发票了,不知道猴年马月才能变成现钱。"

李咏的吃相很斯文,但吃得绝对不少。一碗南瓜莲子粥、一份脆炸香蕉、一份海鲜炒河粉,外加一杯绿豆沙冰。武旗红则是一份煎饺、一碗馄饨。李咏看着他点的东西直皱眉头:"饺子和馄饨一起吃,你还真有想象力。法国人嘲笑比利时人,说他们拿薯条蘸土豆泥吃,我看你也差不多了。"

武旗红愣了一下,发现自己点的东西确实有点儿重复。"你要是不说,我还真没想到。"

第十五章

"我猜你在家里一定不做饭。"

武旗红刚想问问李咏在家是不是自己做饭，李咏却突然转了话题："你发现没有，徐杰似乎不太希望咱们找到姜少勤。一个刑警大队长，居然找不到自己以前手下的联系方式，你相信吗？刑警队长都当成他这样，那还有什么干头儿？"

"他担心什么？是何小蓓的案子，还是杨献兵的案子？"

"或许都有。这两个案子有相同之处，都没破，而且时间靠得很近。我怀疑杨献兵被害与何小蓓的案子有关，姜少勤辞职也不是徐杰说的那么简单。否则他干吗吞吞吐吐的？我有预感，"李咏把一片香蕉放进嘴里，"如果我们继续查下去，肯定是麻烦一堆。说不定没等我们查出个子丑寅卯，就有人出来指手画脚了。"

"没那么严重吧。到现在为止，我们还什么情况都没查到呢。"武旗红试图让李咏放宽心。看上去，李咏正在千方百计地寻找放弃的理由。武旗红可不想这么早就打退堂鼓。

"你跟我说实话，"李咏的语气突然变得一本正经，"你坚持要调查何小蓓的案子是不是还有其他原因？和'1·18'系列爆炸案无关的原因。"

这话问得很突然，武旗红愣了一下，一时不知该如何回答。

"你对我说过，你以前的搭档在2006年东港的那起爆炸案里牺牲了，而何小蓓正好是那起案子里的人质。你是不是认为何小蓓的死和那个案子有关系？"

武旗红无言以对。

"我猜对了？"李咏继续说，"在五龙坡分局的时候我听你说话含含糊糊的，就觉得有点儿不对劲儿。咱们要找的是张建军，可你对何小蓓的兴趣比对张建军还大。再说张建军的情况我们可以向董力强和段玉昆打听，这俩人还好好地在五龙坡分局待着，可你非要绕个大弯子去找一个辞职不干的警察。你怎么能肯定姜少勤一定知道张建军的情况？"

武旗红摇摇头。他突然想起了李韦瑾的话，*别小看留在专案组的这些人，他们可能不听指挥，目中无人，甚至有的看上去脑袋里进水，但他们不一定没本事。*的确如此，李咏表面看上去对什么事都无所用心，可眼光毒得很。

李咏说："我这人习惯直来直去。我不喜欢麻烦，但我并不怕。我只是不希望被人拉下水之后却不知道是为什么。我们认识的时间不长，不过通过一些小事，我觉得你这个人——吃东西没什么品位，估计其他方面也强不到哪里去，但至少够朋友。关于4S店的想法，你明明可以直接向范组长汇报，却一定要先告诉我。这说明你尊重你的搭档。既然你够朋友，我也会把你当朋友。朋友之间应该坦诚相见。我记得早上你对我说过，我们是搭档，对吗？"

"搭档"两个字让武旗红心里一阵温暖。"我以前的搭档叫周毅泽。本来那天他不应该出事的。我没想到炸弹有双重引爆装置……"这么多年过去了，他还是第一次主动对别人说起这件事。武旗红觉得自己的眼眶有点儿潮湿，声音也有些颤抖。他微微仰起脸，生怕眼泪掉下来。"我应该对搭档的安全负责，可我没做到……我本以为这个案子再也没指望了，没想到会被调到专案组，更巧合的是，昨天我无意中看到了何小蓓的案卷。"

"也就是说，你并没有充分的理由认为何小蓓的死和'1·18'系列爆炸案有关？"李咏的话一针见血。

"我也说不好，看到何小蓓名字的一刹那，我突然觉得我必须把这个案子查清楚，这可能是唯一的机会了。"

"唯一的什么机会？是查清'1·18'系列爆炸案的机会，还是给你的搭档报仇的机会？我猜你认为何小蓓的死和东港那件案子的关系更大，是不是？"

武旗红不得不承认李咏说得对。"抱歉，"他说，"我不该把你牵扯进来。"

"用不着道歉，相反，我很感谢你能对我说实话。我刚才说过了，我不喜欢麻烦，但是我不怕麻烦。我李咏貌美如花，才高八斗，却被扔到了专案组这个破地方，你知道是为什么？"

武旗红摇摇头。

"就是因为我喜欢多管闲事。"李咏说，"你放心，即便何小蓓的案子和'1·18'系列爆炸案无关，我也会帮你查下去。至少我不会坏你的事。谁让咱们是搭档呢。"

武旗红很感动,"谢谢"两个字到了嘴边,又觉得这两个字根本不足以表达自己的感激,心里一个劲儿埋怨自己嘴笨。

"别别,你别那么激动,"李咏说,"我没你想象的那么伟大。对我来说,'1·18'系列爆炸案和东港那案子没什么区别,调查哪个都无所谓,反正闲着也是闲着。"

武旗红有些担心,"范组长那边……"

"你不说,我不说,他怎么会知道?范米这人不错,就是岁数大了,胆子小了。他以前也不是这样。据说前些年他一根筋儿地调查什么案子,把公安局里里外外的人都得罪遍了,才混到现在这个地步。刑警支队拿'1·18'系列爆炸案没辙,就扔给了范组长。其实留在专案组里的人都差不多,死心眼儿,办案的时候捅到了领导的痛处,他们自己还稀里糊涂……"

"那你呢?"武旗红说完就有点儿后悔。每个人都有弱点,干吗非让人家自己承认呢?他赶紧低下头吃东西,希望李咏就当作没听到。

李咏倒是满不在乎。"调到北都之前,我在滨江市刑警支队。不知道是怎么了,突然间鬼迷心窍搅和到那桩倒霉的案子里。我们七大队有个叫崔放的,平时看上去不显山不露水,他和四大队的鲁邑私自调查一桩陈年旧案,好几个大官都因为这事翻船了。"

这件事武旗红听说过,发生在2008年夏天,也算是近几年轰动全省的案子之一。一个看上去精神不太正常很可能还吸毒甚至卖淫的年轻女人到公安局报案,女人自称沈兰,说话语无伦次,大概其的意思是说她十年前,也就是1998年前后被绑架了,然后被迫接客,那时候她还不到十四岁。问她是哪里人,她语焉不详。问她是被什么人绑架的,她说不出所以然。甚至连沈兰这个名字都是假的。但有一点她说得相当肯定——她接的第一个客人,就是现如今的滨江市副市长。

换了别人,不把她当成精神病轰出去就算客气的了。可那天接案的人是崔放。崔放是孤儿,在他很小的时候,父亲抛妻弃子不知去向,母亲死于吸毒过量。他的童年过得相当艰难,所以对无依无靠的沈兰有一丝恻隐之心。而在向崔放报案之前,沈兰曾到四大队找鲁邑说过同样的故事。鲁邑天生就对这类犯罪深恶痛绝，他甚至曾因为对一个强奸犯进行刑讯逼供险些遭到处分。他也倾向于相信沈兰的话。于是，两个警察联手调查这件案子。结果他们不但发现沈兰说的确有其事，而且，这个窟窿越捅越大。

绑架沈兰的家伙身份很复杂，他既是房地产大亨的马仔，还兼职毒贩子、皮条客，最令人想不到的，他最隐秘的身份竟然是滨江市公安局主管刑侦的副局长的线人。房地产大亨为了搞地皮，授意马仔安排妓女为许多官员提供性服务，并且暗中录像，副市长、副检察长等官员都深陷其中；后来房地产大亨暴病身亡，这个马仔就掌握了一件非常有力的武器，他利用这些录像敲诈勒索，再用勒索来的钱做毒品生意；知道其中内情的公安局副局长却对这一切不闻不问，最终导致了不可收拾的局面——在一次毒品交易时，这个无法无天的线人开枪把警方的卧底打成了植物人。与此同时，副检察长不堪长期遭受勒索，想要投案自首。为了让他闭嘴，线人又绑架了他九岁的女儿……

崔放和鲁邑的调查让滨江市发生了一场政治地震。滨江市副检察长自杀，副市长被判了十五年，公安局主管刑侦的副局长被判了七年。据传闻还有几个高层领导被牵扯进去，最后都让滨江市委给保下来了，调离的调离，降职的降职，但都没有刑事责任。而那两个揭开盖子的警察，崔放在办案过程中为了解救人质牺牲了，不算烈士，也没给追授一个哪怕是三等功，甚至最后连个说法都没有。他本来就是个孤儿，孤孤单单来到这个世界，又孤孤单单地走了；鲁邑被安排了一个闲职，说是升官了，实际上是被挂起来了。据说还有个女民警为鲁邑和崔放的调查提供了很多帮助。武旗红没想到，这个女民警居然就是自己现在的搭档。

李咏继续说："我的罪名是协助崔放非法收集证据，要不是副市长最后扛不住都招了，我就更惨了。在滨江市混不下去，我就找个机会调北都来了。没想到，我们大队长居然和滨江市被判刑的公安局副局长是同窗，上学的时候睡过一个被窝儿。坏蛋的朋友遍天下，真是悲剧啊！领导横竖看我不顺眼，干脆把我打发到范米这儿。这不，专案组缩减人员，我们大队的几个人都回去了，就我还留在这儿。我们那个头儿，宁愿一辈子见不到我才好。"

搭档

滨江市那个案子,公安局内部议论了很久。前年夏天,排爆组的人都是这个话题,就连奥运会都没这么受关注。崔放的死和鲁邑的遭遇让大家唏嘘不已,都说警察这个行当不但辛苦,而且命苦。面对不平睁一只眼闭一只眼,老百姓骂你;要是真的较起真来,又有遍地的陷阱等着你,一不小心就人仰马翻。

"如果你不介意的话,我想说说我的想法。"武旗红把吃了一半的那碗馄饨推到一边。

李咏正埋头对付河粉,含含糊糊地说:"不介意,你尽管说……"

武旗红真诚地说:"前年那桩案子,北都市的警察没听说过的恐怕没有几个。我不敢说别的部门的人怎么想,但在排爆组里,所有的人都很支持你们。都是警察,我们知道那么做要冒多大风险,更何况你们对付的那些家伙都有权有势。现在还有几个人肯为了和自己无关的事拿性命和前程冒险?作为同行,说心里话,我敬重你们。"

李咏从河粉上抬起头,脸居然有点儿红了。"我有这么出名啊……"

第十六章
刑警的儿子

锦桥西路甲十一号是个老式的居民小区。房子都是上世纪七十年代的式样，比较老旧，但小区的环境不错，不远处还有一条运河流经此地。夏天的时候，河两岸绿树成荫，是散步休闲的好去处。

王佩文家在三号楼三单元，停车的时候，武旗红看到楼前停着一辆黑色仿哈雷太子摩托车。之所以认为是仿造的，是因为正牌哈雷太贵了。市局有两辆警用哈雷，V型双缸发动机，一千七百毫升的排量，那是几年前一个外商捐赠的，当时的价格每辆四十万左右，北都市警方把它当成宝贝，没有重大活动的时候从不动用。再有就是摩托车上的哈雷标志看上去像是后来贴上的，稍显粗糙。尽管如此，这辆摩托车还是够招摇的。超大的车身再加上剽悍的造型，像极了美国片里那些肆无忌惮的摩托仔的坐骑。武旗红有点儿怀疑，北都市的交警能否允许这样的车开上大街。

太子摩托车旁边站着个胖墩墩留着寸头的中年男人，拿着个黑莓手机在和什么人通话，同时毫无顾忌地上上下下打量着武旗红。武旗红能猜到他是怎么想的——小巧玲珑的 Mini Cooper 里面突然钻出个一米八几的大个子，这场面也够滑稽的。男人穿着深色 T 恤，深色西裤，皮鞋铮亮，武旗红估计他不是这辆摩托的主人，但在那个男人身上有一种他熟悉的东西。警察能够一眼认出自己的同行，这和穿不穿警服无关。

上楼的时候，李咏低声对武旗红说："楼下那胖子好像是市局禁毒支队的，以前和他打过照面，叫什么我忘了。不知道他们在这儿干什么。"

武旗红寻思，不知那个男人是否也认出了他和李咏的身份。他也没在意，毕竟他们手头儿的案子和贩毒不沾边，再说北都市好几千民警，自己偶尔碰见个便衣也不算稀奇。

　　王佩文家住四层，外面有防盗门，武旗红按响了门铃。片刻之后，他听到里面有脚步声，但这声音颇为沉重，不像是个女人的。接着他看到猫眼闪了一下，知道有人在里面往外看。"找谁？"男人的声音，听上去岁数不大。

　　李咏把证件举到猫眼跟前："警察。"

　　开门的是个小伙子，二十出头，稚气未脱，头发好长，穿着洗得发白的牛仔裤和黑色T恤，前胸的图案是一辆哈雷太子摩托车，和楼下的那辆差不多。小伙子疑惑地看着他们："你们……"

　　"我们是市公安局的，请问王佩文老师住这儿吗？"李咏问。

　　"她今天有辅导课，你们应该到学校去找她。"说话的时候，小伙子上上下下打量着李咏，很明显他对李咏比对武旗红感兴趣得多。

　　"我们以为中午她会回家休息。"李咏说。

　　"她中午很少回来。"

　　"你是姜元？"武旗红想起姜少勤的儿子是个吉他手，面前这小伙子的打扮像个摇滚乐手似的。

　　小伙子点点头，他的目光依旧停留在李咏身上。

　　"可以进去说话吗？"李咏笑眯眯地问。

　　小伙子犹豫片刻，往后退了一步。李咏和武旗红进了客厅。这是一套两室一厅的房子，老式的格局，家具看上去很普通，到处都一尘不染，所有东西都放在它们应该在的地方，可见屋子的主人是个很爱干净也很细致的人。

　　屋子里除了姜元，没有别的人。姜元请他们随便坐。武旗红看了看平整得没有一丝皱纹的布艺沙发，认为自己还是站着比较好。李咏也没坐下，目光盯着客厅的一角。武旗红顺着她的目光望过去，发现李咏盯着的地方是卫生间，卫生间的门关着。

　　"里面有人吗？"李咏冲卫生间努努嘴。

武旗红这才意识到卫生间里有人。姜元脸色尴尬,站在原地有点儿不知所措。

"请她出来吧,干吗还藏着呀。"李咏笑着说。

姜元不情愿地走过去敲敲卫生间的门玻璃。门开了,里面出来一个女孩,和姜元年龄相仿,连穿着打扮也差不多——T恤衫、牛仔裤,长相很乖巧,大眼睛忽闪忽闪的。女孩有点儿不好意思,挨着姜元站着,低着头一言不发。武旗红估计是两个孩子趁大人不在家的时候幽会,没想到被自己和李咏撞见了。

"这是……"姜元吞吞吐吐地介绍,"是我们乐队的键盘手。"

女孩对这样的介绍好像不太满意,白了姜元一眼,"我叫吕玲琪,朋友们叫我琪琪。请问你们是……"

"市局刑警支队。"李咏说,她看着姜元,"实际上,我们要找你爸爸。"

姜元的表情立刻紧张了,"你们找他干什么?他早就不当警察了。"那口气和他妈妈如出一辙。

"你别多心,"李咏安慰他,"我们在调查一个多年前的案子,当时是你爸爸经办的。我们就是想找他问问关于那个案子的情况。"

"可是他不在这儿住了,他已经和我妈……"姜元说到这儿停住了。

"我们知道。"李咏说,"我们去过五龙坡分局,你爸爸当年的同事给了我们一个手机号码,可那是空号。我们怎么才能找到他?"

"你们找过我妈了?"

"我们给学校打了电话,"李咏随口撒了个谎,"不巧当时她有课。我们担心直接找到学校去会让你妈妈的同事误解——毕竟我们是警察。"这话说得很体贴,武旗红看见姜元感激地点了点头。"那么,能不能告诉我,怎么才能和你爸爸联系上?"

"我可以告诉你们,不过……"姜元为难地说,"我妈知道了可能会生气。"

"放心吧,我们不会告诉你妈妈的。"李咏的语气就像是在哄一个担心自己闯了祸的小朋友。

姜元去了里屋,不到半分钟又出来了,把一张卡片递给李咏。"是我爸爸的电话。"

李咏看了看卡片，上面只有一个手机号码。"他住在什么地方？我们可不可以直接去那里找他？"

"这时候他不在家，你们去了也找不到他。"

"他一般什么时候回家？"

"不好说……"姜元含含糊糊地回答，"有时候早有时候晚。"

"再晚也会回去，是不是？"

姜元勉强点点头。

李咏把那张卡片还给他。姜元不情愿地在卡片上写了个地址，武旗红看见头三个字是"元和宫"，心里一沉。元和宫这个地名听上去不错，挺有气魄的，据说清朝某个皇帝的行宫就在这儿，但早就毁于战乱了，谁也没见过那个行宫长什么样。现在，元和宫一带是北都市最底层的人集中的地方，外来人口也多住在这里，治安状况不怎么乐观。刚才在五龙坡分局的时候，徐杰说姜少勤下海做生意了，听他的意思，姜少勤应该有个很体面的职业。但元和宫一带绝对不是什么体面人住的地方。

武旗红问："你爸爸现在做什么工作？"

"开出租……"姜元的声音很低，似乎这个职业让他感到难堪。

武旗红有些黯然，一个所谓"辞职下海"的前刑警竟然当了出租车司机，住在元和宫那种地方，可以想见他的落泊。

"是哪个出租车公司？"李咏问。

"快客。"

"他什么时候下班？"

"总得晚上八九点以后，有时候更晚。你们找他最好是有重要的事情，前些天他们公司的车都换成了伊兰特，我爸补了好几万押金，最近一直忙着挣钱，他不一定会为了和你们见面就……"

他的话没说完，但武旗红和李咏都明白。他们对视一眼，武旗红心想这倒是个问题，要是姜少勤没兴趣和他们见面就不好办了。

"我们今晚有个演出，"说到演出，姜元的脸上泛出了光彩，"在湖滨路的欢乐卖艺人酒吧。我可以给我爸爸打个电话，让他演出之后来接我。这样你们就可以见到他了——就是时间有点儿晚。"

"什么时候?"李咏问。

"九点半到十二点半。"停了一下,姜元试探着说,"如果你们晚上没事,可以早点儿去,听听我们的歌。"

临走前,姜元扭扭捏捏地问李咏能不能给他留个联系方式。那个叫琪琪的女孩狠狠瞪了他一眼,姜元假装没看见。

下楼的时候,武旗红忍不住笑着说:"小伙子好像对你挺有好感的。"

李咏皱着眉头,"小毛孩子就这样,长大了肯定是个色鬼。"

从楼道里出来,武旗红特别注意了一下,哈雷太子摩托还停在原地,来时看到的那个禁毒支队的胖子已经不见了。

上了Mini Cooper,系上安全带,武旗红问:"接下来我们怎么办?等到半夜去酒吧见姜少勤?"

"前提是如果你想泡酒吧的话。当然啦,我是好久都没有去酒吧轻松一下了,你要是有兴趣,我们可以一起去喝一杯。"

"什么意思?"武旗红有点儿吃惊地望着李咏。

李咏诡秘地一笑:"老武,听说你以前也是刑警?是不是把教官教的东西都忘光光了?"

"我是军队转业。"武旗红说。

"那太可惜了。"李咏的语气里透着遗憾,"知道吗,当警察之后我学的第一课,就是在询问嫌疑人的时候听懂他们的潜台词——如果疑犯告诉你'我根本不认识他',潜台词就是'我们从小在一起长大',如果他说'我是无辜的',那就相当于'那就是我干的'。"

"我没有上过这方面的课。"武旗红实话实说,"教官真是这么教的?"

"你这个人真的很无趣。这么说吧,根据最初几分钟里那个小鬼的态度,我认为他和他妈妈一样,不太希望我们去打扰他爸爸。他写了一个电话号码,却没写地址,如果不是我管他要的话,他都不打算告诉我。然后他又给我们出了一个到酒吧里等他爸爸的主意。"

"难道姜元在撒谎?"

"我不知道他是不是在撒谎。但是我不想遇到这样的情况——咱们在酒吧里耗了一个晚上,结果小鬼抱歉地告诉你,他爸爸有事来不了。我喜欢主动权掌握在自己手里。"

武旗红有点儿汗颜,差点儿被一个小毛孩耍了。"那现在我们怎么办,给姜少勤打电话?"

"假如姜少勤说,对不起,我车里有客人,暂时没法和你们见面,然后把电话挂了,你怎么办?"

"跟他说我们是警察,我们……"

"你别忘了,"李咏打断武旗红的话,"姜少勤以前是刑警,这一套对他恐怕不起什么作用。"

"那我们干脆去元和宫找他。"武旗红说。

"那种地方我可不想去。"李咏皱着眉头,"至少我不想开着自己的车去。把车停在那里不出半小时,四个车轱辘就得被哪个坏小子卸了。"

武旗红心里一动。"姜少勤是出租车司机,如果他真的住在元和宫,他怎么保证自己睡觉的时候车子不被人拆散了架?"

"我猜姜少勤开的车是两班倒。一辆车两个司机,一个白天一个晚上。每天固定在某个地方交接班,那个地方肯定不会是元和宫。"李咏掏出手机,给专案组的办公室打电话。吕焕还在。"老吕,4S店那边的情况查得怎么样?"

吕焕说4S店里的职工没有叫张建军的,但也不排除张建军是临时工,曾经在那里干过一段时间,目前还在继续查。他刚刚和川沙县公安局联系过,据川沙县公安局的人说,张建军一家早就搬走了,目前下落不明。他正在等那边把资料传过来。

"老吕,帮我个忙。随便找个借口,查一下快客出租车公司有没有一个叫姜少勤的司机,如果有的话,查清楚他现在的位置。"每辆出租车上都有GPS卫星定位系统,这应该不麻烦。

不一会儿吕焕回电话,有姜少勤这个人,不过他是开晚班车的,现在开那辆车的司机叫赵刚,正在夏家胡同一带。

"再帮个忙,"李咏说,"想办法搞清楚他们交班的时间和地点。"

十分钟后吕焕打来电话说,每天下午六点前后,两个人在锦绣家园门口交班。

"是斜街附近那个锦绣家园吗?"得到肯定的回答之后,李咏接着问,"他的车牌号是……北 B78574?多谢,老吕,回头我给你闺女介绍个好对象。"

武旗红印象中吕焕岁数和自己差不多,怎么闺女都到嫁人的年龄了?"吕焕的闺女多大了?"

"三岁,老大不小,该找婆家了。"李咏发动引擎。

车子刚刚开出小区,武旗红的手机响了,是条短信。号码他并不熟悉,上面写着:"已经和我爸联系好,他晚上十二点到欢乐卖艺人酒吧接我。欢迎你们早点儿来,看看我们的表演。姜元。"

武旗红给李咏念了短信。"你刚才给他留的是我的电话?"

"我可不想天天被这小鬼骚扰。"李咏冷笑,"这小鬼没一句实话。他爸爸两班倒,而且是晚班,他能不知道?当着我们的面不给他爸爸打电话,我们前脚刚走,又告诉我们说他已经约好了。哼哼,以为我是傻瓜?"

"刑警的儿子……"武旗红不由得感慨,他发现李咏直接把车开上了二环,一路向北,"我们现在去哪儿?"现在离姜少勤交接班还有一段时间。

"市局,"李咏说,"我想查查川沙县三零八厂的资料。"

"是张建军父母以前的单位?"

"这家人都不知去向,不过两个老人的退休工资总要领吧?"

搭档

第十七章
同事的女儿

"行动计划就是这样，预计今晚八点钟开始。"禁毒支队长戏志才看看表，"我们还有充足的时间，请大家把所有细节都仔细考虑一遍，看看还有什么要补充的。我重申一遍，这次行动关系重大，我不希望哪个环节出差错。"他问副支队长梅星宇，"那边安排好了没有？"

梅星宇说："外线便衣都已经进入位置了。另外，还从防暴大队调了一队特警待命。"

戏志才环顾四周，突然皱了皱眉头，"庄道荣呢？"

"在那边布置呢，这个会他就不参加了吧。"梅星宇说。

戏志才点点头，"这次行动由老梅担任现场指挥……"他看见赵灵儿举起了手，"小赵？有什么要说的？"

"我……"赵灵儿犹豫片刻，终于鼓足勇气，"我觉得这次行动不太稳妥。"她知道此话一出，在座的大部分人都会不以为然，但她还是忍不住要把自己的想法说出来。

会议室里一片沉寂，所有人的目光都盯着赵灵儿。"有什么想法就说说。"戏志才不动声色。

赵灵儿喘了口气，既然已经说出口，她就不再有什么顾虑，"我觉得这次行动有点儿太急功近利了。这本来是一条可以长期经营的线索。给刘帆千提供毒品的人不是谢金东本人，不过是个马仔而已。即使行动成功，我们抓住一个马仔又有什么意义？"

谢金东是个毒贩子。2008年杜氏兄弟的贩毒集团发生内部争斗，元气大伤，杜氏兄弟和他们的几个亲信都死于火并。谢金东本来只是个小角色，趁着这个机会拉拢杜氏兄弟的旧部，大有取而代之的意思。省公安厅禁毒总队在谢金东的贩毒团伙里安插了一个卧底。去年，卧底提供了几条线索，谢金东连续三次大宗买卖都失手了。但卧底始终没进入贩毒集团的核心，无法掌握谢金东实实在在的犯罪证据，因此谢金东最终没有被牵连进去。不过，谢金东还是被吓出了一身冷汗。他暂停了毒品交易，大概是想等风声过去之后再说。

对于谢金东这种级别的毒贩子来说，长时间停止交易就意味着大笔的损失，他的资金链也会因此出问题。不仅如此，北都市的毒品市场突然间形成了一个真空，外地的毒品很快就会涌进来，谢金东可能会失去对毒品市场的控制。因此警方判断，谢金东忍不了多久。

2009年以前，北都市的毒品价格相对稳定。自2010年初开始，由于谢金东一直没什么大的动作，导致北都市毒品价格飞涨，而且质次价高，贩毒链条最末端的街头毒贩们怨声载道，已经开始联系外地的渠道了。一些新型毒品如摇头丸、K粉、冰毒之类销路看好，大有取代海洛因的趋势。谢金东是传统型的毒贩，由于境外的供货稳定，再加上新型毒品的市场比较混乱，因此他只做海洛因，冰毒之类靠人工合成的毒品他从来不碰。进入夏季之后，警方突然发现北都市海洛因的价格又趋于稳定了。虽然价格还是偏高，但质量已经恢复到了2009年以前的水平。警方怀疑或者是谢金东又开始行动了，或者是外地的贩毒集团渗透到了北都。

昨天晚上赵灵儿来到脸红美人鱼，为的是湖滨路酒吧一带突然出现的高纯度海洛因。本来赵灵儿只是想去酒吧里探探路，没有什么明确的目标，谁知道刘帆千自己撞了上来。说实在的，她并不指望在刘帆千身上能有什么重大突破。即便刘帆千说出提供毒品的人，那也只是她的一面之词。毒品案件有个特点，必须人赃俱获才有说服力。谢金东不是傻瓜，他不会把自己和毒品关在一间屋子里，也不会和一箱子毒品合影留念。

戏志才沉吟着没有说话。梅星宇说："那可不是一般的马仔，谢金东还是个街头混混的时候，他就是谢金东的跟班。"梅星宇的言下之意在座的人

第十七章

115

都明白。他指望在马仔身上有所突破。

"他就算知道什么也不会告诉我们。"赵灵儿说。

"以前或许如此,可这次不一样。"梅星宇的声音提高了一点儿,"北都市再次出现了成批量的高纯度海洛因,很可能是谢金东在背后运作,这一点大家都没意见吧?"虽然是对大家说的,他的眼睛却盯着赵灵儿。

赵灵儿点点头。

"谢金东经手的毒品大家都有印象吧?所有的包装上面都有一个帆船的标志。那是他的品牌,他是不会随意更改的。最近我们缴获的毒品上面有同样的标志。但在刘帆千身上发现的毒品却是个例外——上面是个地球的标志。这表明了两种毒品来自不同的进货渠道。而后者我们只在刘帆千身上发现了。令人费解的是,"梅星宇故意停顿了一下,"这唯一的带有地球标志的毒品却来自谢金东的马仔。我们只能作出这样的推测,谢金东的马仔在做一件十分危险的事情,他在私自贩卖从别的渠道得来的毒品。大家一定知道谢金东是怎么对付不听话的手下的。所以,如果这次行动我们能够人赃俱获,谢金东的马仔将不得不和我们合作。否则即便在监狱里他也是不安全的,谢金东不会放过他,还有他的家人。"

赵灵儿看得出,在座的人都很认同梅星宇的见解。"可是,这么做将会把刘帆千置于十分危险的境地。"

"我们会保证她的安全。"梅星宇耸耸肩,仿佛这根本不是个问题。

"今晚或许是这样。但以后呢?不论行动成功与否,她都可能成为毒贩子报复的目标。我们根本无法保证她的安全。"

"前怕狼后怕虎,那什么也做不成。"

"这就是拿证人的生命冒险的理由?"

"你不能否认,任何行动多多少少都有一些冒险的成分,况且,她非法持有毒品的事实不容置疑,我们是给她一个机会让她将功赎罪。"

"我们出尔反尔!"一提到这事赵灵儿就不由得来气。"我们事先答应过她,只要她说出毒品的来源,就不再找她的麻烦。可现在呢,我们却让她冒着生命危险去当诱饵。"

"她对此好像并没有什么意见。"梅星宇提醒道。

"那是因为她并不明白她的处境有多危险。我们是在利用她的无知！她还是个孩子！"

"她已经是成年人了。"梅星宇纠正她，"而且她完全可以拒绝我们的要求。"

"她别无选择！"

梅星宇眯缝起眼睛盯着赵灵儿："你不是在感情用事吧？这可不是你个人的事。"

"这当然不是我个人的事。这是我们所有警察的事。刘帆千是警察的女儿！她的母亲在去世的时候依然是个警察，是我们所有人的同事！我们可能会害死同事的女儿，一个死去的警察唯一的女儿！"

会议室里出现了短暂的沉寂。梅星宇也闭了嘴。

戏志才咳嗽了一声，打破了尴尬的气氛。"行动还是要继续进行，毕竟这是一个千载难逢的机会。不过小赵的意见很有道理，我们应该对刘帆千的安全负责到底。这件事由老梅负责。行动结束之后你要马上作出安排，我要了解所有细节。有必要的话，请示刘局长，启动证人保护计划，决不能让刘帆千出什么意外。"他看了看赵灵儿，"小赵，你的心情我能理解，不过你也应该明白，需要保护的不仅仅是刘帆千一个人，即便她是警察的女儿。如果能抓住谢金东，我们挽救的也不仅仅是刘帆千一个人。"

赵灵儿沉默不语。她并不指望支队长会支持她，她知道其他人也不会。只是这些想法憋在心里好久了，她必须说出来。

"其他人还有意见吗？"戏志才环顾会场，"如果没有，就准备行动吧，一定要保证万无一失。小赵，你留下来，我有话跟你说。"

其他人都走了，会议室里只剩下戏志才和赵灵儿。戏志才来回踱了两圈，似乎在斟酌着该怎么开口，赵灵儿坐在自己的座位上一言不发。

"小赵，"过了半晌，戏志才终于说话了，他的声音里透着一丝疲惫，"刘帆千是民警家属这件事情，确实让我们有点儿狼狈。你要是开会前和我商量一下就好了，我们可以私下交流，不必把这样的争论拿到会上说。老梅毕竟是副支队长，当着这么多人反对他的意见，会让他很没面子，其他人会怎么想？"

赵灵儿低下头,"对不起,我没考虑那么多。不过,我对这次行动持保留意见。"

"有意见没关系,但行动的时候你要以大局为重,这个不用我叮嘱你吧?"

"您放心,我知道该怎么做。"

"那就好。"戏志才沉吟片刻,"小赵,我知道你为什么那么关心刘帆千。因为东港那起爆炸案是吧?我们当时都在场,当然,你冒的风险最大。如果炸弹早几分钟被引爆,可能一屋子的人都完了。刘帆千当时是人质,你们也算是生死与共了。我理解你的心情,你希望经历了那场噩梦的人都好好活下去,平平安安的。我何尝不希望如此?可许多事情不是以我们的意志为转移的。当时你能想到刘帆千会落到今天这个地步吗?"

赵灵儿摇摇头。

"世事难预料啊。"戏志才叹息一声,"你跟我说心里话,你反对这次行动,你敢说没有掺杂一点个人感情吗?"

"对不起,支队长。"

"老梅是龙局长一手提拔起来的,龙局长虽然调到省厅去了,可在北都公安局的影响还在,禁毒支队里有一半人都是他的徒子徒孙。我虽然是支队长,可平时也让老梅三分,这你不是不知道。你是我从治安支队带过来的,也算是禁毒支队的元老。可能你会觉得,你们俩之间的分歧仅仅是工作上的,但别人不一定这么想。他们或许认为我们要造龙局长的反……这我不多说了,你能明白。其实老梅这人工作不错,就是说话做事有点儿生硬,那是个性使然。一起工作这么些年了,你也应该了解。我敢说刘帆千的安全问题他不是没有考虑。你还是要和老梅多沟通。老梅抹不开面子,你是年轻人,主动一点儿。我不想让别人以为我们禁毒支队内部不团结。"

第十八章

两个失去搭档的警察

吕焕刚刚接到川沙县公安局传来的资料,拿着相片到4S店辨认去了。"不过别抱太大希望,相片是十年前的。"他在电话里说。

通过照片辨认一个人并不如想象中那么容易。如果是熟悉的人,当然不在话下。但如果你并不熟悉那个人,冷不丁拿出一张那个人十年前的照片问你认不认识,你恐怕回答不上来。而且照片是平面的,照片上人的神态并不一定是他惯常的表情,他还可能换个发型,戴上眼镜,留起胡子。在机场和车站拿着相片寻找犯罪嫌疑人的警察经常被这个问题困扰,尽管他们的眼睛受过这方面的训练,也不敢说有完全的把握,更何况是普通人。

李咏拨通了川沙县三零八厂的电话,找到了财务主管。财务主管说,张建军父母的退休工资是按月打在银行卡上的,他们可以在任何地方的任何一台ATM机上取钱。

"能不能查到他们是在哪个地方取的钱?"李咏问。

"我这里不行。不过,银行应该有办法。不论你在任何一台ATM机上提款,银行的电脑系统都会保存你的取款记录和取款编号,根据这个编号,就可以确定你是在哪个城市取的钱,甚至可以精确到某一台自动提款机。银行卡的开户行应该有这些记录。"

李咏又把电话打到北都市城市商业银行川沙县支行。支行的人说这些取款记录都是保密的,即便是公安局要查,也得出具合法手续。李咏说你先帮我查,我回头把手续补给你们。但支行不同意,他们坚持要亲眼看到公安局出具的证明之后才能提供记录。

一边和支行的人软磨硬泡，李咏一边指指话筒，冲武旗红皱着眉头说了几个字，只动嘴没出声。根据她的口形，武旗红判断出她说的是："死脑筋。"

武旗红找到一张便笺，在上面写了几个字："我们只需要知道取款地点。"然后把便笺放在李咏面前。

李咏恍然大悟，马上笑容可掬地对电话那头说："您是不是误会我的意思了？我不是要您提供那两个人的账户信息，我对他们的卡上有多少钱、取了多少钱不感兴趣，我也不想知道他们的取款编号。我只需要您帮我查查，那两个人最后一次取钱是在什么地方。这应该不麻烦吧？"

银行方面终于勉强同意了。不一会儿，他们告诉李咏，在北都市，具体一点儿，就是五龙坡，最近的一次是一个月前。

听到这个消息，范米依旧一副波澜不惊的样子。"这只能说明张建军的父母住在五龙坡。"

"据我们所知，2007年之后，张建军先是回了川沙县，不久之后一家人都搬走了，不知去向。两个老人在川沙县住了一辈子，为什么要搬到一个陌生的地方去？我想只有一个理由，他们要和儿子住在一起。"

"就算他们住在五龙坡，我们怎么找到他们？五龙坡一带是经济开发区，北都市有一半外来人口都在那儿打工，我们到哪儿去查一个叫张建军的？基本上是大海捞针。再说，他很可能不用这个名字了。"

"如果能确认具体是哪一台提款机……"武旗红试探着说。

"那个办法不现实。"范米立刻否决了他的意见，"即使能确定，难道让我们专案组九个人天天去那儿盯着，万一他们换一台提款机怎么办？或者他们这个月不取钱呢？如果我们能确定张建军的嫌疑，这个笨办法也不是不可以考虑，但现在……"范米摊开双手，"你们甚至还没有搞清楚张建军和系列爆炸案到底有没有关系。"似乎是受到这句话的提醒，他突然问，"今天去五龙坡分局有什么收获吗？"

"案卷上有用的东西不是很多，"李咏含含糊糊地说，"我们本打算找办案民警谈谈，不巧没找到。目前只能确定张建军的确很喜欢何小蓓。他很可能因为何小蓓的死而迁怒于各种娱乐场所。"李咏并没有把两个办案民警一个死了一个辞职的情况说出来。

"还是'可能'。"范米说,"为什么非要把他的爱情故事和系列爆炸案扯上关系?我不是想打击你们的积极性。花这么多精力调查张建军,你们是不是有点儿舍近求远呀?"

李咏还要说什么,武旗红突然接过话。"也许不是。"

范米一手摘下眼镜,一手使劲捏了捏鼻梁,"你是什么意思?"

"看案卷的时候,有个细节一直没引起我们的注意。"武旗红说,"张建军的父母退休前在三零八厂工作。我刚刚想起来,凡是带编号的工厂都是军工厂。"

范米一下子来了精神,"是生产什么的?"

"不知道,不过我们省多数军工企业都是生产硝化棉的。"

"那是什么东西?"

"硝化棉是一种单基药,主要用来制作小口径枪炮的发射药,当然,也能做炸药。"

"就是说张建军可能具备做炸药的基本常识?"

"很可能。"武旗红说。

"好吧,"范米重新把眼镜戴上,"你们可以继续找张建军的下落,两个人忙得过来吗?"

"可以让吕焕和左泠来帮忙吗?"李咏说,"我需要派人到2007年何小蓓的案子发生前后张建军住的地方查查,如果那儿有认识他的人,说不定能提供点儿线索。"

"你把我这儿最能干的两个人都要走了。"范米说,"那你们干什么去?"

"我们去找当年办案的警察谈谈。"

锦绣家园位于斜街附近。一般情况下,从市局到斜街用不了二十分钟。李咏提前半小时出发,以防遇上堵车,另外,还要打出点儿富余,以便到了锦绣家园之后先观察一下周围的情况。但还有个情况她没估计到。

刚刚把车开出市局,天色一下子黑了下来,一阵狂风过后,豆大的雨

搭档

点噼里啪啦往下掉，还伴着电闪雷鸣。这是北方夏季常有的雷阵雨天气，持续的时间并不长，但足以给本来就拥堵的交通造成更大的困扰，马路上的车排起了长龙。亮黄色的 Mini Cooper 在车流中走走停停。李咏一边开车一边抱怨："真是人算不如天算，但愿我们还来得及。"

"这种天气，姜少勤交接班也会受影响。他们不一定有我们快。"武旗红不知道这话是安慰李咏还是安慰自己。

赶到斜街的时候已经六点多了。天色虽然还阴沉沉的，但雨总算是停了。李咏把 Mini Cooper 停在路边的停车带，街对面就是锦绣家园。两个人下了车，从天桥过了马路。锦绣家园门口停着好几辆趴活的出租车，武旗红和李咏放慢脚步，辨认出租车的车牌号，却没有发现他们想找的那辆车。

"我们来晚了？"李咏自言自语。

说话间，一辆绿白相间的车牌号为北 B78574 的伊兰特出租车缓缓停在保安岗亭旁边。紧接着，从岗亭后面钻出来一个身材瘦高的中年男人，敲了敲伊兰特的车窗。

李咏松了口气，"还好，正赶上他们交接班。我们等会儿再过去。"

伊兰特驾驶座的车门打开了，下来了一个矮墩墩的男人，头发有点儿乱糟糟的，上身一件浅色圆领衫，下身一条皱皱巴巴的水洗布裤子——这是长时间开车的结果。他指着伊兰特的挡风玻璃对瘦高男人说了几句什么，然后摆摆手走了。

男人钻进了驾驶座。武旗红正要迈步过去，"等等，"李咏突然抓住他的衣角，把他拽到小区门口的报刊亭旁边，低声叮嘱，"自然点儿，别一个劲儿往那边看。"边说边假装浏览着杂志。

武旗红半侧着身子，用眼角的余光往伊兰特那边扫了一眼，心里微微一震，中午在姜元家楼下遇到的那个禁毒支队的胖子小跑着上了出租车。"怎么回事？他是打车的？"

"不像，附近那么多出租车都空着，干吗非要打这辆车？"

胖子的出现大大出乎武旗红的意料，更糟糕的事情还在后面——伊兰特突然轰响油门，起步了。武旗红看见挡风玻璃后红色的空车标志被司机压了下去。李咏低声咒骂："见鬼，我干吗把车停在马路对面？"

"我们要不要打出租车跟上？"武旗红问。

正犹豫间，伊兰特突然一个急刹车，又停住了，刹车的声音非常刺耳。李咏皱着眉嘀咕了一句："这算是搞什么鬼……"

武旗红看不清楚车里到底发生了什么事，只依稀看见伊兰特前排的两个人都没动地方。过了不到五分钟，副驾驶的门打开了，胖子从车里钻出来东张西望。武旗红和李咏同时背过身。

"二位，你们什么都不买没关系，别挡着别人呀。"报刊亭的老板不乐意了。

武旗红掏出钱包，"来份都市报。"

再回过身的时候，禁毒支队的胖子已经上了一辆黑色广本，一溜烟开走了。武旗红看到了车牌，那是市局的牌照。

"这事越来越有趣了。"李咏向伊兰特走过去，边走边叮嘱，"先别和姜少勤提刚才咱们看到的事，看看他的反应再说。"

来到伊兰特跟前，李咏弯下腰敲敲车窗玻璃。电动车窗落了下来。武旗红看到一张写满忧虑的脸。他立刻肯定这就是他们要找的人，从他的脸上，他看到了姜元的影子。

姜少勤大概五十来岁，脸形偏瘦，留着略微长一些的寸头。他的头发很硬，像钢丝似的，一根根顽强地冲上长着，里面还夹杂着些许白发。"抱歉，我现在不拉活儿。"

李咏一把拉开车门上了车，武旗红跟着钻进了后座。"市局刑警支队。"李咏亮出了证件，"这是我的搭档。"她抬抬下巴示意坐在后排的武旗红。

"我管你们是哪儿的！"姜少勤粗鲁地说，"我今天不拉活儿。"

"不拉活儿干吗还压着计价器？"李咏问。

姜少勤抬手就要把计价器关掉，李咏拦住他。"等等，我们想找您问几个问题。计价器先不用关，我们会按时付等候费。"

"我不是要饭的。"姜少勤冷冷地说，他挡开李咏的手，关掉了计价器，"有什么事快点儿说，我还有事。"

姜少勤可能会表现得很冷淡，这一点武旗红事前估计到了。让武旗红奇怪的是，姜少勤对他们的警察身份并不感到意外。

123

"好吧，"李咏说，"我们不想浪费您的时间。我们正在调查一桩三年前的案子，何小蓓这个名字你还有印象吗？"

　　姜少勤沉默片刻。"想不起来了。"

　　"2007年6月，"李咏提示，"何小蓓被谋杀了，我们看了案卷，案子是你和杨献兵办的。"

　　"既然都看过案卷了，你们还来找我干吗？"

　　"有几个问题……"

　　"那你们应该去问徐杰。他现在还是刑警大队长吗？"

　　"是。不过徐杰说他也不清楚，所以我们才来找你。"

　　"连刑警大队长都不清楚，你们问我有什么用？"

　　"当时的情况，你总会记得一些吧？"

　　姜少勤不假思索地说："一点儿也不记得。"

　　气氛一时有些尴尬。李咏尽量用和缓的口气说："您也不用回答得这么快，仔细想想，我们需要你的帮助。"

　　"帮助？"听李咏这么说，姜少勤的火气上来了，"当初调查这个案子的时候怎么没人帮助我？你们市局的人还真会办事。下命令停止调查的是你们，现如今旧案重提的也是你们。三年了，这么长时间，你们市局的人都干吗去了？"

　　李咏立刻抓住了重点。"为什么要停止调查？"

　　"别问我，我不记得了。"

　　"这不太像一个老警察说的话吧？"李咏故意激他。

　　但姜少勤根本不上当，"我早就不是警察了。"

　　武旗红试探着问："是不是因为杨献兵牺牲了？"

　　姜少勤沉默了。

　　武旗红认为自己猜对了，杨献兵的死的确和何小蓓的案子有关。"听徐杰说你和杨献兵的关系很好，你们是搭档，难道你不想查出他到底是被谁杀害的吗？"

　　"你懂个屁！"姜少勤猛地扭过头，对武旗红怒目而视，眼睛似乎要喷出火来，"你有什么资格说这样的话，你什么都不明白！"

"我明白。"武旗红迎着他的目光,"我的搭档也牺牲了,在2006年的夏天。"

姜少勤吃惊地看着他。"你是……"

"东港的爆炸案你肯定有印象吧。我的搭档叫周毅泽。"

姜少勤缓缓点点头,"我听说……是意外?"

"不是意外。炸弹是被遥控引爆的。我一直希望能抓到那个绑匪的同伙,可是没有。我和你有同样的感受,可能有过之而无不及,因为我几乎是眼睁睁地看着我的搭档牺牲的,我离他那么近,却没办法救他。"

姜少勤叹了口气,目光中的敌意渐渐消失了。

"你帮助我们,实际上也是帮助你自己。"

姜少勤低下头,似乎是在心里权衡着。最后他终于开口了,"我……我实在帮不了你们。我一点儿也想不起来了。就是把我抓到公安局,我也是这句话。你们还是想别的办法吧。对不起,请你们下车……"他轰响了油门。

无奈,他们只好下了车,看着伊兰特驶向暮色之中。

"真没面子,"李咏唉声叹气,"就这么被他轰出来了。"

"他不肯告诉我们实情,"武旗红望着伊兰特的尾灯融入了大街上的车流,"会不会和禁毒支队的那个人有关?"

"看上去有点儿像,不过禁毒支队和何小蓓的事八竿子打不着啊。"

"刚才为什么不问问他?"

"你以为问了他就会告诉你?别一下子把你的底牌都亮出来,留几张下次用。"

他们过了天桥,向李咏停车的地方走去。武旗红的手机响了,是个陌生的号码。他接通电话,听到一个女孩细细的有些胆怯的声音,"请问,你是白天找过姜元的那位警察吗?"

"你是……"

女孩小心翼翼地说:"我是姜元的女朋友……白天我们见过面。"

武旗红想起了姜元身边的那个女孩,姜元说她是键盘手。"你是琪琪?"

"是……你们……"女孩的声音微微颤抖,听上去马上就要哭出来了,

搭档

"你们……为什么要抓他？"

"抓他？"武旗红莫名其妙，"谁抓他？抓他干吗？"

手机里，女孩终于忍不住放声大哭："姜元……被警察抓起来了……"

第十九章
失败的诱捕

　　和湖滨路酒吧一条街不同，坐落在牡丹园的三叶虫酒城是一家大型酒吧，有两层楼，中空的结构。这个酒吧是收门票的，每天晚上固定都有歌舞表演和一些稍嫌暧昧的娱乐节目，这类节目远远比不上某些夜总会的那么露骨，算是打个擦边球。它的名气也由此而来。

　　街道斜对面的快餐连锁店门口停着一辆白色的封闭式货车，车身上写着"保鲜快送"的字样，路过的人都会以为这是给餐厅送食品的汽车。实际上，它是禁毒支队的指挥车。参与行动的警员们都已经到位。

　　几个小时前，刘帆千在梅星宇的授意下给酒吧的经理林二打了电话，林二和她约定晚上在办公室里见面。警方搞到了酒吧的平面图，在几个可能的出口附近都布置了警力。几个便衣警察化装成顾客提前进了酒吧。不久之后他们向梅星宇汇报，里面一切正常，但没看见林二露面。

　　赵灵儿上了二楼，在栏杆边找了张没人的桌子坐下，这里可以俯视酒吧中间的舞台。时间尚早，表演还没开始，顾客也不算多。晚上九十点钟以后才是酒吧里最热闹的时候。还好，赵灵儿想，如果酒吧里顾客太多，万一出点儿什么意外，警方很难马上控制住局面。

　　服务生问她要点儿什么。"冰水。"她说。

　　耳麦里传来在附近守候的民警们的谈话。执行任务前的等待太无聊了，大家都乐于开开玩笑打发时间。

　　"谁知道三叶虫是什么东西？"有人问。赵灵儿听出是外线便衣杨子的声音。

"好像是一种害虫吧，专吃棉花。"不知道是谁在回答。

"吃棉花的是棉铃虫。三叶虫是最有代表性的远古生物，大约生活在五点六亿年前到二点四亿年前之间，背壳分为三部分，因此叫三叶虫。"说话的是监控车里负责通讯设备的孟波。孟波是有名的书呆子，知识渊博得要命，大家都叫他孟博士。

一阵嗤笑。"谁在背书呢，是不是孟博士啊？"

"不才正是在下。"

"孟博士也来了？"有人笑着说，"孟博士懂得多，能不能说说这个酒吧干吗叫三叶虫啊？"

孟博士没出声。

"说不定三叶虫很有营养，酒吧里的饮料都是用三叶虫的尸体泡出来的吧？"

赵灵儿看看面前的那杯冰水，不由得皱起眉头，有点儿后悔刚才喝了两口。她压低声音对领子下面的麦克风说："杨子你别说了，太恶心了。"

"灵妹妹也在啊？"杨子说，仿佛知道赵灵儿在干什么似的，"别怕，那东西大补。"

接着赵灵儿听到了梅星宇的声音："你们都少说两句，注意周围的情况。"

"是，领导。"杨子依然油腔滑调，"那领导能不能给我们讲讲，这地方和三叶虫有什么关系？"

"酒吧的经理是林二，不过后台老板是谢金东。听说谢金东是研究生学历，学古生物的，所以给酒吧起了这么个名字。"

"毒贩子学古生物？还真会搞笑……"

"谢金东这是和杜沉学的。"不知是谁说了一句。

杨子问："杜沉是谁呀？"

"杜沉在北都招摇的时候你还没毕业呢。"梅星宇说，"谢金东之前，北都市的头号毒贩子是杜氏兄弟，老大杜渐，老二杜沉。杜沉是在美国留过学的，是个什么研究生，开着法拉利，张嘴闭嘴都是洋文，我们没少和他打交道。"

"后来呢?"

梅星宇哼了一声,"毒贩子还有什么'后来'。贩毒团伙内部火并,杜氏兄弟都死了。要是杜氏兄弟有'后来',哪儿轮得到谢金东当老大。杜氏兄弟最风光的时候,谢金东连马仔都算不上。"

"各单位注意,目标出现。"耳麦里传来孟博士的声音。"红色富康出租车……目标下车进入酒吧。"

"三号、四号、八号,目标已经进入酒吧。收到请回话。"梅星宇说。

"三号收到。"

"四号收到。"

"八号收到。"赵灵儿说。

"目标正在上楼。"三号汇报。

几秒钟之后,刘帆千的身影出现在楼梯口。

"八号看到目标。"赵灵儿说。

酒吧里光线太暗,赵灵儿看不清刘帆千脸上的表情。犹豫了片刻,刘帆千穿过一片桌椅,走向对面一条过道。她走路的姿势有点儿僵硬,赵灵儿知道那是衣服里面藏了个微型麦克风的缘故。赵灵儿自己也有过这样的体验——尽管粘得很牢靠,可总是担心麦克风会掉出来,还有腰间的传输设备和那些连线,贴在身上的感觉就两个字:别扭。

过道前站着个膀大腰圆的汉子,一眼就能看出他是干什么的。他巨大的身躯挡住了过道的入口。刘帆千走到他面前。

"千千妹妹,"显然那汉子是认识刘帆千的,"今天怎么有空来玩啊?"

"林哥叫我来的。"

汉子往旁边一闪,放刘帆千过去,继而又用自己的身子挡住了过道。过道里面比外面更暗,刘帆千进去之后,就离开了警方的视野,只能通过微型麦克风传来的声音判断里面的情况。现在全看刘帆千的了,只要她发出信号,民警们就会一起冲进去。

"请求三号四号向八号靠拢。"赵灵儿说。

"收到。"

耳机里传来敲门的声音，门打开了。刘帆千的语气有点儿惊讶："老六，怎么是你？林哥呢？"

赵灵儿心里一凛。老六本名叫董菊国，是帮林二看场子的，他怎么会在林二的办公室里？

"林哥叫我等你，他说他有事来不了。"

这个情况谁也没料到，赵灵儿不知道梅星宇是不是很失望。"情况有变，"她低声对麦克风说，"是否按原计划行事？"

梅星宇回复："继续监视，我正在向指挥部汇报。"

"可是，我跟林哥说好了……"刘帆千嗫嚅着说。

"要货是不是？"老六说，"都给你准备好了。"接着是一阵窸窸窣窣的声音，似乎老六在翻抽屉找什么东西，边找边调侃，"千千妹妹，有个笑话你听没听过。皇上发现宫女们一个个面黄肌瘦、没精打采，以为她们生病了，让太医给她们开药方。太医从宫外找了几十个身强力壮的小伙子。皇上问：找这些人来干吗？太医说：他们都是治病用的药引子。一个月之后，宫女们的病都好了，一个个精神焕发，再看那几十个小伙子，面黄肌瘦、没精打采。皇上看见了，又问太医：这些人是干吗的？太医说：他们是药渣。"说罢一阵淫笑，"千千妹妹，我怎么觉得你没精打采的？"

刘帆千没出声。

"啊，在这儿呢。"老六说，"林哥说前天你刚刚买过货，那么快就用完了？你可要注意身体呀，好玩归好玩，可不能当饭吃。"又是一阵别有用心的笑。

"明天晚上我们有个派对，来的人挺多，我怕不够……"这是事先商量好的说辞，就怕林二对刘帆千连续买货产生怀疑。

"派对？"老六的语气很怪异，"这样的派对我也想参加，怎么样，要是你带我去，今天的货全免费。"

赵灵儿听见轻微的啪的一声，似乎是老六把什么东西扔在了桌子上。

"哦……"刘帆千迟疑了片刻，大概在考虑该怎么回答，这完全是计划外的问题。"我看我还是付钱吧……这是什么？"刘帆千的声音里充满疑惑。

第十九章

"你要的货呀。这东西够劲儿,"老六的声音有些异样,"要不要先试试?"

"不用了,朋友们还在等我呢……"

赵灵儿越听越觉得不对劲儿。

突然刘帆千一声尖叫:"你干吗!"

耳机里传来什么东西掉在地上的声音,接着是撕扯的声音,还有老六的喘息声:"小婊子你装什么正经,买这种药干什么难道我还不清楚。我不吃药也能让你爽……他妈的!你衣服里是什么?"

"救命啊——"刘帆千喊得撕心裂肺。

这可不是事先约定的信号。

"各单位马上行动,证人有危险!"梅星宇急促地下命令,"快——"

在梅星宇下命令之前,赵灵儿已经冲了过去。站在过道前的大汉上前一步拦住赵灵儿的去路。

"警察。"赵灵儿亮出证件。"让开!"

"警察也不能乱闯啊。"大汉根本不买账,伸手要把赵灵儿扒拉到一边。

耳麦里又传来刘帆千的尖叫。赵灵儿不再和大汉废话,微微侧身让过他的手,右脚上前半步,整个身子几乎贴在了大汉的身上,接着左掌由下往上狠狠托在大汉的下巴上,这是矮个儿对付高个儿的惯用手法。大汉踉踉跄跄歪在一边,巨大的身躯撞到墙上。

赵灵儿闪身冲进过道,一脚踹开办公室的门——刘帆千正在老六的怀里挣扎。

老六惊愕地望着门口的赵灵儿,抓住刘帆千的手放松了。衣衫凌乱的刘帆千趁势挣脱出来,躲在赵灵儿身后。赵灵儿听到身后杂沓的脚步声,知道支援的同事们赶到了。"警察!"赵灵儿一手举着证件,一手掏出手铐。"往后站,双手放在头上!"

愣怔了片刻,老六迅速抓起桌子上的一个小塑料袋就要往嘴里送。赵灵儿动作比他快得多,抬起左腿一个下劈把他放倒在地,顺势一脚踩在他的手腕上。老六大声惨叫,手里还死死攥着那个塑料袋。大批便衣冲了进来。两个警察上前给老六戴上了手铐。

131

搭档

刘帆千终于忍不住放声大哭。赵灵儿一手搂着她的肩膀,一手帮她整理凌乱的衣服,却找不到一句话来安慰她。刘帆千抽抽噎噎地说:"都怪你们……都怪你们……我说我干不了你们非让我来,你们还不如把我关进去算了……"

第二十章

栽赃不是目的

琪琪站在欢乐卖艺人酒吧的门口,眼圈红红的,看上去刚刚哭过。后面的酒吧里传来的音乐声和阵阵哄笑,和这个孤零零的女孩形成了鲜明对比。

Mini Cooper 停在她的身边,李咏在车里冲她招招手。女孩怯生生地向他们走了几步。武旗红打开右侧的车门,把座椅往前收了收,女孩一低头钻进了后座。

"琪琪,到底怎么回事?"李咏回过头问。

一听这话,琪琪嘴一扁,眼泪下来了。李咏从纸巾盒里抽出几张纸巾递给她,女孩接过纸巾,仿佛得到了准许,突然间放声痛哭,几张纸巾瞬间就被泪水浸透了。李咏显然在哄小孩方面没什么经验,也没什么耐心。等了一会儿,但琪琪的哭声没有停止的迹象,她冲武旗红努努嘴,意思是让武旗红劝劝。武旗红除了继续递纸巾,也没什么其他办法。他无奈地冲李咏摇摇头。

终于琪琪的哭声小了,她用手背擦擦眼睛。武旗红发现刚刚给她的纸巾都用光了,又要递给她几张,被李咏拦住了。"先说说怎么回事。"

"下午你们刚走,我和姜元就去了欢乐卖艺人。"琪琪说得断断续续,边说边不停地吸鼻子。"我们排练一直没地方,姜元和欢乐卖艺人的老板熟,老板答应他,营业之前的那段时间可以使用酒吧里的小舞台排练。所以我们一般去得都挺早。刚到门口,还没进去,就被两个穿制服的警察拦住了,他们身边还有个穿便衣的,可能也是警察。他们说怀疑姜元藏毒品……"

"毒品?"李咏打断她的话,"姜元吸毒?"

"不不,"女孩使劲摇头,"他不吸毒。"

武旗红马上想到了在姜元家楼下遇到的禁毒支队的胖子。

"你确定?"李咏语气里带着怀疑。姜元的外表给人的印象跟个嬉皮士似的,而且经常混迹于湖滨路酒吧一带,要说他沾染上毒品一点儿也不奇怪。

"我天天和他在一起,我敢保证!"女孩说。

"他们从姜元身上搜出毒品了?"武旗红问。

"不是在他身上,他们让姜元打开摩托车的储物箱,在里面发现的……"

"是哪种毒品?"

女孩茫然地摇摇头。

"摇头丸?K粉?海洛因?"

"我不认识……就是个小塑料口袋,上面有个地球的图案。警察说那是毒品,就把他带走了……"

"把他带哪儿去了?"

"不知道……"

"告诉他爸爸妈妈了吗?"

"没有……"女孩再次泪如泉涌,"我不知道怎么跟他们说……你们救救姜元吧,肯定是搞错了,他真的不吸毒。他还经常跟我说,让我千万别碰毒品。他说他爸爸以前是警察,他不能给他爸爸丢人……"

"你刚才说毒品是在摩托车的储物箱里发现的,"等女孩稍微平静了一点儿,李咏问,"储物箱里平时都放些什么?"

女孩停止抽泣。"只有两个摩托车头盔,姜元从来不戴。我记得那两个储物箱好久没打开过了。"

"姜元是什么时候被抓走的?"

"三点左右。"

武旗红回想了一下，他们到达锦绣家园的时候大约是六点多，在那里他们看见了禁毒支队的人。

"你家住哪儿，我们先送你回家。"李咏对琪琪说，然后发动了引擎。

"我还不能回去。"琪琪看了一眼酒吧的方向，"我们答应过老板要演出的，要是走了，以后这里的酒吧再不会请我们唱歌了。"

"就剩你一个人了还怎么演出？"

"还有两个，阿杰和东东。他们还在里面。一会儿演出就要开始了，我不能在外面待太久。"琪琪打开车门下了车。"给你们添麻烦了，要是你们知道姜元被关在哪儿，请告诉我一声。"她把一张纸条递给武旗红，上面是个电话号码。"我们要去看看他，至少要给他送两件换洗衣服，还有吃的……听说里面很苦……"女孩一脸忧虑的神色，可怜兮兮地望着武旗红，"请你们一定帮帮他……"

看着琪琪的身影消失在酒吧门口，李咏说："你看这孩子说的有多少是真的？"

武旗红皱起眉头："你不会怀疑她也在骗你吧？"

"我也认为我很多疑，但是她说姜元不吸毒，那禁毒支队的人怎么会无缘无故盯上他？"

"也许他真的不吸毒，毕竟他爸爸以前是警察。"

"也许吧，但这不一定表明他不会替别人藏毒品。酒吧街这种地方，对两个小孩子来说太复杂了。听小姑娘的意思，抓姜元的警察并没说姜元一定吸毒。非法持有毒品也是要负刑事责任的。"

"你是说他们被别人利用了？"

"老武，我发现你有个很大的优点，看人看事总是往最好的方面想。而我呢，正相反。所以如果要给你配个搭档的话，那必须是我。范组长还真有眼光。"

武旗红不知道这话算不算是在夸自己。

"好吧，"李咏用一种妥协的腔调说，"这次我站在你一边。我倾向于相信小姑娘的话。因为今天的事情巧合太多了，多得让我开始怀疑自己的判断力。"

"你指的是什么?"

"禁毒支队的人出现在姜元家楼下绝对不是偶然的,后来又去找姜元的爸爸,恐怕也不是为了叙旧。那个时候姜元已经被抓起来了。而且,他们总是提前我们一步。"

"你是说这实际上是针对我们的?"

"看上去很像。你不觉得吗?我们去五龙坡调案卷,发现案卷有点儿问题。我们想找当时办案的民警谈谈,结果一个死了,一个辞职了。我们想找那个活着的聊聊,徐杰不告诉我们联系方式。等我们费了好大周折找到姜少勤,他却什么也不肯对我们说。就在我们找到姜少勤之前几个小时,他儿子被抓起来了。"李咏停顿了一会儿,"老武,你要是想继续查这个案子,我希望你先有个心理准备。依我看,有人不太喜欢我们现在的工作,正在煞费苦心地给我们制造麻烦。而且,跟我们过不去的人来自公安局。"

第二十一章
虚张声势

琪琪说姜元是被穿制服的民警带走的,武旗红和李咏估计他们应该是湖滨路派出所的。一小袋毒品算不上什么大案,根据一般的办案程序,姜元应该首先被带到派出所讯问。他们想到派出所碰碰运气。如果能见到姜元那最好,即便见不到,也可以打听打听具体是怎么回事。他们至少要搞清楚姜元和毒品是否有关。

湖滨路派出所辖区内酒店、商场、娱乐场所比较集中,是城西区的繁华地段。正因如此,这里的地皮都比较紧张,派出所就挤在湖滨路主干道边一个狭窄街角上。派出所门口的便道上停着一溜蓝白相间的警车,一辆黑色广本也在其中,是市局的牌照。路过那辆车的时候,李咏对武旗红说:"等会儿我们说不定能会会那个胖子。"

派出所早就下班了。武旗红和李咏向一层大厅里值班的民警出示了证件,问他现在这里谁负责。民警说教导员还在。他给教导员的办公室打了个电话,但没人接。民警说:"你们要是不着急的话就等一会儿,教导员大概正忙着,傍晚的时候刚刚抓了个吸毒的,估计正审着呢。"

"你们教导员贵姓?"李咏问。

"姓萧。萧云陆。"值班民警的目光盯着他们身后,"他下来了。"

武旗红和李咏一起转过身。对面的楼梯上下来了一个穿警服的中年男子,身边还跟着两个打扮得跟古惑仔似的十五六岁的半大男孩。

其中一个头发染成绿色的男孩边下楼边说:"萧哥,您可把我俩整惨了，说好完事就让我们走的，可愣是把我们关到现在。我们这回纯粹是奉献了。"

武旗红估计这位"萧哥"就是教导员萧云陆了。萧云陆伸手在绿头发的脑袋上胡噜了一把："哪儿那么多废话，你们俩又不是第一次进来。怎么，不习惯啊？不习惯的话我再多关你们一晚上，让你们习惯习惯。"

"别别，"绿头发愁眉苦脸，"您饶了我们吧，今后还有这种奉献机会，您别忘了我们。"

旁边那个穿着麻袋一般肥大的篮球装的小子一直在打电话："哭哭哭就知道哭！不是跟你说我没事了嘛！回来？回来干什么，看你哭哭啼啼的样子我就倒胃口。拜托，我还有正事。你说，我跟你在一起浪费感情浪费时间浪费体力图什么，还不如出去挣俩钱儿花……"啪的一声，他把手机合上了，"萧哥，您看见没，女人就是麻烦。七夕那天晚上在号子呈没法打电话，我女朋友铁了心认定我没干好事，可这次我实在冤枉啊！"

萧云陆停下脚步，"这次冤枉？你是说还有不冤枉的？给我说说。"

"就当我什么也没说。"麻袋垂头丧气，"那边以为我在鬼混，实际上这边我在受罪，在号子里过七夕。萧哥，下回再有这种事，麻烦您叮嘱一下，下手轻点儿。那位姐姐来真格的呀，我还以为比画比画就完了呢，好家伙，那一拳打得我早饭都要吐出来了，还真有把子力气。"

"你就偷着乐去吧，人家只动拳头没动腿，知道吗，以前人家是跆拳道黑带，像你这样的身板儿，一腿下去保准断气……"

萧云陆把两个古惑仔送出派出所大门，转过身的时候，看到了站在面前的武旗红和李咏。

李咏再次出示证件。值班民警说："教导员，这二位是市局的。"

萧云陆和他们一一握手，"二位有什么事？"

"听说你们今天下午在酒吧街抓了个叫姜元的？"李咏问。

萧云陆用怀疑的目光看着李咏。"你们认识？"

"不认识。"李咏的谎话张嘴就来，"我们正在调查一个案子，有些情况想找姜元问问。今天我们找了他一整天，好不容易打听到他在湖滨路一带的酒吧唱歌，找到酒吧的时候，听说他被派出所带走了。我们能见见他吗?"

武旗红有点儿担心。李咏的反应的确不慢,这既是优点也是缺点。万一萧云陆同意了他们的请求,说不定刚刚和姜元见面,李咏的谎话就会被戳穿。

"这个……"萧云陆面露难色,"我要请示一下所长。今天下午是他通知我配合禁毒支队抓人的。而且,现在禁毒支队的人还在里面审姜元呢。审完了是把他带走还是留在这里我也说不好。你们都是市局的,要不等禁毒支队的人问完了,你们和他们商量商量?"

武旗红对此并不抱什么希望。萧云陆的话已经证实了李咏的怀疑,姜元被抓恐怕与禁毒支队那个胖子有关。如果是这样,禁毒支队的人不太可能同意他们和姜元见面。

"禁毒支队的哪位?"李咏问,"说不定我们认识呢。"

"其中一个叫庄道荣,还有两位……"萧云陆想了想,有点儿不好意思地笑笑,"叫什么我忘了。"

"庄道荣?是不是胖胖的,留着寸头,没事老摆弄黑莓手机?"

武旗红心里百分之百确定,李咏这是在撞运气。但是李咏的运气好,又猜对了。

"就是他,"萧云陆点点头,"你们认识,那就好办了。"

"顺便问问,"李咏说,"姜元为什么被抓起来?"

"还能为什么,禁毒支队抓的人,当然是因为毒品。不知道禁毒支队从哪儿得到的消息,反正我们的确在姜元的摩托车上搜出了海洛因。"

"禁毒支队抓他,是因为他吸毒,还是因为他贩毒?"

"这就要问他们了。不过依我看,禁毒支队不会为一个瘾君子搞这么大动静,吸毒这类小事我们派出所处理足够了。再说姜元也不太像是吸毒的,至少是不常吸毒。即便他吸毒,也和白粉不沾边,最多就是蓝精灵之类的。"

"蓝精灵?"武旗红忍不住好奇,问了一句。

"一种摇头丸,蓝色的,主要成分是安非他明。酒吧街那些玩音乐的孩子喜欢这玩意儿,能让你一晚上精神亢奋,情绪激动。据说还能产生点儿灵感什么的。"

"你能确定姜元不吸海洛因？"李咏问。

"不敢说百分之百，至少百分之九十吧。我在湖滨路派出所工作也有十来年了，吸白粉的见得不少，这些人我一眼就认得出来。"

"姜元以前有案底吗？"

"我不记得他有，"萧云陆叹口气，"不过这次他大概会有了。"

听萧云陆的口气，似乎他对此有些惋惜。武旗红问："你是不是和姜元挺熟？"

"谈不上熟，我刚才说了，我在这一带工作十来年了，酒吧街的大部分孩子我都认识。别看这些孩子年纪小，社会经验都挺丰富。这也是环境逼出来的。其实这些孩子大多数本质都不坏，就是缺管束。可谁管他们呢？只要他们在这条街上混饭吃，就很难变成我们说的那种好孩子。刚才那两个你们看见了，才多大呀，就给人跑腿送信看场子……"萧云陆抱歉地冲武旗红笑笑，"不好意思，有点儿扯远了，说姜元。在那些孩子里，我一直以为姜元是不错的，从没听说他惹过什么事，禁毒支队那个姓庄的对我说他们怀疑姜元身上有毒品的时候我还有点儿不信，以为他们搞错了，谁能想到……"

楼梯方向传来了一阵杂沓的脚步声。

"估计他们审得差不多了。"萧云陆的话音未落，拿着黑莓手机的胖子首先出现在楼梯口，他身后还跟着三个人——头发长长的姜元被两个彪形大汉夹在中间。看到一层大厅里的李咏和武旗红，胖子略微迟疑了一下，接着快步走到他们跟前。

"萧教导员，今天辛苦你了。"他首先和萧云陆打招呼，"一会儿我们要把他带到分局。"他冲身后的姜元努努嘴。

姜元戴着手铐，一直低着头，额前的长发耷拉下来挡住了脸，武旗红看不清他的表情，也不知道他有没有看到自己。

"要不要我们派车把他送过去？"萧云陆问。

"不用了，我们有车。"胖子转向李咏，"二位到这儿来有何贵干？"

"听说我们的小兄弟闯了祸，来教育教育他。"李咏语调轻松。"嗨，姜元,本来我们打算到酒吧里看你表演的,你怎么放了我们的鸽子?"

听到李咏的声音,姜元惊讶地抬起头,张张嘴想要说什么,被胖子厉声制止:"你闭嘴!"接着胖子向架着姜元的两个彪形大汉示意,"带他上车。"

两个大汉架着姜元就往门外走。李咏快步跟到门口,大声叮嘱姜元:"既然公安机关找到你头上,你就要好好配合,有一说一有二说二,做过的事情要一五一十地坦白,没做过的事情也不要胡乱往自己身上揽,警察可不是那么好糊弄的,听见没有?"

眼看到了黑色广本的旁边,姜元突然回过头喊道:"李警官,我什么都没干,我什么都没干,他们……"

姜元身边的大汉迅速打开车门,一手压住姜元的脑袋把他塞进车后座。后面的话武旗红没听清楚。

胖子对李咏怒目而视:"你们专案组的手是不是伸得太长了?"

"笑话。我们找知情人问点儿情况,你们从半路上杀出来把人带走了,还说我们手伸得长?"

"你们办的是'1·18'系列爆炸案,姜元和这个案子没关系吧?"胖子的这句话透露出一个信息,这表明他们已经摸清了武旗红和李咏的底细。

"抱歉,姜元和'1·18'系列爆炸案是否有关,不是你说了算。"

胖子的语气里带着威胁:"姜元是我们的重要嫌疑人,请你不要干预我们办案,否则一切后果由你承担。"

"那好,我现在正式通知你,姜元也是我们的重要证人,我们要求提审姜元。"

胖子脸色一变,"这恐怕办不到。"

"你需要一个很好的理由来拒绝我。"李咏笑眯眯地说,"这可不是什么私下的请求,我会通过专案组领导向禁毒支队提出这个要求。"

"那咱们就走着瞧。"胖子狠狠瞪了李咏一眼,甩下这句话,快步走出派出所大门,钻进黑色广本绝尘而去。

和萧云陆告别的时候,武旗红发现他的眉宇间有些担忧的神色。"今天给您添麻烦了,萧教导员。"

萧云陆不住摇头："如果你们想帮姜元的话，这么做恐怕适得其反。"他的意思很明白，现在姜元在禁毒支队手里，去了分局之后说不定还要吃苦头。

刚才李咏不过是虚张声势而已，武旗红甚至想不出什么理由可以让范组长支持他们，更别提刑警支队了。他们根本没有任何借口提审姜元，胖子的话说得没错，姜元和爆炸案没关系。回到李咏的 Mini Cooper 上，武旗红说了自己的担心。

"我知道，"李咏说，"不过你发现没有，那个胖子并不认为我是在吓唬他，他很担心我的话变成事实。因此……"李咏的脸上露出了诡秘的笑容。"因此他可能会做点儿什么。如果胖子做贼心虚，他会通过某些途径向范组长施加压力，让我们靠边站。他要是真的这么做了，那么他就是个不折不扣的傻瓜，相当于他亲口告诉我们，我们调查何小蓓的案子触到了哪些人的软肋上。"

武旗红突然发现自己的脑子有点儿不够用了，他现在才明白李咏的虚张声势并不是毫无意义的。

李咏继续说："或许等到明天，我们就知道他们的能量到底有多大了。"

第二十二章

数据硬盘的秘密

　　回到家的时候已经十一点了。武旗红轻手轻脚地进了家门,母亲已经休息了,老爸还在看电视。"哎,你等等,"看见武旗红就要往沙发上坐,老爸立刻制止。"看你一身脏兮兮的,回头你妈又得说你……"

　　母亲退休前是医生,性格温和,就是有洁癖。按说医生有洁癖也正常,不过她的洁癖确实到了有点儿过分的程度。从小到大,武旗红每次出门回来——不论是上学还是上班,只要母亲在家,就会被命令把所有的衣服脱下来扔在门口然后去洗澡,不洗上半小时不让出来。平时还好,赶上武旗红当天出任务穿了排爆服——穿上那东西走一会儿就能让人两天缓不过劲儿——回到家的时候都快虚脱了,什么也不想干,就想一头倒在床上睡过去。可偏偏这时候母亲会跑出来逼他去洗澡,洗得不认真还不行。老爸跟母亲生活了几十年,这方面已经被调教得服服帖帖。武旗红自认为随了老妈的脾气,有点儿外冷内热,不过这一点他始终学不来。

　　武旗红知道这一关是躲不过去的,只有乖乖钻进卫生间洗澡,把换下来的衣服扔在门口。等他洗完澡出来,他第二天穿的干净衣服已经挂在衣架上,老爸正准备把他换下来的衣服扔进洗衣机。"兜里有东西吗?"

　　"没了吧。"武旗红倒在沙发上,这一天的奔波确实让他感到有点儿疲惫了。

　　"没了?"老爸翻开他的裤兜,"这是什么?"然后他回过身疑惑地看着自己的儿子,"咱不是订都市报了吗?怎么你又买了一份?"他扬了扬手里

143

搭档

的报纸,"平时也不见你看报纸,就算你想看,也买一份家里没有的呀。"说着,他把报纸扔给武旗红。"不知道你怎么想的。自从你调了工作,整个人都透着邪门儿!"

那份报纸是武旗红在锦绣家园门口买的——为了让报刊亭的老板闭嘴,当时顺手就塞进了裤兜。武旗红也觉得奇怪,报刊亭那么多报纸,自己怎么偏偏就要了份都市报?想起在永和豆浆吃饭的时候李咏嘲笑自己点了煎饺又点馄饨,武旗红想,自己是不是果真有点儿乏味呢?

一边胡思乱想着,武旗红随手翻开报纸,头版标题是:《乘客愤而折断摄像头,出租车内安装监控系统起争议》。他心中一动,赶紧翻到相应的版面。报道中女乘客的名字被隐去了,但司机却是一位姓姜的师傅,所属的公司竟然是快客。武旗红立刻想到,不会那么巧是姜少勤吧。在讲述了两个人发生争执的简单过程后,报道中说,"记者为此到快客出租车公司了解情况,公司将出租车上的数据硬盘送往北都市城市客运调度服务中心,中心的人员调取了硬盘上的录音资料,证实出租车司机在乘客上车之后并未告知车上有摄像头……"

接下来的内容是一场口水仗。对于出租车内安装摄像头,有人支持,有人反对。支持的人说可以保护司机的人身财产安全,如果乘客把物品遗失在车内,也可以防止有人冒领。反对的人说隐私权没有了,谁能保证摄像头拍摄的图像不外泄呢?照例,专家们又被请出来发表意见……

这些争论武旗红都不感兴趣,他一目十行地跳过这些内容。"乘客上车后,出租车司机只要按下计价器,摄像头即开始工作,然后通过车载 GPS 卫星定位系统将音像资料上传到监控中心……北都市城市客运调度服务中心负责人表示,这些音像资料都存储在 GPS 设备的主机中,由调度中心统一管理,并不存在外泄的问题……市运输管理处徐处长告诉记者,本市已有近七百辆出租车安装了车内监控系统……"

武旗红猛地从沙发上跳起来,拨通了李咏的电话。电话响了半天,那边才传来李咏懒洋洋的声音:"老武?"

"你知不知道城市客运调度服务中心是个什么地方?"

"什么意思?"李咏有点儿莫名其妙,"打听那儿干什么?你大半夜的把我吵醒就是为了这个？"

"车内监控……"武旗红觉得自己都有点儿语无伦次了，"北都市有七百辆出租车装了车内监控摄像头，不但能录像，还能录音。今天我买的那份报纸上说，快客公司一个姓姜的司机和乘客发生争执，乘客折断了出租车里的摄像头，不知道说的是不是姜少勤。不管是不是，姜少勤是快客公司的司机肯定没错……"

"等等，"李咏突然间清醒了，"你刚才说什么服务中心？"

"城市客运调度服务中心，他们统一管理摄像头记录下的数据资料。咱们找到姜少勤的时候，他车上的计价器还开着，那就表示摄像头一直在工作，我们或许能搞清楚庄道荣到底对姜少勤说了些什么……你记得姜少勤的车上有摄像头吗？"

"没注意。不过，即使和乘客发生争执的司机是姜少勤，他的摄像头不是被折断了吗？"果然如李咏自己所说，不论什么事她都先往最坏的方面想，"那还有什么用？"

"是不是姜少勤现在没法确定。报纸上说，今天上午城市客运调度服务中心的人调取了出租车数据硬盘上的录音，那上面录下了昨天晚上他们发生争执的过程，就是说不论摄像头坏没坏，至少录音系统还在工作……"

"啊！老武，"李咏一声尖叫，"那咱们还等什么？我们去那个什么什么中心，现在就去……哦对了，一定要穿警服。"

"你别急。"武旗红赶紧制止。李咏一冲动，武旗红反倒冷静下来了。和李咏打了几天交道，他大概其摸透了李咏的办事方式。她是不怎么循规蹈矩的。她既然说要穿警服，八成是打算到调度服务中心虚张声势威胁利诱。偶尔这么做一次倒无所谓，不过看现在的情况，李咏是经常这么无法无天的。如果服务中心有明文规定，调阅数据需要公安机关相关部门的证明之类的，他们到哪儿去弄？依着李咏的脾气，一定会强索硬要，弄不好把事情闹大了，难以收场不说，说不定还会给某些人提个醒。武旗红说，"现在还没搞明白出租车摄像头到底是怎么工作的，报纸上说是从出租车上的硬盘里调取的录音，那就说明录音不是即时上传的。如果不上传，服务中心也不一定有，或许他们只是有权查看数据硬盘的内容而已。我们还是稳妥一点儿比较好。"

"你有什么好办法吗？"看来，李咏对自己的主意也不是很有信心。

"我试试看。"武旗红回答。报纸上那篇报道下面的署名是迟雨，也许迟雨能帮上忙。"你好好休息吧，明天告诉你结果。"

武旗红又拨通了迟雨的电话。迟雨是夜猫子，铃声刚响一遍她就接了。"武哥，你可好久没和我联系了。我还以为你生我的气再也不理我了。"

"我哪儿敢，你现在是名人，我是不想耽误你时间。"

"我是苦命人，现在还在写稿子呢，赶着明天发。"

"关于出租车摄像头的？"

"你看过报道了？"迟雨突然一副恍然大悟的语气，"我就知道你没事绝对不会给我打电话。我还真是命苦啊。"

"的确有事麻烦你。"武旗红歉意地说，"报纸上说的那个姜师傅，是不是叫姜少勤？"

"你们认识？"这话等于是承认了。

"算不上认识，他和一桩好几年前的案子有点儿关系，我们今天刚刚见过面。"

"我记得你是排爆组的啊，怎么查起案子了？"

"我刚刚调到'1·18'系列爆炸案专案组。"

"哇，武哥，"迟雨一下子兴奋了，"你的忙我肯定帮，不过，你是不是也为妹妹想想啊，爆炸案有进展吗？"

"我现在什么也不能告诉你……"

"没关系没关系，我理解。"迟雨很大度地说，"先说说你要我帮什么忙，我一定会帮到底，帮到你不好意思，帮到你不透露点儿什么给我就没脸再找我，说到做到。好吧，说说那个姜少勤到底怎么了？"

武旗红都有点儿怀疑自己打这个电话是不是明智了。"你看过姜少勤出租车上的数据硬盘？"

"是啊，你对上面的东西感兴趣？"迟雨真是冰雪聪明，一点就透。

"有没有什么办法可以听听上面的录音？"

"要哪部分，之前的还是之后的？"

"什么之前之后?"

"武哥,装傻就不对了。你要让我帮忙,又不告诉我细节,那让我怎么帮你?"

武旗红叹了口气,他认为自己真的不很适合当刑警。"当然是之后的。"

"具体的时间段呢?"

"今天傍晚,大概是六点到六点半之间。你有办法吗?"

"我想想,"迟雨沉吟片刻,"我可以再去采访一次,带上那个女乘客,那是我学姐。就说让当事人亲眼看看车内监控系统到底记录下了什么东西,消除她的误解,以免她一怒之下诉诸法律,这样对大家都不好。出租车公司会合作的。明天白天应该是另外一个赵师傅开车,我让公司的人通知他,把数据硬盘送到调度中心。到了那儿就好办了,随便找个借口,我想听哪段就听哪段。你需要备份吗?"

"是不是很麻烦?"武旗红试探着问。

"武哥,我怎么感觉你是在做坏事啊?"迟雨吃吃笑着,"他们当然不会把备份乖乖送给我,不过我是记者,我有我的办法……这件事是不是有什么背景?"毕竟是记者,随便什么事都能往新闻上联想。

"现在还不好说……"武旗红含含糊糊。

"你不说也没关系,反正明天我会第一个知道录音的内容。拿到手之后我马上通知你。你是不是很着急?"

"这你也猜出来了?"

"用脚趾头都想得到,否则你这样的人怎么会大半夜的给我打电话。"

"那我先谢谢你了。"

"口头的免了,你还是想好以后怎么拿实际行动感谢我吧,别忘了爆炸案,我等着你给我爆料。"

挂电话之前,武旗红对迟雨说:"我觉得有你这样的记者存在,市民们担心自己的隐私权被侵犯是非常有道理的。"

"我以为这是对一个记者最高的褒奖。"

第二十三章
警界流氓

搭档

又是一个多事的晚上,像昨天一样,姜少勤没拉一个客人。摆脱了一男一女两个警察之后,他把出租车开到了湖滨路。根据他的经验,姜元首先会被带到湖滨路派出所。他把车停在派出所斜对面,熄了火。这里视线很好,因为开的是出租车,不太容易引起别人的注意。他把暂停服务的牌子竖在挡风玻璃后面。

派出所门口灯火通明。他知道不一定能看见儿子,可他还是来了。就因为儿子在这儿,就在对面那座小楼的某个房间里,忐忑不安,战战兢兢,面对着几个凶神恶煞的警察的盘问,惊慌失措,百口莫辩。他试着去体会儿子的感受,心中一阵阵刺痛。

姜元的处境和毒品无关。这一点姜少勤知道,把姜元抓走的警察也知道。自从傍晚交接班的时候庄道荣钻进自己的出租车,姜少勤就意识到他是为什么事来的。三年了,那个案子的影响还远远没有结束。

庄道荣刚刚上车的时候,姜少勤并没有认出他。毕竟几年不见了,那时候他也没现在这么胖。姜少勤问他去哪儿。

"随便。"

对这样的回答,姜少勤并不感到多么意外。开出租车这么久了,什么样的乘客他都见过。这位还不算是最离谱的。但他还是需要个准地方,否则结账的时候容易发生争执。他昨天已经耽误一天了,不希望今天再遇到麻烦。"您能稍微具体点儿吗?"说着话,他已经发动了引擎。

"要不，找个能听歌的地方吧。"乘客说。

这个范围还是太大了点儿。姜少勤问："酒吧怎么样？"

"无所谓，啊对了，"乘客似乎是受到了什么启发，"到湖滨路找个酒吧也不错。"

"好嘞。"姜少勤踩下油门，同时按下了计价器。

"那儿有个叫欢乐卖艺人的酒吧。"乘客的语调怪怪的。

听到酒吧的名字，姜少勤心里突然有一丝不祥的预感。那是儿子经常表演的地方。

仿佛知道他的想法似的，乘客继续说："弹吉他的小伙子挺精神的，开着个大摩托。"

姜少勤警惕地看了乘客一眼，这是自乘客上车以来姜少勤第一次认真打量他。他突然一脚踩住了刹车。"是你？庄道荣？"

庄道荣放肆地大笑。"老姜你可真是贵人多忘事啊，连老朋友都认不出来了。"

"请你换辆车吧，我的车不拉你。"

"拒载？我正在考虑是不是要投诉你。"庄道荣根本没动地方。

"随你的便。我现在请你下车。"

"别这么不给面子，我们可是多年的老相识了。不看僧面看佛面，我们毕竟是同行。"

"我早就不是警察了。"

"啊，我想起来了。"庄道荣拍拍脑门，做出一副恍然大悟的样子，"姜警官另谋高就了。"

"这都是托你的福。"

"别那么不友好，我今天可是真心诚意来帮你的。"

"有话快说，别耽误我拉活儿。"话虽这么说，姜少勤却有点儿担心庄道荣即将说出来的话。这不是巧合。庄道荣绝不会无缘无故来找自己。而且他还提到了自己的儿子。

"真是让人感动呀。"庄道荣啧啧感叹着，"老姜你没变，干一行爱一行。当警察的时候是个认真负责的好警察，当司机的时候是个爱岗敬业的好司机。好吧,我也不打算耽误你太多时间,今天就是想通知你一声,你儿子非法持有毒品,已经被我们抓起来了。怎么样,我还算够朋友吧?"

"你说什么!"要不是出租车里空间狭窄,姜少勤一定能从座位上跳起来。

"别激动,别激动。事儿不大,就是一小袋白粉。"庄道荣掏出一个信封,从里面倒出一个四四方方的小塑料口袋,上面还有个地球的标志。"从你儿子摩托车上找到的。"

姜少勤只觉得浑身的血液都涌到了头上,太阳穴突突地跳着,他感到一阵剧烈的头痛。"你到底想干什么?"他克制住想要揪住庄道荣衣服领子的冲动。

"干什么?当然是挽救你的宝贝儿子。你可不要好心当作驴肝肺,我冒着大雨跑过来通知你,你怎么一点儿也不领情?"

"我儿子不会吸毒。做个尿检就清楚了。"姜少勤尽量让自己冷静下来。

"我没说他吸毒。是非法持有。你以前也当过警察,非法持有毒品应该怎么处理,你不会不清楚吧?"庄道荣把那个小塑料袋又装回信封。"这就是证据。如果这还不够,我可以找几个人证,那也不麻烦。"

这句话终于点醒了姜少勤,"你故意陷害他!"

"别说得这么难听。我可是为了你好。我说过,我是来帮你的。"庄道荣拍拍姜少勤的肩膀。姜少勤嫌恶地躲开了他的手。庄道荣也不以为意,"现在你儿子究竟有没有参与毒品交易,还在调查之中。也许他是无辜的,也许他被人利用了,也许他就是个小毒贩子。这都取决于你。"

"我……"

"没准儿过两天他就被放出来了也说不定,也没准儿他会被关进去。一克海洛因,够他在里面呆个一年半载的。如果你不识相,逼得我们不得不证明他有罪,"庄道荣的语气突然变得恶狠狠的,"我保证他会和最恶心的人渣关在一起,他的牢房里不是强奸犯就是同性恋,在那种地方,一天被鸡奸三次算他走运!"

姜少勤沉默了。他相信庄道荣不是在吓唬他。他不敢想象,一旦庄道荣的话变成现实,他该怎么面对自己的儿子,怎么面对儿子的母亲——他的前妻。他不能眼睁睁看着儿子落到这个地步。"放了我儿子!"姜少勤知道自己斗不过这些人,他说话的声音很低,"你要我做什么都行……"

"这个态度就对了。"庄道荣再次伸出手拍拍姜少勤的肩膀。"这才像个好爸爸的样子。"

这一次,姜少勤没有躲。他觉得自己的眼眶有点儿潮湿。他拼命忍着。那是屈辱的泪水,他不想让它落下来,不想让庄道荣这种人看到。"怎么样才能让我儿子出来?"他的声音微微颤抖。

"我也不知道,不过你很快就会知道了,到时候好好表现。放心,你儿子在里面暂时不会受委屈。他爸爸不会让他失望。"

直到下车,庄道荣也没说要姜少勤做什么。但姜少勤隐约意识到了。他和庄道荣之间只有一件事。三年前,他被迫脱下警服,放弃调查杨献兵的死因;三年之后,他又要为保护自己的儿子,向庄道荣之流妥协。他别无选择。

几分钟之后他就知道庄道荣想让他做什么了。市局的两个警察对何小蓓的案子感兴趣,而庄道荣担心牵出过去的事情,所以他设了个套儿,抓了自己的儿子,就是想让自己闭嘴。那个叫武旗红的男警察的话曾经让他犹豫了片刻,因为他们俩有相似的经历——永远失去了自己的搭档,但他还是什么都没有告诉他。

坐在伊兰特出租车里,盯着对面灯火通明的派出所大门,姜少勤的心情很矛盾。不久之后,他看见庄道荣把儿子押上了警车。接着又看见市局刑警支队一男一女两个警察和庄道荣发生了争执。他们说的什么,姜少勤听不清楚。但他隐隐约约感觉到,也许那两个警察可以帮他。

可姜少勤还是拿不定主意。三年前的那个案子就像一只贪得无厌的史前巨兽,再多的牺牲也无法满足它的胃口。已经有太多的人为此付出了代价,他不希望再有人为此受连累。是让那只沉睡多年的巨兽继续休眠,还是把它唤醒?

对姜少勤来说,这又是一个不眠之夜。

第二十四章
女儿的直觉

　　Viper58 是一种淡蓝色的药片。和通常意义上的 Viper 不一样。一般毒贩子说的 Viper 指的是冰毒，因为冰毒的药劲儿很猛，但 Viper58 指的却是一种刺激性欲的药物，类似伟哥。之所以用 Viper 命名，是因为它的药劲儿也很猛。

　　现在，几片 Viper58 就放在赵灵儿的办公桌上，这是昨晚的行动中缴获的唯一战利品。赵灵儿盯着这些淡蓝色的药片，只得出了一个结论：我们被人耍了。

　　难怪老六董菊国会对刘帆千说那些莫名其妙的话。赵灵儿恨恨地想，早知如此，董菊国要吞下这些药片的时候就不该拦着他，然后再把他单独关一晚上。这么几片 Viper58 一口气全吃下去，他不死也丢半条命。

　　昨天晚上，禁毒支队动用了二十多人，还不包括协助控制现场的分局民警，闹了这么大动静，却只在三叶虫酒吧找到了几片 Viper58。当然，Viper58 也属于违禁药品，但禁毒支队大动干戈，绝不是为了这点儿收获。本打算通过这次行动得到三叶虫酒吧老板林二贩卖毒品的证据，最关键的是他交给刘帆千的包装上带有地球图案的海洛因。梅星宇指望着借此把林二变成警方的污点证人，但除了那几片 Viper58，警方连一般娱乐场所里常见的摇头丸都没发现，更别提什么海洛因了。

　　据董菊国说，当晚酒吧开始营业之后，他接到酒吧老板林二的电话——董菊国的工作就是给酒吧看场子。林二告诉他，有人要到他这里买点儿 Viper58，但他有事脱不开身，具体是什么事，林二没说。董菊国自告奋勇，说这事他可以代劳。这话是真是假，谁都听得出来。几片春药有多大利润，需要一个酒吧经理亲自推销？但董菊国一口咬定就是如此，警方暂时也拿他没办法。

根据禁毒支队掌握的情况，董菊国只是为林二之流跑腿的小角色。也许他确实不知道内情。但无论如何，昨晚发生的事情意味着，要么刘帆千之前说的是假话，要么谢金东已经发现了林二背着他搞的鬼，要么——这是最糟糕的情况——谢金东提前知道了警方的意图。至于哪种可能性最大，禁毒支队的人心照不宣。林二至今还没露面，说不定他再也不会露面了。如果某一天警方发现了林二的尸体，赵灵儿一点儿也不会感到吃惊。

事后梅星宇大发雷霆，发誓一定要揪出"禁毒支队的内鬼"，冷静下来之后才意识到自己过于莽撞，他这么一张扬，不但弄得禁毒支队人心惶惶，而且公安局上上下下都知道他上了毒贩子的套儿，简直是自取其辱。于是梅星宇就把所有的火儿都撒在董菊国身上，命令部下一定要把董菊国的犯罪证据作实了，意图不言自明，他想让董菊国在牢里蹲几年。可是，Viper58属于违禁药品不假，毕竟和海洛因之类的毒品有本质区别，凭这点儿东西就想把董菊国判几年，基本没戏。于是他又想把董菊国移交给刑警支队办他个强奸未遂。

刑警支队那边很为难。从法律条文上来说，强奸未遂和强奸罪一样，都在公诉范围之内，对于未遂犯，可以比照既遂犯从轻或者减轻处罚。但实际操作中，基本上是不告不理。尽管现场的录音可以证明董菊国有强奸的意图，但毕竟没有录像，受害人的证言还是必不可少的。问题是刘帆千根本不配合，对询问她的民警说她当时脑子一片混乱，什么都记不清了。她只有一个要求："让我回家。"

赵灵儿十分清楚刘帆千的处境。刘帆千之所以同意带着警察去抓林二，其中一个交换条件就是，不论结果如何，都不需要她到法庭上作证。现在林二没抓到，却让她作为强奸案的受害人指证林二的马仔，她当然没这个胆子。先不说可能因此遭到报复，因为买春药险些遭到强奸，这事要是传出去，让小姑娘今后怎么做人？但梅星宇依然不肯善罢甘休，赵灵儿无法说服他，只得去找支队长戏志才。

支队长办公室的门虚掩着。赵灵儿敲了两下，然后轻轻推开门。屋里的情景让她微微一愣。梅星宇、庄道荣都在里面，还有刑警支队长薛艾寒和他的三个部下——范米、武旗红和李咏。赵灵儿和范米不太熟，对李咏是早已久仰大名，但没打过交道，对武旗红却一点儿也不陌生。当初赵灵儿是治安支队防暴大队的特警，武旗红在排爆组，处理突发事件的时候经常一起行动，早就混了个脸熟。2006年的东港爆炸案，两个人的经历都算得上惊心动魄，此后虽然没什么更进一步的交往，但偶尔碰面，相互间眼神的交流是只有踩过地狱门槛的人才会懂的。

赵灵儿推门进屋的时候，梅星宇正气急败坏地对薛艾寒说："老薛，你的部下在干扰我们办案！姜元非法持有毒品，我们依法对他采取强制措施，可是他们——"他指着武旗红和李咏，话还没说完，见到赵灵儿进来，马上住嘴了。赵灵儿本以为他们在和刑警支队协调董菊国的案子，但是听梅星宇的话，又觉得不太像。再看屋里众人一个个脸色都很难看，意识到自己来得不是时候，赵灵儿说了声抱歉，冲武旗红微微点了点头，就要转身离开，却被戏志才叫住了，"等等，小赵，正好有事麻烦你，联系一下城西分局禁毒大队，让他们马上把姜元的案卷调过来。"

"姜元？"赵灵儿有点儿诧异，她并没听说过这个案子。

"就是昨晚我带过去的那个，你跟他们一说他们就明白了。"庄道荣解释说。

退出戏志才的办公室，赵灵儿有点儿为武旗红担心，不知道他怎么得罪梅星宇了，看梅星宇一副兴师问罪的样子，恐怕武旗红惹的麻烦不小。

给城西分局禁毒大队打过电话，赵灵儿又把电话拨到自己家里。老妈接的电话。"她怎么样，醒了吗？"

"哭醒了一回，又睡了。"老妈说，"怪可怜的孩子。梦里还一个劲儿喊妈妈……她妈妈……去世了？"

"自杀了……妈，帮我把她看紧点儿，千万别让她出门儿。这孩子任性，还鬼机灵，一不留神就没影儿了。"

"干吗不送她回家？"老妈有点儿不乐意，"她爸爸呢？难道他放心把女儿留在咱这儿?"

"她爸爸管不了她,所以我才拜托您老人家。这孩子从小缺母爱,您对她好一点儿,她肯定听您的话。"

想起刘帆千,赵灵儿眼前又浮现出了多年前黄婉悦的葬礼上那个伤心欲绝的女孩儿。昨晚那次丢人的行动结束后,赵灵儿把刘帆千带回了自己家。她不想让刘帆千整晚孤零零地待在公安局里。当天晚上,她和刘帆千睡在一张床上,彻夜长谈。刘帆千又提到了她妈妈。

"我妈妈不是自杀,"刘帆千肯定地说,"是你们警察在说谎。"

"这并不是随随便便得出的结论,"赵灵儿下意识地为公安局辩解,"我们有最权威的刑事鉴定专家,有法医,他们说……"

"说谎,"刘帆千说,"不管是谁说的,都是在说谎。"

也许刘帆千只是相信自己愿意相信的结论。许多人都是这样。

"为什么这么肯定呢?"

"因为那天是我的生日……"刘帆千的眼眶红了,"有谁的妈妈会选择在女儿的生日那天自杀!"

"你的生日?"

"其实,第二天才是我的生日。可自从爸爸妈妈离婚后,我的生日都是分两次过。爸爸妈妈事先商量好了,周五我和妈妈,周六我和爸爸。那天放学后,我回到家告诉妈妈,我和同学约好了晚上去麦当劳庆祝。妈妈叮嘱我聚会结束就赶紧回来,说她给我准备了冰激凌蛋糕。"

"你妈妈那天心情好吗?"

"当然很好!我上的是寄宿学校,一周才回家一次。平时我和妈妈见面就少,她早就惦记着我的生日了。"

"她没有告诉过你……她有什么不顺心的事?"

"没有。"

即使有,黄婉悦也不会告诉女儿的。她不会让她的女儿和她一起承担她的忧虑。自己的妈妈不也是这样吗?谁的妈妈不是这样呢?

"你到家的时候,你妈妈就已经……"赵灵儿避免提起"死"这个字。

刘帆千点点头,"但我并不是一回去就马上知道的。浴室的门是关着的,所以我就在门外喊,'妈妈,你的宝贝女儿回来了,吃得饱饱的,但还能再吃掉一个冰激凌蛋糕。'浴室里没声音,当时我也不介意,谁能想到会出事呢?我还去了厨房,打开冰箱,看到了从味多美买来的冰激凌蛋糕。我大概是十五分钟后才返回浴室门口的,因为我换好了睡衣准备洗澡,却发现妈妈还没出来,然后我……"她停了一会儿,好像在回忆当时的情景,突然她开始抽泣,眼泪跟着涌了出来,泣不成声,"天哪……妈妈,请你原谅我……我居然喊,'妈妈,你是不是死在里面了?'"

女孩儿的抽泣演变成号啕大哭。赵灵儿轻轻搂住她的肩膀,让她靠着哭。她没有尝试用语言来安慰她,时间会治愈一切伤口之类的陈词滥调对这个女孩儿会有什么作用呢?这些话她听得还少吗?

刘帆千的哭声渐渐减弱,赵灵儿问:"最后,你看到你妈妈了?"

"看到了。她穿着睡衣,倒在浴盆旁边,一只胳膊搁在浴盆里,头向后仰着,嘴张着。她旁边的地上有一个威士忌酒瓶……"刘帆千止住哭泣,擦干眼泪。"但是,我妈妈是不会自杀的,否则她干吗还费事给我准备生日蛋糕?而且她从来不喝酒……"

"但那瓶酒是你们家的,对吗?"

"那瓶酒一直放在我们家的酒柜里。爸爸妈妈离婚后,爸爸把房子留给了妈妈,什么家具都没带走。酒柜里的酒其实都是爸爸的。他搬走之后,妈妈根本没有动过那个酒柜里的东西。"

也许她仅仅是从不当着女儿的面喝酒而已。"那么安眠药呢?她平时是不是经常服药?"

这一点刘帆千无法否认。"她已经吃了几年了,自从离婚后……"

"你那天和同学的聚会花了多长时间?什么时候离开家,什么时候回来的?"

刘帆千想了想,"放学后回到家,大概六点多,和妈妈打个招呼就出门了。晚上回来的时候大概九点多吧。"

一共三小时,这么长时间里什么事都可能发生。也许是一时冲动,也许是突然间感到绝望——她没有完全从离婚的打击中恢复过来,还有未来生活的压力。就像电影里那样,经过几小时激烈的思想斗争,她倒出药丸,一杯接一杯喝威士忌，直到药力将她击垮。刘帆千否认的每一件事情似乎都可以找到合理的解释。

但刘帆千的话也不是完全没有道理。蛋糕的事情很可疑。刘帆千正是基于这种直觉认为母亲的死亡很蹊跷——这是女儿的直觉。一个绝望的，准备自杀的女人是不太可能有心情准备什么生日蛋糕的。退一步说，假设她真的打算自杀，也会选一个更合适的时间。她的女儿住在寄宿学校，大多数晚上黄婉悦都是一个人在家，她没必要在女儿回来的这天，冒着让女儿亲眼看见自己尸体的危险——如果她爱女儿的话。

赵灵儿相信，黄婉悦是爱自己的女儿的……

二十分钟后，城西分局禁毒大队的杨子风风火火进来了，把一个文件袋往赵灵儿面前一扔，"头儿们最近都怎么了？想一出是一出。昨天那么大的行动，结果就抓了个强奸犯，还让毒贩子们把市局分局所有便衣的脸认了个全；今天又莫名其妙要调一个白粉仔的案卷。你们市局的人昨晚把他往我们这儿一丢就不管了，到现在还没审呢，哪儿有什么案卷呀，就薄薄的两页纸。回头你给支队长解释一下，不是我们偷懒，是你们市局的人吩咐的，让我们看着这小子，等他们亲自审。"

杨子走了。赵灵儿拿起那个文件袋，的确很轻。打开一看，除了一个订案卷的封皮几乎看不到别的东西。她随手把案卷抽出来，想看看到底是什么案子让梅星宇那么大火气。果如杨子所说，案卷只有薄薄的两页纸，除了姓名年龄职业之外，没多少具体内容：有人举报这个叫姜元的小伙子携带毒品，就这么简单。案卷里夹着一个透明的塑料证据袋，里面是从姜元身上找到的一小袋海洛因。看到那袋海洛因，赵灵儿一下子愣住了——

那是一个火柴盒大小的四四方方的半透明塑料袋，里面是微微泛黄的结晶状粉末，包装上印着一个地球图案。

第二十五章
撒手锏

支队长戏志才的办公室里火药味十足。薛艾寒问范米:"姜元的案子和'1·18'系列爆炸案到底有没有关系?"

范米扭头看着武旗红。武旗红说:"我们找到一个叫张建军的嫌疑人,同时,这个张建军也是2007年何小蓓案件的嫌疑人,因此我们就想查查何小蓓的案卷,顺便和当年办这个案子的民警谈谈,姜少勤是其中之一。"

"姜少勤?"薛艾寒的眉头皱了起来。"姜元是姜少勤的儿子?"

武旗红点点头。

"我记得当初办这个案子的可不止姜少勤一个人。"梅星宇冷冷地说,"五龙坡分局的董力强和段玉昆你们不问,为什么偏偏去问一个因为违反纪律被开除公职的警察?"

"是辞职。"李咏纠正他。

"那又有什么区别。所谓辞职,只不过是为了让他面子好看一点儿而已。"一旁的庄道荣不屑地说。

"别扯远了。"戏志才开口了,"我们现在说的是姜元的案子。"他问李咏,"你们不是要找姜少勤吗,这和姜元有什么关系?"

"问题是我们没找到姜少勤——"这个节骨眼儿,李咏的谎话居然张口就来——"打听到姜元在酒吧街唱歌,我们就想去问问他,能不能帮我们联系上他爸爸。刚找到酒吧,就听说姜元被抓起来了……"

庄道荣说:"姜元非法持有毒品,难道我们不应该抓?"

"请问毒品是在姜元身上搜出来的吗?"李咏针锋相对。

庄道荣立刻变了脸色,"你什么意思,难道我们还会冤枉他?你不但干扰我们办案,还反咬一口……"

戏志才桌上的电话响了,大家都住了口。戏志才拿起话筒,听了一会儿,把话筒递给薛艾寒,"刘局长要和你讲话。"

武旗红心里一紧,这事怎么这么快就捅到局长那儿去了?他狐疑地看看李咏。李咏耸耸肩,满不在乎。

薛艾寒接电话的时候,众人都屏住了呼吸。局长刘潜大概是真的非常生气,嗓门儿很大。尽管没用免提,他的话在座的人依然听得真真切切。"薛副局长,你到底怎么回事?你跟我说武旗红是个排爆专家,要调他进专案组。我没意见。可你好歹要管住你的手下呀?爆炸案没查出名堂,还净给我惹是生非!刚刚龙副厅长来过电话,让我搞好刑警支队和禁毒支队的团结,不要互相抢案子!他武旗红到底想干什么,到处插手别人的案子?是他自己的主意还是谁让他这么干的?还有那个李咏,没事跟着瞎起什么哄……要是他们不务正业,干脆哪儿来的回哪儿去,马上给我调离专案组……"

刘潜挂断电话的声音让屋里所有的人都一个激灵。薛艾寒放下话筒,半天没出声。戏志才轻轻叹了口气。梅星宇和庄道荣忍不住一脸得意。李咏两眼看着天花板,嘴里念念有词,不知道在嘀咕着什么。只有武旗红听清了她的话:"老武,你还等什么……"

武旗红满脸通红,心脏怦怦直跳,甚至呼吸都有点儿急促。不是因为害怕,而是因为愤怒。他本想找时间单独向范米和薛艾寒汇报,但现在,他不想让一个跳梁小丑在自己面前得意洋洋。他默默掏出了手机,没经过任何人同意,就按下了播放键。

"是你?庄道荣?"一个略显苍老的男声。

一阵放肆的大笑。"老姜你可真是贵人多忘事啊,连老朋友都认不出来了。"

所有人都听出了庄道荣的声音,所有的目光都注视着他。庄道荣的脸色一阵红一阵白,瞪大了眼睛盯着武旗红,一副不可思议的表情。他的嘴

唇哆嗦着,想说什么,却只是张了张嘴,似乎失去了语言能力,所有的话都卡在了嗓子眼儿里,变成了一阵难以理解的咕哝声。

手机里的对话在继续……

"我儿子不会吸毒。做个尿检就清楚了。"

"我没说他吸毒。是非法持有。你以前也当过警察,非法持有毒品应该怎么处理,你不会不清楚吧?这就是证据。如果这还不够,我可以找几个人证,那也不麻烦。"

"你故意陷害他!"

"别说得这么难听。我可是为了你好。我说过,我是来帮你的。现在你儿子究竟有没有参与毒品交易,还在调查之中。也许他是无辜的,也许他被人利用了,也许他就是个小毒贩子。这都取决于你……没准儿过两天他就被放出来了也说不定,也没准儿他会被关进去。一克海洛因,够他在里面待个一年半载的。如果你不识相,逼得我们不得不证明他有罪,我保证他会和最恶心的人渣关在一起,他的牢房里不是强奸犯就是同性恋,在那种地方,一天被鸡奸三次算他走运!"

"放了我儿子……你要我做什么都行……"

……

赵灵儿轻轻推开门走进来,手里拿着那个文件袋。"支队长……"说到一半她又停住了。因为戏志才根本没看她,他坐在办公桌后,双手撑着额头,一副很苦恼的样子。感觉到气氛异样,赵灵儿不由得环顾四周。屋里的人似乎在玩儿"我们都是木头人"的游戏,没人说话,没人动一动,甚至没有呼吸。

办公室里一片死寂。

赵灵儿轻轻退了出去,随手关严了屋门。

"庄道荣,你先回避一下。"戏志才终于抬起头,"关于这件事,马上写一份报告给我,在正式通知你之前,你不用来上班了。"

"可是,支队长,我……"庄道荣哭丧着脸,看看戏志才,又求助似的看看梅星宇。梅星宇扭过头。没人答理他,庄道荣犹豫了片刻,只得站起身离开了办公室。

"现在我们开诚布公地谈谈吧，"戏志才神情沮丧，"这件事怎么处理？"很明显，这话是问薛艾寒的。在场的人中，薛艾寒的职务最高。

"我要向局党委汇报这件事。"薛艾寒说。

"当然要汇报，这是严重违反纪律的行为。不过，在汇报之前，我们是不是先……"戏志才斟酌着措辞，"先达成一致意见？这录音……"他看看武旗红，"我想知道，这录音是怎么搞到的，还有谁听过？"

"我去城市客运调度服务中心查到的。"武旗红没把迟雨抛出来，如果领导们知道这是记者搞到的，恐怕会立刻崩溃。"姜少勤所在公司的所有出租车都安了摄像头，车内的对话也有录音。我们调取录音的时候把他们的人支开了，目前听过录音的，只有我们这些人。"

"就是说，"梅星宇阴阳怪气，"你也是用非法手段得到的录音了？"

"是啊，也是用非法手段得到的。"李咏把"也"字拖得很长，"我请求处分。因为我们用非法手段搞到了一个警察恐吓当事人家属的证据。我们为公安局抹黑了。"

"你以为你是功臣吗？"梅星宇对李咏怒目而视。

"不，我感到耻辱！"李咏毫不畏惧地和他对视。

武旗红轻轻碰了碰李咏的衣角，示意她别太冲动。

"老梅，我们现在讨论的是庄道荣的问题。"戏志才有气无力地说，"录音一旦传出去，会严重影响公安局的声誉。老薛，你看……"

薛艾寒轻轻咳嗽一声："庄道荣的问题明摆着，谁是谁非不需要再讨论了吧？"他看看戏志才，戏志才无奈地点点头。梅星宇则悻悻地把身子往沙发上一靠。薛艾寒继续说，"所以，现在关键是旗红和李咏的态度。你们打算怎么处理这段录音？"

"他们没这个权力！"梅星宇愤怒地说。

"他们有。"戏志才说，"老梅，你能不能别再打岔了？"他转头看着武旗红，"旗红，当年我在治安支队的时候，你是我的老部下，我对你也算是很了解的。我相信你这么做有充足的理由。我对你说这些，不是想倚老卖老。可是，我们不能让整个公安局为个别警员的违纪行为埋单。庄道荣的问题我们一定会严肃处理，但你们……"

"我们会服从组织的决定。"武旗红说,"我们也从没想过把这件事透露给无关的人。"武旗红已经叮嘱过迟雨了,他相信迟雨这次不会再把他卖了。

戏志才的表情终于舒缓了一些。"你有这个态度我就放心了。"

"但是,"李咏说,"禁毒支队应该马上释放姜元。"

"这不可能!"梅星宇再次插话,"姜元非法持有毒品,证据确凿!"

"刚才的录音你听到了吗?"李咏语气夸张,"你的理解力有问题吗?庄道荣伪造证据陷害姜元!"

"我听得清清楚楚,"梅星宇说,"庄道荣用姜元持有毒品的事情要挟姜少勤不假,但里面没有一个字提到是庄道荣伪造了证据!"

李咏一副难以置信的表情,她依次看看屋里的几位领导:"你们也是这么认为的?"

戏志才沉吟着没说话,薛艾寒说:"小李,我想……老梅说得没错。"

"那么,有谁能告诉我,庄道荣要挟非法持有毒品的犯罪嫌疑人家属,到底是出于什么目的?"

"勒索钱财。"梅星宇说,"这不是很明显吗?他接到线人举报,当场抓住了犯罪嫌疑人,恰巧他认识这个嫌疑人的父亲,于是就想顺手捞一把。"

"谁的举报?"李咏盘根究底。

"这我不能告诉你。"

"让姜元取保候审怎么样?"武旗红突然说。

"没门儿!"梅星宇马上拒绝。

武旗红却不看他,而是等着薛艾寒的回答。薛艾寒和戏志才对视一眼,同时点了点头。"但是有一点要说明,"薛艾寒说,"这件事到此为止,最后怎么处理庄道荣,局党委会作出决定。你们两个,"他看看李咏和武旗红,"你们两个不要再过问与'1·18'系列爆炸案无关的事,听明白了吗?"说到最后,薛艾寒已经是声色俱厉。

从戏志才的办公室出来,李咏垂头丧气。"费了半天劲儿,就这么个结果?"

"已经不错了,"武旗红安慰她,"至少姜元可以出来了。"

"我们是不是还要继续找姜少勤呢？"李咏问。

武旗红想起了薛艾寒的警告，有点儿犹豫，倒不是他想放弃，但他觉得不该再把李咏牵扯进来。

李咏似乎猜到了武旗红在想什么："你要是敢把我甩了，我就打你的小报告，别以为我是吓唬你。"

第二十五章

第二十六章
彼此彼此

李咏和武旗红站在姜少勤位于元和宫贫民区里的租住屋前。说这是屋子都有点儿抬举它了，实际上，这是肮脏拥挤的棚户区里一间低矮破旧的棚屋。路边垃圾成堆，苍蝇到处飞，头顶上是各家各户晾的衣服，什么款式都有，从里到外一应俱全，空气里弥漫着一股烂西瓜皮和煤油混合在一起的令人作呕的怪味。

李咏用力敲打着那扇所谓的"门"，一边敲一边哭丧着脸对武旗红说："老武，我真的很担心我的车。等咱们回去的时候，它还能在原地吗？"

敲了半天门没人应声。武旗红又拨了姜少勤的电话，这已经是他们今天第 N 次拨这个号码了，手机一直关机。武旗红也开始敲门，一边敲一边喊姜少勤的名字，"我们是市局的武旗红和李咏，请你开门。"

姜少勤家的屋门没开，隔壁却突然探出个男人的脑袋，"你们他妈的没完啦？还让不让人睡觉！"

武旗红掏出警官证在他面前晃了一下，那个脑袋马上缩回去了。

李咏终于不耐烦了，"姓姜的，你可不要好心当作驴肝肺，我冒着大雨跑过来通知你，你怎么一点儿也不领情？"

武旗红以为李咏糊涂了，这艳阳高照的，哪儿来的雨？接着他马上意识到，这是那段录音里庄道荣的原话。

门突然开了，倒把李咏吓了一跳。姜少勤衣衫邋遢，胡子拉碴，头发蓬乱，通红的双眼凶狠地盯着李咏："你说什么？"

武旗红担心姜少勤一时冲动伤到李咏，一步抢到李咏身前，"我是说，你儿子姜元已经出来了，"他看看表，"这时候，他应该到家了，不信的话你可以打个电话。"

本来李咏和武旗红商量好了，稍微晚一点儿再把姜元的消息告诉姜少勤，作为交换，姜少勤应该先告诉他们何小蓓案子的情况。但看见姜少勤这副失魂落魄的模样，武旗红觉得这么做有点儿龌龊，利用一个父亲对儿子的担心达到自己的目的，这和庄道荣之流有什么区别？

姜少勤一脸迷茫，似乎不相信眼前发生的一切，两只手却下意识地在自己的身上摸索。武旗红猜到他可能是在找手机，马上把自己的电话递给他。姜少勤犹豫着接过电话，颤抖的手指在键盘上摸索着，终于还是没有拨号，又把手机还给了武旗红。"我相信你，你没必要骗我。"

"为什么不打一个，难道不想和儿子说句话？"武旗红问。

"他现在也许和他妈妈在一起……我还是晚点儿再打吧。"姜少勤沙哑着嗓子说。

"那么，你是打算请我们进去呢，还是就站在这儿聊？"李咏说。

姜少勤猛然醒悟，"对不起，我有点儿迷糊了。"他往后退了两步，把武旗红和李咏让进了自己的"家"——一张刷着绿漆的铁架子单人床，床上被褥凌乱，泛着一股子霉味。两把不知道能不能坐人的破凳子，一把凳子上还放着副碗筷，没有洗，看得出屋子的主人上一顿饭吃的是方便面。墙上胡乱贴着些报纸和招贴画，都被烟熏得泛黄了，屋顶低矮，还有一丝丝阳光从破洞里透过来。满地是烟头儿、方便面调料包，屋角还搁着两个大旅行袋，鼓鼓囊囊，估计是装衣服被褥用的，袋子上落满了灰……

"屋子里太不像样了。"姜少勤有点儿局促，这大概是他第一次在自己的住处接待客人。

看到李咏大大方方坐在那把上面没东西的破凳子上，武旗红心想，这丫头平时挺娇气的，关键时刻倒一点儿不含糊。

"是你们把姜元捞出来的？"姜少勤边说边从身上掏出烟盒。

"难不成还是庄道荣？"李咏对这个问题嗤之以鼻。

"我……我不是这个意思，我是想谢谢你们，我……"

"也别谢得太早,是取保候审,不是无罪释放。不过,我想禁毒支队的人不会再找他麻烦了。"

"无论如何,还是多亏了你们。那天在湖滨路派出所门口,我看见你们了,我的车一直停在那儿。谢谢你们为姜元……"姜少勤把烟盒递给武旗红,"烟不好,你……"

"我戒了。"武旗红笑着拒绝。

"这可挺不容易,你怎么戒掉的?"姜少勤是没话找话。武旗红相信他心里很明白他们来的目的,只是还在犹豫。

"我是排爆手,"说到这儿,武旗红心里微微疼了一下,"曾经是,排爆手禁止吸烟,身上也不能带火儿。要是由于这个原因把自己炸飞了,保险公司不负责赔偿。"

"真的?"姜少勤还是第一次听到这种说法。

"假的。"武旗红说,"实际上,几年前打算要孩子,迫不得已,戒了。"

"男孩儿女孩儿?"

"我也不知道。"武旗红耸耸肩,"戒烟之后,老婆和我离婚了。"

"哦……"姜少勤一脸歉意,"我不是故意……"

"我早就不介意了,"武旗红说,"我们彼此彼此。"

姜少勤叹了口气。

李咏突然笑了。"喂,你们两个离了婚的男人面对面唉声叹气,有意思吗?你们是不是还要抱着哭一场?姜大哥,你就不想问问我们是怎么把你儿子捞出来的?"

"我也正想问你们,你们怎么知道那天庄道荣对我说的话……"

"其实还多亏了你。"

"我?"姜少勤诧异地看着李咏。

李咏冲武旗红努努嘴,武旗红掏出手机,按下了播放键。听到手机里传来的第一句话,姜少勤脸上的肌肉不由得抽搐了一下。武旗红马上停止播放。

"我明白了。"姜少勤恍然,"我的车上刚刚安了监控。"

"庄道荣会因此受到惩处,"武旗红平静地说,"姜元肯定是被栽赃陷害

166

的，只是我们还没有确凿的证据，不过你放心，我们会尽力帮他洗脱嫌疑。"

"你可不知道，"李咏又开始夸张了，"刚才在戏志才办公室里腥风血雨，要不是因为有这段录音，我和老武就卷铺盖回家了。"

"让你们冒这么大的风险，我真的不知道应该怎么感谢你们……"

李咏皱着眉头看着姜少勤："你真的不知道吗？"

"好吧，"姜少勤缓缓坐在那张破床上，为自己点燃了香烟，"不过，告诉你们之前，你们能不能先告诉我，为什么这么关心何小蓓的案子？"

"为了我以前的搭档。"武旗红平静地说。

"东港的爆炸案和何小蓓的案子有什么关系？"

"我不知道，也许你能告诉我答案。"

第二十七章
俱乐部里的花花公子

2007年6月

"忽听窗外有人叫杜十娘,手扶着窗栏四处望,怎不见我的郎?郎君啊!你是不是饿得慌?如果你饿得慌,对我十娘讲,十娘我给你做面汤;郎君啊!你是不是困得慌?你要是困得慌,对我十娘讲,十娘我扶你上竹床……"

听着这么悲情的彩铃,姜少勤差点儿泪流满面。似乎是故意要姜少勤把这段催人泪下的歌词听完整,直到歌曲唱到尾声,于芳才接听电话。她的声音懒洋洋的,姜少勤估计她还没睡醒。现在已经是中午了。

听到姜少勤自报身份,于芳立刻紧张起来:"难道果真是贝贝……"

"我们最好见面谈,我到哪里找你?"姜少勤说。

于芳不同意姜少勤上门找她,说家里特吵,谈话不方便。姜少勤提出到于芳工作的地方找她,于芳说工作的地方人多眼杂,更不适合谈话,而且她坚决不肯告诉姜少勤自己在什么地方工作。让于芳自己选个地方,于芳吭吭哧哧,说不出个所以然。

听她话里话外的意思,大概是不想和警察见面。于是姜少勤说:"公安局里适合谈话的地方特多,而且绝对没人干扰。"

于芳叹息一声:"河景家居隔一条街有个冰激凌店,你知道那里吗?"

给姜少勤的印象是，于芳对警察有一种本能的恐惧。姜少勤暗自庆幸，幸亏如此，于芳根本没有考虑过对警察的要求置之不理。其实，如果于芳拒接姜少勤的电话，姜少勤还真的有点儿犯愁。在这个几百万人口的城市，仅仅通过一个神州行手机号码就找到它的主人可不是件容易的事。

今天凌晨，勘查五龙坡凶杀案现场的民警发现了一个电话本，民警们按照上面的号码挨个打电话，希望能查出死者身份。于芳的名字也在电话本上。正是这个于芳告诉民警，死者可能是刘贝贝。

姜少勤比约定时间早到了十五分钟，挑了个可以看到门口的座位。于芳姗姗来迟，不过毕竟还是来了。她明显睡眠不足，一脸倦容，没精打采，规规矩矩坐在姜少勤对面，一副逆来顺受的表情，好像马上要被人从飞机上扔下去的模样。姜少勤立刻猜出她是干什么的，明白了她为什么那么怕警察，也明白了为什么半夜三更的时候给于芳打电话，她头脑清醒，口齿伶俐，可八小时之后，她却像是霜打的茄子。他又想到了于芳的手机彩铃，杜十娘……

姜少勤给于芳点了杯咖啡，想让她提提神。

"我……可以抽支烟吗？"于芳讨好地冲姜少勤笑笑，从挎包里掏出白色的中南海烟盒和一次性打火机。

姜少勤指了指墙上禁止吸烟的牌子。

"那是摆设，他们不管。"于芳自顾点上了香烟。果然，店里的服务员对此视而不见。

抽了两口烟，于芳的紧张情绪稍稍放松了一点儿。姜少勤问："刘贝贝的真名叫什么？"

于芳愣了片刻，摇了摇头。"不知道，"怕姜少勤不相信似的，她又补充一句，"我真的不知道。"

姜少勤曾经询问过刘贝贝的房东。房东说，房子是通过中介公司租出去的，他只知道房客名叫刘贝贝。他找出了刘贝贝的身份证复印件，姜少勤上网查了一下身份证号，是假的。房东说刘贝贝交房租很痛快，三千一个月，预付半年，从没拖欠过。他猜刘贝贝是个二奶，可是只要她按时交房租，这又有什么关系？姜少勤又给那家中介公司打了电话，公司里的人

说，刘贝贝是自己找上门的，就是用这个名字登的记，他们也无法提供更多的情况。因此，尽管找到了死者的住处，她的身份依然悬而未决。姜少勤手里的线索只有两条，一是刘贝贝的电话本，再有就是刘贝贝在家里打出的最后一个电话——那个接电话的男人。他和杨献兵分头行动，杨献兵负责搞清楚那个男人的身份，姜少勤调查电话本上的人，第一个就是于芳。

如果于芳在电话里说她不知道刘贝贝的真名叫什么，姜少勤可能不会相信。而现在和于芳面对面坐在一起，姜少勤认为于芳说的不一定是假话。

"你们认识多久了？"姜少勤问。

于芳想了想，"大概……两三年吧。"

"怎么认识的？"

"我们一起在致悦俱乐部当服务员……"于芳的声音低得几乎听不清。

所谓服务员是委婉的说法，实际上就是三陪小姐。于芳说，有一段时间，她和刘贝贝还合租一套房子。不过刘贝贝的运气比她好，因为长相漂亮，在俱乐部里吃得开，不久就被人包了。后来，她请于芳和其他一些朋友——都是曾经的同行——到自己的新住处玩了两次，偶尔还和于芳一起吃吃饭、逛逛街。但于芳对刘贝贝的了解仅限于此。小姐们之间是不互相打听对方的详细情况的，她们的想法大多是挣够了钱回老家规规矩矩过日子，不会轻易把自己的底细透露给别人。因此于芳不清楚刘贝贝的真名叫什么，倒也不奇怪。

姜少勤问："知道她是哪里人吗？"

于芳摇摇头。

"口音呢？"姜少勤提示，"南方的？北方的？"

"贝贝说话基本上和本地人没什么区别，不过……"于芳犹豫着说，"我猜她可能是云阳一带的人。"

"可能？"

于芳解释说："我有个云阳的朋友，也是……也是服务员。她有一句口头禅，比如什么事情办砸了，她就会说'这下可毁了'。有那么几次，贝贝也说过这样的话。所以我想，也许……"

云阳不是北都市的管辖范围，和北都市相距三百多公里。姜少勤在笔记本上写下"云阳"两个字。"她在本地有没有亲属,或者是比较亲密的朋友?"

"不知道,至少我没见过。"

"给她租房子的人是谁,你知道吗?"

"贝贝从来不说,我也不好问。"

"会不会是俱乐部的客人?她有什么固定的客人吗?"

"是有个常客,我不知道他叫什么,但肯定有点儿来头。我亲眼见过俱乐部的老板对他很恭敬,口口声声叫他'陈哥',也不知道他是不是姓陈。每次只要'陈哥'来俱乐部,老板都不会给贝贝安排别的客人。后来贝贝不在俱乐部上班了,这个'陈哥'也就不怎么来了。"

"是他给刘贝贝租的房子?"

"可能吧。我说不好。反正认识这个'陈哥'之后没多久,贝贝就不再上班了。"

"这个'陈哥'长什么样,能说说吗?"

"三十岁左右,中等个儿,长得……"于芳皱着眉头,"也说不上有什么特点,就是一般样,我也没见过他几次,实在说不好。致悦俱乐部消费比较高,而且是会员制的,那里的客人非官即商,看'陈哥'的做派,我觉得他不像当官的,最多是个花花公子吧。"

"你最后一次见到刘贝贝是什么时候?"

"一个月前,"于芳说,"就在这个店里,就是咱们这张桌子。她坐在你的位置上。"

第二十八章
泡夜总会的大学生

对于芳的询问基本没什么收获——受害者可能是云阳一带的人，包养她的男人是个三十多岁的花花公子，可能姓陈，而刘贝贝这个名字十有八九是假的。根据现场的情况估计，很可能是单纯的抢劫杀人，因为在现场发现了受害者的电话本和钥匙，这些东西肯定是装在包里的，可受害者的包不见了，手机也不知去向。如果是这种情况就不好办了。歹徒临时起意行凶，和受害者之间没有因果关系，查起来的难度相当大。

但有一点不太好解释，凶手为什么要把死者的脸打得一塌糊涂？杀死一个人可以有很多方法，用拳头打死恐怕是最费事的一种。如果说凶手故意毁坏死者的面容给警方制造困难，也说不通，因为他把死者的电话本扔在了现场，这表明他根本不在乎警方是否能查出死者的身份。

于芳走了。杨献兵那边还没消息。他负责调查早上接电话的那个男人。杨献兵不会仅仅查一下男人的名字就完事，肯定会把与那个男人相关的一切都查个底儿掉，说不定他还要查一查刘贝贝手机的通话情况。姜少勤打算等杨献兵的调查有了结果之后再决定下一步怎么办。目前他暂时无处可去，就一个人坐在冰激凌店里，一边喝着咖啡，一边研究着刘贝贝的电话本。

电话本看上去有些年头了，上面记录的本地号码中有一些还是七位数的。要知道，北都市的电话号码两三年前就升八位了。姜少勤挨个拨打这些号码。在上百个电话号码中，大约有一半已经打不通了，听筒里传来的是"对不起,您拨打的号码是空号";剩下的号码里,多数手机号码前面都没有姓名。而那些有姓名的,无非是芳芳、圆圆、倩倩之类,姜少勤估计她们是刘贝贝的同行。这些芳芳、圆圆、倩倩们十分警惕,得知姜少勤的警察身份,马上意识到刘贝贝可能出事了,都是一问三不知。至于那些没有姓名的手机机主,他们一听是打听一个三陪小姐的情况,无一例外地立刻挂了电话。再打过去,电话关机。不过,这难不住警察。姜少勤把这类电话号码都抄下来,准备等会儿一起发给杨献兵,让他到电信部门去查。

电话本上还记录了一些固定电话,也没有机主的名字。姜少勤试着拨打这些号码,发现那些固定电话大多属于美容院、餐厅之类的地方。这也在姜少勤的意料之中。很少有人会用固定电话和一个三陪小姐保持联系。因此,当他发现其中一个固定电话居然属于北都市经贸大学的时候感到十分诧异。接电话的人说,那是经贸大学里一栋学生宿舍楼的传呼电话。

经贸大学位于市区西北的学院路一带,全市大部分高等学府都集中在那里。出了冰激凌店,姜少勤犹豫了片刻,决定给自己省点儿钱,上了街对面的319路公交车。还没到下班高峰时间,交通还算顺畅,公共汽车上甚至有几个空着的座位。姜少勤挑了一个双人座,坐在靠窗户的那一侧,身子斜倚在靠背和窗框之间,闭上了双眼。昨晚大半夜的被叫到现场,到现在他还一直没合过眼呢。到学院路十多站地,至少要四十分钟,姜少勤想利用这段时间打个盹。

几分钟之后,姜少勤又把眼睛睁开了。眼下是六月份,虽然没到最热的时候,太阳也已经很毒了。刺目的阳光正好从斜上方照在脸上,晃得他极不舒服。姜少勤只好向里侧了侧身,躲开阳光的照射。这时候他才发现,身边的座位上不知什么时候已经坐了人。确切地说,是两个中学生模样的孩子,一男一女,穿着校服。男生坐在姜少勤旁边的座位上,女生坐在男生腿上,双手搂着男生的脖子。两个孩子卿卿我我耳鬓厮磨,丝毫不顾忌这是公共场合。而公交车上其他的乘客则对此视而不见。

十四五岁,尚未成年,甚至身体都没发育全。姜少勤不知道这两个孩子的父母看到这一幕会怎么想。他不由得想到了自己的儿子。儿子姜元比身边这对小情人大不了多少,如果姜元敢这么大胆子,姜少勤会用皮带狠

173

狠抽他的屁股，打得他哭爹叫娘。然后他又想到了经贸大学的那个电话。那是宿舍楼里的传呼电话，说明刘贝贝认识的这个人很可能是个大学生。难道现在的大学生开放到这种地步了，把课余时间都消磨在夜总会里？

经贸大学门口的影壁上还有老人家当年的题词：团结紧张严肃活泼。姜少勤一路打听，来到一栋男生宿舍楼前，找到刚刚接电话的那位门房，询问有没有什么年轻女人经常把电话打到这儿。门房说，年轻女人往这儿打电话的多了，我怎么记得住？姜少勤提示说，那个女人可能有一点儿云阳一带的口音。门房抬起头想了想："你去问问何小雷吧，何小雷是云阳的，倒是有个女的经常打电话找他，是不是云阳口音，我听不出来。"

何小雷二十出头，学的是经济法专业。姜少勤看到何小雷的第一眼就知道自己找对人了。他和照片上的刘贝贝长得很像，几乎是一个模子里刻出来的。仔细询问之下，姜少勤终于确认，刘贝贝是何小雷的姐姐，真名叫何小蓓。

据何小雷说，姐姐何小蓓幼师毕业却找不到工作，干脆跑到北都市来闯荡，至今离家已经三四年了。开始她对家里人说她在北都市的一个玩具厂打工，收入不错，还经常寄钱回家。要不是她，何小雷的学费都凑不齐。何小雷考上北都市经贸大学后和姐姐经常见面，但从没去过姐姐工作的地方。他看姐姐的穿着和做派，怎么都觉得不像个打工的。何小蓓解释说，她当上了工厂的主管。弟弟对此一直心存疑虑。大约一年前，何小蓓告诉弟弟，她在东港的一个私立幼儿园找到了工作，还带弟弟去那里看了看。何小雷这才放了心。

"哪个幼儿园？"姜少勤有点儿诧异，据于芳说，何小蓓当了有钱人的二奶，怎么会在幼儿园打工？

"M78星云。"

姜少勤皱着眉头。这个名字挺耳熟。接着他想起来了，去年夏天，那个幼儿园发生过一起轰动全省的大案，一个排爆民警和一个绑匪都被炸死了。"她现在还在那儿工作吗？"

"没干多久她就辞工了，那个爆炸案您一定知道吧。爆炸案之后，幼儿园就关门了……"

"然后你姐姐去哪儿了?"

何小雷没有回答他的问题,而是反问:"您还没告诉我,我姐姐到底怎么了?"

姜少勤没说话。向受害者的家属宣布他们亲人的死讯,这是任何一个警察都不愿意揽的差事。

第二十八章

第二十九章
无权访问

"无权访问！"电脑屏幕上显示出四个冷冰冰的字眼。

"什么叫'无权访问'？"姜少勤像是在问电脑，又像是在问杨献兵。

他们要查的人叫杜沉。姜少勤调查何小蓓身份的时候，杨献兵在调查从何小蓓家里拨出的最后一个电话，很快查到那个电话号码属于一个叫哈梦工厂的迪厅。娱乐场所在分局有备案，杨献兵在城西区分局查到了这个迪厅的资料。迪厅的老板叫杜沉，但资料上关于他的内容十分简单——姓名、年龄、身份证号，以及办公电话，也就是何小蓓曾经拨打的那个号码。仅此而已。

听到杜沉这个名字，姜少勤就想起了于芳说的"陈哥"。也许不是"陈哥"，而是"沉哥"。这样就说得通了。如果杜沉是包养何小蓓的人，就有必要和他接触一下了。于是姜少勤和杨献兵就想查查杜沉的背景，尤其是想知道他有没有犯罪记录。

已经过了下班时间，他们却没离开办公室。两个人心照不宣，等办公室里的人都走光了，他们才进入查询系统调阅重案记录，刚刚输入杜沉的名字，屏幕上就弹出了"无权访问"。

"为什么有限制？一个迪厅老板难道还是什么大人物？"

"也许局里的某个部门一直对这个人非常关注，所以把他的信息给屏蔽了。"杨献兵说，"看看有没有交通违章。"

这回屏幕上跳出一长串信息，是杜沉的驾照号码和近年来所有的交通违章记录。姜少勤数了数，仅去年一年，杜沉闯红灯就达十次之多，超速驾驶和违章停车更是不计其数。"居然没被吊销驾照？"姜少勤愤愤地说，"有钱就是好使。"

杨献兵试图查询违章的详细信息，但电脑屏幕上再次跳出四个字："无权访问！"姜少勤不由得惊叹："如果不是亲眼见到，我真他妈不敢相信，狗日的难道连交通违章都是机密？"

杨献兵拿起电话和杜沉身份证所在地的派出所联系，那边回复，杜沉的这个地址已经无效了。市局档案中心把杜沉作为重点人口专门建档，派出所无法提供更进一步的信息。"电信局的老孟已经欠咱们好多人情了，该是他还债的时候了。"姜少勤提醒。

杨献兵又给老孟打电话。老孟说："抱歉，这个电话号码属于不可对外透露的信息。电信局为市里的重要人物建立了一个专档，比如市领导以及各委办局的主要负责人，你们要找的东西也在那份档案里。那是加密档案。你们要是给我安排一份年薪十万的工作，我就豁出去帮你们查一下。"

"有那么好的工作，我自己先去了。"杨献兵挂了电话。

凡是能想到的查询办法都试过了。他们在系统中键入工商许可、刑事或者民事诉讼、假释和缓刑记录、地产所有权记录、信用记录，所有这些资料中都查不到杜沉的任何信息。最后，他们甚至想到调阅杜沉的银行账户和纳税记录，但这类调查需要审批，而杜沉连犯罪嫌疑人都算不上，他们不能仅凭这点儿线索就申请调查银行账户。

正当两个人一筹莫展的时候，办公室的门被推开了，进来的是分局刑警大队大案中队的董力强和段玉昆。看见这二位，姜少勤不由得皱了皱眉头。董力强是个实在人，憨头憨脑的，但段玉昆可不是省油的灯。姜少勤猜到了他们的来意。

杨献兵依旧坐在电脑跟前，眼睛盯着屏幕，就好像没看见有人进来似的。但他手上的动作姜少勤看得一清二楚——他轻轻点了下鼠标，退出了查询系统，又点开了扫雷游戏，在屏幕上乱点一气，直到踩上地雷。"又炸了！"他用夸张的语气说，然后他抬起头，"呦，老董，老段，怎么还没下班？"

"你们不是也一样?"段玉昆皮笑肉不笑。

董力强确实憨厚,一句话就兜了底,"昨天晚上那具女尸的尸检报告出来了吗?现在我们负责这个案子。"

杨献兵说:"正式的检验报告要等明天早上,你们要是想知道详细情况,可以给市局检验室的老王打电话。"

"也不急着今天看,"段玉昆溜溜达达来到杨献兵跟前,装作不经意地看了看电脑屏幕,"扫雷?没想到小杨还有这个兴趣。这个游戏考智商。"

"随便瞎玩玩。"杨献兵说。

很明显董力强对段玉昆的东拉西扯有点儿不耐烦,他直截了当地说:"徐大队说死者身份已经查清了。"

杨献兵把桌子上的证据袋递给他,里面包括何小蓓的电话本、公寓钥匙,又递给他一份事先打印好的报告,里面列出了何小蓓的社会关系,包括她弟弟何小雷。但杜沉的名字并不在里面,他们还没来得及把这些写进报告。"本打算交给徐大队的,不过给你们也一样。"杨献兵无所谓地说。

董力强接过报告看了看,递给段玉昆。段玉昆扫了两眼,笑眯眯地说:"二位辛苦了,让你们忙活了这么长时间,真是太感谢了……"

两个人走了。杨献兵冲他们离开的方向竖起了中指:"我们累死累活刚刚把案子办出点儿模样,他们就来捡现成的。"

"献兵,我们这么做合适吗?"姜少勤的口气有点儿不确定。

"我们做什么了?"杨献兵揣着明白装糊涂。

"为什么不告诉他们杜沉的事?"

"你不是也没说?"

"我有种预感,"姜少勤说,"我好像看到了关于我们俩的处分决定,还盖着公安局的大红印章。"

两个人相视一笑。

这就是警察们不得不面对的现实。妥善处理一件残酷的、关注度高的案子是在事业上得到提升的机会,尽管这么说有点儿不近人情。一个分局的普通刑警想在职位上上一个台阶,比如调到市局,比如得到晋升,如果他没什么后台的话,那么他首先需要引起领导的注意。对于刑警来说,只有破了案才能受到关注。

这方面姜少勤倒是不太在乎。他现在四十五了,这个年龄,作为一个普通民警,怎么提拔都晚了;再说,他老婆是中学教师,待遇不错,孩子也大了,没多重的经济负担——只要他不想把儿子送美国读书,再混个十年八年他就可以退休养老了。但杨献兵不一样。他还不到三十,有个年轻漂亮的老婆,孩子刚刚过了百天。他有一家子要养活,他还有二十多年要奋斗,他不满足现状,想把握住一个有可能改变命运的机会,这无可厚非。也许有人说这是野心,姜少勤不否认——如果希望通过破案得到晋升也算是野心的话。姜少勤真心实意地想帮助自己的搭档。当然,这么做有风险。大案中队已经把案子接过去了,他们属于擅自调查。如果查出眉目还好,要是查不出来,又被大案中队的人发觉了,他们可能会有点儿麻烦。但这个险值得冒一冒。天知道什么时候才能再碰上这样的机会。

"我们自己干?"杨献兵盯着姜少勤。

姜少勤点点头。"不过,首先我们得找到杜沉。"

"杜沉肯定已经有防备了。我们现在什么证据都没有,不能传唤他。而且,我们甚至连杜沉住什么地方都不知道。"杨献兵说。

"在哈梦工厂门口蹲点儿怎么样?"

"如果他一个星期都不出现呢?难道咱们天天守在那儿?"

"那倒也是,其实……还有个办法……可是……"姜少勤突然想起一个可以帮忙的人,又觉得把人家拖下水有点儿不合适。

杨献兵注意到姜少勤的迟疑:"说吧,老姜,还有什么我不知道的,别担心,我不会告诉别人。"

"是这样……"姜少勤干咳一声,"我……我想我能搞到我们想要的东西。我认识黄婉悦……"

"黄婉悦?女的?"

"市局档案中心副主任。我想她有办法看到那些被屏蔽的资料。"

杨献兵用探究的目光盯着姜少勤:"老姜,我觉得你不应该是那种对不起嫂子的人哪。"

"你想哪儿去了!"姜少勤有点儿后悔把这事告诉杨献兵了。上世纪八十年代，他和黄婉悦曾在同一个派出所实习。姜少勤卖力地追了黄婉悦一阵子。黄婉悦对姜少勤并不反感，甚至可以说印象不错，可谈到结婚，两人之间的差距就显出来了。姜少勤的父母都是最普通不过的老百姓。而黄婉悦的母亲是大学教授，父亲是一家国企的老总。两个人的生活环境相差太远了。这桩婚事最终没成，黄婉悦嫁给了她母亲的一个得意门生。姜少勤也懂得了婚姻要门当户对的道理。后来黄婉悦从派出所调到了市局档案中心。姜少勤刚才之所以犹豫，是因为他听说黄婉悦一年前离婚了，这个时候找人家，他担心被别人误会。

"老姜，你保密工作做得不错呀，和你搭档这么多年，你一点儿口风都不露。没想到你还有个后备队。"

"你可别胡说。"姜少勤神情局促，仿佛一个处男准备赴第一次约会，而约会对象是钢管舞女郎。

杨献兵嗤笑："瞧把你吓的。放心，我不会告诉嫂子的。不过你得实话实说，你们之间还有联系吗？"

"偶尔去市局办事的时候可能会打个照面，再有就是逢年过节相互发个短信问候一下。"

"就这些？"杨献兵皱着眉头，"你们之间连点儿奸情都没有，就断定她会帮忙？说严重了，这是违反纪律，没有咱俩这种狼狈为奸的交情，我不信她敢跟着你蹚浑水。"

这话说得并不过分。想屏蔽某些人的资料并不是一句话那么简单，需要给符合条件的档案设置查看权限，这些工作是由档案中心来做的，因此，跳过这些限制直接看档案，也只有档案中心的人做得到。但这么做要担风险。万一被查出来——这种事说大可大说小可小，或许什么事都没有，或许要挨批评，或许要背个处分，更严重的可能连警服都得脱了。所以，如果有人肯帮你做这种事，那么他跟你一定是铁杆兄弟。

但姜少勤相信黄婉悦肯定会帮忙。"明天我们一起去找她。见到她你就知道了。"

"那今天晚上我们干什么？"

"到哈梦工厂碰碰运气，"姜少勤说，"如果能找到杜沉，那所有问题都解决了。就算找不到，也可以先摸摸底。不过，在这之前，我想先去找一下老王。"

他们一起开车去了市局。在检验室门口，他们遇到了叼着香烟正准备锁门的王法医。"嗨，你们两个，"老王向他们挥挥手，姜少勤注意到他的橡胶手套还没摘下来。"你们来得太早了，验尸报告要明天早上才能出来。"

杨献兵上前亲热地搂住老王的肩膀，"事先透露点儿细节吧？"

老王费劲地掰开杨献兵的大手："早上在现场的时候不是告诉你们了吗？"

"那是初步检验，我们想知道确定的结论，帮个忙吧？"

老王叹了口气："和早上的结论一样，被拳头伤害致死。"

"有可能是戴着手套打的吗？"

"我倾向于没戴手套或者是比较薄的手套，比如赛车手套之类的。死者受伤的部位到处都是指关节造成的伤痕，根据我的经验——"王法医停顿了一会儿，把手里的半截香烟扔到地上踩灭，"用拳头打死一个人并不容易，凶手行凶的过程至少要持续十五分钟以上……那个小姑娘一定疼得死去活来。你们俩要是抓住那个杂种，一枪打死他，别手软。"

第三十章
越权调查

市局档案中心的接待区一面靠墙,另外三面是齐胸高的大理石前台,不少人在这里办理查询资料的手续。前台里侧一个办公室的门开着,黄婉悦冲他们招了招手。姜少勤拍拍杨献兵的肩膀,示意他一起过去。

黄婉悦比姜少勤小不了几岁,如今也四十出头了。可看上去比她的实际年龄小得多。姜少勤纳闷她是怎么保养的。她的身材保持得很好,笔挺的警服穿在她身上非常合体,一头微微卷曲的短发,皮肤白皙,没有一点儿刻意修饰过的迹象。如果是第一次见面,姜少勤一定会认为黄婉悦不过三十岁。

黄婉悦大大方方地和姜少勤打招呼:"请进吧。"然后她向杨献兵伸出手,"你一定是杨献兵。我们以前见过。"

这话说得姜少勤和杨献兵都是一愣。看到杨献兵诧异的表情,黄婉悦笑了,"你忘了?我想应该是四五年前,2002年或是2003年吧。有一天我到五龙坡分局办事,正赶上你和你爱人一起到分局各个部门发喜糖,想起来了吗?我还蹭了你们两口子一袋喜糖吃。"

"你这么一说,我倒是有点儿印象了。"杨献兵说。

"当时大家特羡慕你,都说你好运气,娶了个漂亮媳妇。啊,你们应该有小孩了吧?"

"有个闺女,刚满百天。"

"真的啊,"黄婉悦显得很开心,"我猜一定像她妈妈,很漂亮吧。"

"实际上，像我。"杨献兵说，"大盘脸，厚嘴唇，朝天鼻，招风耳。"

黄婉悦愣了一下，随即意识到杨献兵在开玩笑。"你是说像二师兄？"

三个人哈哈大笑。笑过之后，姜少勤进入正题，"我们今天来，其实是……"

"你们想看一下加密的资料？"黄婉悦向门口的方向张望了一眼。

姜少勤要去关门，黄婉悦立刻说："别，还是开着吧，这样自然一点儿。"然后她走回办公桌后，手指在电脑键盘上迅速敲了几下。"你们有手续吗？"

"手续？"姜少勤说，"有手续我们直接就在前台办了，还来找你干吗？"

"就是说你们没有手续了？"

姜少勤不情愿地点点头。

"我想这些信息对你们来说一定很重要吧，否则你们不会来找我。"虽然说的是"你们"，但黄婉悦的眼睛却盯着姜少勤。

"是啊，是很重要。"姜少勤没有和她的目光对视。

"这对我也很重要。你们知道吗？当我调出一份加密资料的时候，系统就会自动记录下我的电脑终端编号、进入的时间，任何人都可以根据这些记录追查到我。当然，我可以解释说这是一次偶然的手误，但如果因为这些资料引起什么严重后果的话……"

杨献兵有点儿失望，不过他还是说："我们也知道这个要求很过分，如果实在太麻烦的话，我们就想别的办法。"

黄婉悦笑了，"你别误会，朋友就是朋友。不过在帮你们之前，我需要知道你们要这些资料干什么。这也算是自我保护吧。"

姜少勤看了看杨献兵，杨献兵说："这很公平，你帮助我们，我们也没必要对你有所保留。有个叫杜沉的迪厅老板，我们认为前天晚上他把一个女孩殴打致死。是用拳头打死的。所以我们需要找到他，看他的手上是不是有伤。可我们查询的时候却发现他的所有资料都是保密的。没有住址，没有车牌号，没有电话。昨天我们在他的迪厅门口守到后半夜，什么也没发现。所以……"

"所以你们想得到他的全部资料？"黄婉悦问。

183

"不是全部。只要足够让我们找到他就可以了。"姜少勤说。

"不论我查一条还是查全部,"黄婉悦说,"我都要进入系统。你们有把握吗?"

姜少勤的回答很谨慎:"如果他手上有伤,就是他,如果没有,就不是。"

"还有别的嫌疑人吗?"

"有。"姜少勤实话实说。"一个叫张建军的,是死者的前男友,也就是她认识那个叫杜沉的流氓之前的男朋友。我们看过他的手,没发现有伤。"

"所以你们认为不是他作的案?"

"没有排除他的嫌疑,也可能凶手是戴着手套作案的。而且他承认在案发前他和死者见过面。"

"为什么不先查这条线索呢?"

"我们正在查,但这需要时间。我们担心的是,如果调查了一圈,最后证明死者的前男友是清白的,等到那时候,杜沉手上的伤早就好了。一般的杀人案都是在案发之后四十八小时内取得突破的,尤其是这类表面上看不出什么因果关系的案件。我们只知道死者是杜沉的情妇,但不知道他们之间发生了什么事,我们也无须知道。找到杜沉就能得到答案。"

"这样一来,一旦你们抓到他,系统里的记录马上会把怀疑指向我。"

姜少勤没说话,这的确是个问题。如果杜沉有罪,那还好说。否则的话……

黄婉悦在办公桌后面的椅子上坐了下来,手指轻轻敲打着桌面。"好吧,就这一次。"黄婉悦终于作出了决定。她双手敲击键盘,登录系统。"再说一遍,姓名?"

"杜沉。杜鹃的杜,沉默的沉。身份证号是……"

杨献兵拿出了笔记本。

黄婉悦眼睛盯着屏幕,轻声读道:"近期的居住地址是天香阁北路118号主语花园3-18-02。这个公寓的主人拥有一辆法拉利Enzo,车牌号是北AC7221;还有一辆奔驰S320,车牌号是北AL5328。没有任何犯罪记录,清白得像个新浴缸。啊,下面一条你们可能会感兴趣。他有一个哥哥,名叫杜渐……"

姜少勤和杨献兵面面相觑。杜渐这个名字，只要是当警察的都不陌生。"原来是毒贩子的弟弟，"杨献兵恍然大悟，"我说一个迪厅老板也不至于那么受重视。那么说这个人的资料是禁毒支队屏蔽的了？"

"应该是，还有谁会对毒贩子感兴趣呢？"黄婉悦退出系统，站起身，"好了，就这些了。"她的言下之意是，你们也可以走了。

"谢谢你。"杨献兵合上笔记本。

"等你们破了这个案子之后再谢我吧。"黄婉悦说。

第三十一章
午夜迪吧

警察们相信一条非常古老的定律。在谋杀案发生时以及发生后,凶手的心情一定是极其糟糕的。他的肾上腺素失去控制,思路混乱,无法控制头脑中发生的化学反应——人类的进化永远无法赶上社会活动的进展。理性告诉他,在面对警察的时候应该保持冷静,但事与愿违,大量分泌的肾上腺素会令他浑身发抖不知所措,因此,最好趁凶手还在迷糊状态的时候把他逮捕。这就是为什么一个嫌疑人刚刚被抓起来就马上招供的原因所在。并非所有的罪犯都适用这条定律,但事实上大多数罪犯都无法很好地控制自己。姜少勤相信杜沉就属于大多数,如果他真的有罪的话。

杜沉有两辆车。一辆奔驰S320,一辆法拉利Enzo。不过奔驰车一般都有专门的司机,如果杜沉坐奔驰出门的话,就表明他不是一个人。姜少勤和杨献兵打算盯住那辆法拉利,在确定杜沉是一个人的时候见机行事。必须在杜沉独自一人的时候,不给他通知别人——比如他哥哥——的机会,不让他打电话,要让杜沉觉得无依无靠,没有指望,这样他们才能得到想要的东西。他们觉得那个公子哥儿不一定见过这样的阵仗,惊慌失措之下他就会露出马脚。然后他们就趁热打铁,搜查他的汽车,有可能的话,再搜查他的住处——何小蓓的手机和挎包一直没有找到,杜沉说不定还没有处理掉。这么做并没有法律依据,但只要他们找到证据,再加上杜沉手上的伤,杜沉就是再有钱也翻不了这个案子。

白天的时候他们不能做得太明显。万一让大案中队的人发现了,这案子就没他们什么事了。他们只能晚上行动。杨献兵负责哈梦工厂，那是杜沉晚上可能出现的地方；姜少勤负责杜沉在天香阁北路的公寓。他们商量好了，只要发现杜沉是一个人就及时通气，然后见机行事，至少要想办法看看他的手。

说得容易，具体实施起来，却不那么轻松。他俩只有一辆普通型桑塔纳可用，分头盯梢，就意味着有个人没车开。杜沉住的地方是高档公寓，不论白天晚上都有保安巡逻。考虑到姜少勤大半夜的在小区里溜达可能会遇到麻烦，杨献兵就把车让给他用。哈梦工厂对面有几家通宵营业的餐厅，因为是夏天，餐厅门口摆出了大排档，杨献兵就在那儿盯着，还跟姜少勤开玩笑说他饿了有地方吃东西，还有酒有菜。

即便如此，实际困难也比姜少勤预想的要大得多。天香阁北路一带基本上都是豪华车，一辆普通桑塔纳在里面就像一群衣冠楚楚的电影明星中间站着个叫花子，有点儿太显眼了，那儿的保安都挺势利眼，姜少勤还是免不了被盘诘。要是被保安以妨碍小区管理为由摘掉车牌，麻烦就大了。不过，守住杜沉的住处也有个好处。杜沉晚上回家或是出门，一个人的可能性比较大。哈梦工厂那种地方人多眼杂，他可能会带着女朋友去逛夜店，也可能去和别人谈生意，单独一个人的机会不是很多，除非他回家。要是那样，还不如在他家门口守株待兔。

下班之后，姜少勤和杨献兵分头行动。一直等到夜里十二点半，两边都没什么动静。姜少勤给杨献兵打电话，两个人商量了一下，决定今天到此为止。姜少勤要开车过来接杨献兵，杨献兵说："算了，你也够累的了，我打车回去。反正攒了一大堆出租车票没法报销，也不在乎多这一两张。"

姜少勤想想也是，就没再坚持。

大约一点钟左右，姜少勤已经回到家，躺在床上快睡着了，突然接到杨献兵的电话。原来姜少勤回去之后，杨献兵没有马上走，而是又等了一会儿。就是多等的这一会儿，他发现了异常——杜沉的法拉利突然停进了哈梦工厂的贵宾停车场，杜沉到了之后，陆陆续续又有好几辆豪华车停在那里。

电话里，杨献兵的声音很低，语气急促，"我现在就在贵宾停车场附近转悠呢，这里有迪厅的保安，我不太方便抄车牌，你赶紧找支笔，我说你记。"

姜少勤记下了那几辆车的车牌号，叮嘱杨献兵不要轻举妄动，然后匆匆忙忙穿上衣服就往外跑。半夜不堵车，姜少勤把桑塔纳开得飞快，即便如此，从公安局宿舍赶到哈梦工厂也需要将近半小时。

哈梦工厂的侧门外面有一个贵宾停车场，普通顾客的车是不能停在那里的。一天前，他和杨献兵曾经仔细观察过，在生意最红火、迪厅里人最多的时候，正门外面的停车场车满为患，还有不少汽车在等车位，但贵宾停车场里却空空荡荡。间或有人想耍个小聪明，绕过正门把车停在贵宾停车场里，都被保安拦住了。因此他们判断，能在那里停车的人恐怕都来头不小。杨献兵说贵宾停车场里一下子停进了好几辆豪华车，姜少勤的脑子里突然闪出了一个念头：难道是毒贩子聚会？紧接着姜少勤意识到，杨献兵肯定也想到了这一点。他马上拨了杨献兵的手机，他有点儿担心杨献兵等不及，一个人溜进迪厅看个究竟。

杨献兵的手机无人接听。这种情况下手机无人接听有两种可能，要么是杨献兵把手机调成了静音，要么是因为周围环境嘈杂，杨献兵没听见。如果是后一种可能，那就说明他已经进迪厅了。

姜少勤加快了车速。毕竟比杨献兵多吃了十多年的警察饭，他清楚这时候他们应该做什么。他俩是在寻找杀害何小蓓的凶手，之所以要监视杜沉也仅仅是因为何小蓓的死可能与杜沉有关。他们只要管好自己的事就可以了，贩毒团伙内部聚会也好，争吵也罢，与他们两个小警察无关，那是禁毒支队的事。即使杨献兵有什么意外的发现，也不一定有谁感激他，相反，有人还会认为他的手伸得太长，甚至认为他帮了倒忙。刚才接到杨献兵电话的时候，姜少勤有点儿半梦半醒迷迷糊糊的，没想这么多。现在他都想明白了，想提醒杨献兵，杨献兵却不接电话了。姜少勤知道杨献兵的脾气，估计他会溜进迪厅看个究竟。如果杨献兵不知轻重，惹出什么麻烦就糟了。

几分钟之后，哈梦工厂出现在姜少勤的视线里，他再次拨了杨献兵的手机。"对不起，您呼叫的用户已经关机。"姜少勤心里"咯噔"一下。杨献兵是无论如何也不会关机的，他知道姜少勤要来，知道姜少勤会和他联系，怎么会关机？如果往好的方面想，说不定恰好这时候杨献兵的手机没电了——姜少勤不相信会有这么巧；往坏的方面想，一定是出了意外。

尽管意识到杨献兵可能有麻烦，但直到这个时候，姜少勤也并不认为他会有生命危险。大不了是看见几个毒贩子碰头，难道毒贩子因此就会把他杀了？的确，贩毒是掉脑袋的活儿，因此毒贩子也是最凶狠的罪犯，如果有必要，他们会对警察下手。但姜少勤想不出这种情况下他们对杨献兵下手的理由。毒贩子不会采取这种方式交易毒品，这有点儿太招摇了。只要不是交易毒品的时候被杨献兵发现，那么杨献兵就不会有什么危险。最糟糕的情况无非是杨献兵不小心暴露了警察身份，和保安发生一些争执，如果动了拳头，杨献兵孤身一人，估计要吃点儿亏。他和杨献兵的麻烦在于事情闹大了之后没法收场。

这时候是夜里一点半，哈梦工厂还在营业。姜少勤开着桑塔纳缓缓从迪厅门口驶过，就像是一个正在找车位的普通顾客。门口的保安正和附近趴活儿的出租车司机们抽着烟聊着天。间或有顾客进进出出，隐隐约约能听到迪厅里传出来的节奏鲜明的鼓点，看上去一切正常，不像发生过什么混乱的样子。姜少勤驶过正门，打了一把方向盘，想绕到侧门的贵宾停车场看看杨献兵所说的那几辆豪华轿车。还没开到贵宾停车场跟前，他猛踩一脚刹车。这一瞬间，他突然产生了一种要窒息的感觉——贵宾停车场里一辆车都没有。才半个小时的时间，毒贩子的聚会不太可能这么快就结束了，否则杨献兵怎么没有消息？姜少勤呼吸急促，他再次拨打杨献兵的手机，拨号的时候手指都有些颤抖。电话里传出的仍然是那个机械的毫无特色的女声："对不起，您呼叫的用户已关机。"

姜少勤掉头把车开到了大排档附近，希望能在那里找到杨献兵。或许杨献兵的手机真的出了什么问题他自己却没有发现，依旧坐在大排档里呢。尽管心里清楚这完全是自己的一相情愿，姜少勤还是沿着那一溜大排档找了一圈，如果杨献兵在那里的话，会坐在比较靠外侧、便于观察的位置，但他没有发现那个熟悉的身影。

杨献兵可能有危险的想法充斥着姜少勤的大脑。除了到哈梦工厂里面找人，他已经没有别的选择了。他直接把车停在迪厅大门口，下了车就要进去。一个细高个儿保安把他拦住了。"先生，您有门票吗？"

姜少勤从皮夹里抽出一张百元钞票递给保安，"不用找了。"他知道哈梦工厂的门票是五十元。说着就要从保安身边绕过去。

保安没有接他手里的钱，而是随着姜少勤侧移了一步，依然挡着姜少勤的去路。"对不起，先生。我是保安，只收门票，不能收现金。"

姜少勤意识到这个门不是那么好进的。他瞪着保安："在哪儿买门票？"

保安看了看表。"实在抱歉，我们这里每天半夜两点关门，十二点以后就不卖门票了。"

姜少勤知道保安在说谎，可即使戳穿了他的谎言也没有意义，保安不打算放他进去，随便找什么借口都可以。他只好耐着性子说："我的朋友在里面，我有急事找他。"

"您可以给他打电话。"保安不卑不亢。

"我打了。可能里面太吵了，他听不见。"

"那我就没办法了，您没有门票，我不能放您进去。否则我们经理知道了会炒我的鱿鱼，还请您理解。"

"不是我没门票，是你们不卖给我！"姜少勤火了。

"先生，不是我们不卖给您，而是现在这个时间已经不卖门票了。还有不到半小时就关门了，到时候所有人都会出来。您可以在这里等您的朋友。"

迫不得已，姜少勤掏出证件。"我是警察，我在执行公务，请你让开。"

保安接过他的证件仔细看了看，却没有让路的意思。"那么请您出示一下手续。您是要搜查我们迪厅，还是要传唤谁？"

姜少勤愣了一下。这个保安还真不好对付。听他的口气，他对公安机关的办案程序十分了解。

保安把证件还给姜少勤。"如果您有搜查证或是传唤证，我可以让您进去。如果您没有，我不能因为您口头说执行公务就放行。而且您是五龙坡分局的，我们这里是城西区，您似乎管不到我们这里吧？"

姜少勤被问得一愣一愣的。他哪里有什么手续，就连他们在这里监视杜沉都没有得到领导的批准。无奈之下,他只得说:"我要见杜沉。"

"杜总不在。"

"我刚才明明看见他的法拉利停在这儿。"

保安的目光闪了一下,眼神有些耐人寻味。"他来过,不过已经走了。如果您现在去停车场看看,他的车肯定不在了。"

姜少勤惦记杨献兵的安全,不想再和保安纠缠,他把保安搡到一边想硬往里闯,结果迎面撞到了一台穿着衣服的冰箱上。确切地说,是三台。三个剃着板儿寸,穿着紧绷绷的T恤衫的彪形大汉抱着胳膊挡住他的去路,冷冷地盯着他一言不发。

保安冲三个大汉摆摆手,示意他们不要轻举妄动。他依然很有礼貌地对姜少勤说:"警官,我说过了,杜总不在这里。请您不要让我们为难好吗?您一没有合法手续,二没有门票,我确实不能放您进去。这事不论放到哪儿去说,都是您不占理。"

看到发生了争执,有几个不相干的人围上来看热闹。其中有个人阴阳怪气地对保安说:"我说兄弟,我看你还是放这位警察大哥进去吧。警察进迪厅不买门票算什么,就是嫖娼都不用给钱。"周围一片哄笑。

保安微微一笑,并不答话。姜少勤终于明白了形势。如果今天强行闯迪厅惹出什么乱子,自己大概会被安上这么个罪名,再被别有用心的人渲染一番,恐怕浑身是嘴都说不清。看看面前那三个横眉立目的彪形大汉,他知道硬闯也行不通。迫不得已,他只有请求支援。他拨通了刑警大队长徐杰的电话。

"胡闹!谁让你们监视杜沉的?"徐杰半夜被吵醒,情绪本来就不太好,听了姜少勤的汇报,更是暴跳如雷。

"我们……"姜少勤不知道该怎么解释,他现在真的有点,后悔了。

生气归生气,徐杰不能坐视自己的部下出危险,他当即和城西分局以及刑警支队联系。姜少勤一直在哈梦工厂门口等着,越等越不耐烦。半小时之后,迪厅散了场,里面的顾客和工作人员都走得差不多了,当地派出所副所长宋公英才带着几个民警姗姗赶到。接着城西分局刑警大队副大队长李清河也带着几个人来了,最后赶到的是徐杰和刑警支队长薛艾寒,还

有个人姜少勤不认识。后来他才知道，这是禁毒支队副支队长梅星宇。显然这事把禁毒支队也惊动了。

说来也怪，穿制服的人一多，声势自然而然就壮了。看到迪厅门口陆续停了七八辆带标志的警车，下来二十多个穿制服的民警，刚才挡住姜少勤去路的几个大汉早已不知去向，细高个儿保安不声不响让到一边，围观的几个闲人也躲得远远的。迪厅的值班经理气喘吁吁跑出来握着宋公英的手一个劲儿往里面让，不停说着："里面请，里面请。"此一时彼一时，再也不是刚才没有门票禁止入内的情形了。

大厅里只有几个打扫卫生的清洁工，前台还有两个穿工作服的在清点现金，问他们一点半前后有没有发现什么异常情况，都是一问三不知。姜少勤心里有点儿窝火：派出所的人要是赶在关门之前过来，那时候顾客没有全部离开，说不定还能发现点儿情况。如今迪厅里都是他们的人，肯定是众口一词什么都不知道。

薛艾寒问经理，能不能看看二楼的包房。

经理耸耸肩："没问题，杜总经常叮嘱我们，要我们守法经营，如果公安机关需要我们协助，我们一定要全力配合。"

"你们杜总呢？"薛艾寒问。

"哦……"经理迟疑片刻，"杜总今天身体不舒服，提前回去休息了。"

薛艾寒轻轻哼了一声，冲宋公英点点头，"宋所长，人家这么配合，你可要领情啊。"

宋公英对经理说："那就麻烦您领路吧？"冲周围几个民警一挥手，几个人拥着经理上楼去了。

薛艾寒冲梅星宇、徐杰、姜少勤和李清河招招手，五个人凑到一起。薛艾寒先问姜少勤："你肯定你的搭档出事了？"

"肯定，"姜少勤说，"否则他不可能不和我联系。一点的时候他还给我打电话要我赶过来，可过了半小时就联系不上了。"

徐杰越听越来气："不请示擅自行动，杨献兵要是出了什么意外，你吃不了兜着走！"

薛艾寒摆摆手，"现在不是讨论这个问题的时候，找人要紧。不过这么找下去恐怕不是办法，他们既然放开了让咱们查，肯定是心中有数了。"

李清河提议说："要不我派人到外围查查，就是范围有点儿太大，我这儿人手不够。"

薛艾寒皱着眉头："如果杨献兵果真在迪厅里出了事，又被他们转移到外面去了，恐怕……"

他的话没有说完。在场的人都明白他的意思：凶多吉少。想到杨献兵的老婆孩子可能要变成孤儿寡母了，姜少勤突然有一种想哭的感觉。

"这样吧，"薛艾寒对李清河说，"即便人手不够你也先查查看，如果有必要，我们再加派人手，但愿是一场虚惊。"说到这儿他叹了口气，可能连他自己都不相信这是"虚惊"，"我一会儿要向龙局长汇报，你先把你带的人分两组，一组询问保安、工作人员、出租车司机、小商小贩，只要是现在能找到的都别漏掉；另外一组开着车到附近转悠转悠，重点是迪厅侧门或者后门那一带，仔细点儿……"

李清河把一个民警叫过来吩咐了几句，民警带着几个人走了。不一会儿，宋公英从楼上下来了，说他们在男卫生间里发现了一对刚刚嗑过药的男女，神志还不太清醒，在他们身上找到了几颗摇头丸，请示薛艾寒怎么处理。

薛艾寒说："人先带到你那儿去，等他们醒了好好问问。还发现什么没有？"

"没了。"宋公英回答。

薛艾寒的眉毛挑了挑，"其他地方都检查了吗？"

"是，除了包房，我们还查了 DJ 房、领舞的化妆间和更衣室、卫生间、经理值班室、配电室、存放灯光照明音响设备以及食品饮料的储藏室……"

"行了，"薛艾寒不耐烦地挥挥手，"就说你们哪里没有查过。"

"还有就是……杜沉的办公室，那个值班经理不肯给我们开门。说是没有杜沉的同意，他没权力让我们进去。"

"让他给杜沉打电话。"

"他说时间太晚了……"

薛艾寒冷冷地打断他："所以，你一个派出所长就拿他没办法了？"

宋公英神色尴尬，"我们什么手续都没有，硬闯进去搜查，是不是有点儿不合适？"

"有什么不合适？我们一个警察在他们这里不见了！"

宋公英无言以对，求救似的看着梅星宇。梅星宇第一次开口了："老薛，这毕竟是我们的猜测，无凭无据呀。"

"无凭无据？"薛艾寒说，"刚才那对嗑药的是怎么回事？我们以怀疑他们提供毒品的名义搜查，能说得过去吧？"

宋公英赶紧说："毒品不会是他们提供的……"

"你这么肯定？"薛艾寒上下打量宋公英，仿佛第一次见到他似的。

宋公英没听出薛艾寒话中的含义，忙不迭把责任大包大揽，情急之下有些语无伦次。"这事的主要责任在我。这里是我们重点监管的特种行业，平时我们三令五申，三天两头查。您看，墙上都有警示……可有些人还是见缝插针，让你防不胜防，我们就是有三头六臂也不能把每个人都盯住……总之还是我们疏忽大意，偶尔有松懈……"

梅星宇皱着眉头打断他的话："行了，现在没人让你做检讨。"

"宋所长，我发现你还真是警民情深呀。"薛艾寒这话里奚落的意思所有人都听出来了。"好吧，就算毒品不是他们提供的，但迪厅里有人吸毒是事实吧？"

宋公英只得点头。

"既然有人在这里吸毒，我们搜查一下有什么不可以？"

"老薛，"梅星宇轻声说，"杜沉是我们禁毒支队一直关注的对象，搜查之前，我想先请示一下我们支队长。"他指的是禁毒支队长戎志才。

薛艾寒没答理他。梅星宇讨了个没趣，掏出手机到一边打电话去了。薛艾寒问徐杰："失踪的是你的手下，你的意见呢？"

"我说……应该查，"徐杰吞吞吐吐，"但是……"

薛艾寒不等他说完，目光转向姜少勤。姜少勤知道他这是在寻求支持，马上回答："支队长，我们既然来了，索性就查个彻底。即便什么都查不到，也算是排除了一种可能性。否则留个死角，我们今天就等于白来一趟。"姜少勤还有个想法没说。在何小蓓的住处，他没找到任何可以和杜沉联系起来的线索。但是在杜沉的办公室里，说不定能找到他和何小蓓关系密切的证据。如果发现这样的证据，至少可以说明他和杨献兵的怀疑是有根据的。

宋公英阴阳怪气："如果什么都查不出来，剩下个烂摊子谁收拾？"

"放心，出了事责任我担着。"薛艾寒说。

"话是这么说，可每天和他们打交道的还不是我们这些派出所民警，今天要是强行搜查，这面子就撕破了，今后我们还怎么做工作？"宋公英眼睛盯着地面，不满地嘀咕着。旁边李清河一个劲儿给他使眼色他也没看见。

薛艾寒脸色铁青。"宋所长，我是不是指挥不动你呀？没关系，说说哪个能指挥你，我请他来！"

"老宋不是这个意思……"李清河赶紧打圆场，话还没说完，他的手机响了。他接通电话只"喂"了一声，就把电话放下了，冲薛艾寒低声说，"找到了……"

姜少勤和薛艾寒异口同声："找到什么了？"

"尸体……"

第三十二章
停职危机

姜少勤的眼睛红红的，那是因为睡眠不足，连续三十多个小时，他还没睡过一分钟。另外他还哭了几次。在盘问的间隙，在洗手间里，在他独自一个人的时候，姜少勤会忍不住哭出来。

他首先面对的是公安局纪委的质询，这期间禁毒支队一名叫庄道荣的警员也在场，他怀疑这是不是合乎程序，但此刻他并没有心情理会这些。既然杜沉是禁毒支队的重点目标，而杨献兵是在毒贩子的地盘上出的事，他想，他们或许想弄明白这对他们的案子有没有影响。

不久之后薛艾寒到了。薛艾寒皱着眉头走进讯问室，一脸愤怒的表情。姜少勤以为这是冲着自己的。自己应该对杨献兵的死负责，姜少勤愿意接受任何处分，不论多严厉，他都毫无怨言。他等着薛艾寒劈头盖脸的痛斥。可薛艾寒的第一句话却是对负责询问的纪委书记岳遥说的："老岳，为什么在审讯罪犯的地方盘问一个警察，他现在是犯人吗？"

岳遥有点儿尴尬："其实没别的意思，就是图个方便。"

"一会儿龙局长就要到了，你打算在这里继续审问吗？"

岳遥迟疑片刻，"去我的办公室吧。"

半小时后，姜少勤被带到了纪委书记的办公室。在这里，他不但看见了局长龙树彬、主管刑侦的副局长齐亚先，还有禁毒支队支队长戏志才和副支队长梅星宇。

看到戏志才，薛艾寒有点儿诧异："刚才在讯问室我看见了庄道荣，这件事和禁毒支队有什么关系?"

戏志才还没说话,梅星宇抢先说:"凡是涉及老杜兄弟俩的事情都和我们有关。"

"是我同意的。"局长龙树彬说。然后他向岳遥点头示意可以开始了。

岳遥说:"我们现在掌握的情况表明,姜少勤和杨献兵自作主张擅自调查杜沉。"他看了看姜少勤,"而且你也承认你违反了纪律。"

"可是这种事情每天都在发生,"薛艾寒说,"警察得到模糊的线索,在正式汇报之前想首先确认一下,我敢说每个刑警都做过这样的事……"

姜少勤感激地看了薛艾寒一眼。他以前从没和薛艾寒直接打过交道,可此时此刻,他意识到这位支队长是在为自己辩解。

"老薛,这些我们都知道。"龙树彬说,"可是今天一个警察死了,我们还是就事论事好吗?"

薛艾寒不做声了。龙树彬对岳遥说:"继续吧。"

岳遥问姜少勤:"知道这次违规调查的只有你和杨献兵两个人吗?"

姜少勤点点头。他想起了黄婉悦。但他绝对不会把她的名字说出来。

"在你结束对天香阁北路杜沉住宅的监视行动之后,你和杨献兵联系了几次?"

"一次。"

"等等,"梅星宇突然问,"我记得所有关于杜渐的信息,包括他的弟弟杜沉,只限禁毒支队查阅。你是怎么得知杜沉的住址的?"

"我想是通过一张交通罚单吧。"这是姜少勤事先想好的借口。

"罚单?你怎么找到的?"

"其实是杨献兵发现的,他去交管部门查过。但具体怎么查的我就不清楚了。"

岳遥看看梅星宇,梅星宇摇摇头,表示没什么问题了,于是岳遥继续问:"你们调查杜沉有什么确切依据吗?他是何小蓓案件中的嫌疑人吗?"

"何小蓓与杜沉相识,出事当天,何小蓓往哈梦工厂打过电话。我们……"

"你没有回答我的问题。"岳遥打断他,"杜沉是嫌疑人吗?"

"我们不能确定，"姜少勤只好承认，"但是从办案的角度讲，我们至少应该核实杜沉和何小蓓之间的通话。"

"何小蓓是个妓女。"梅星宇冷冷地说，"妓女给娱乐场所的老板打电话，这让你们感到很奇怪吗？"

"我们怀疑何小蓓是杜沉包养的情妇。"

"怀疑？"梅星宇问，"你手中没有确凿的事实？"

"我希望我有。可是我们连杜沉的面都见不到，你忘了，你们把杜沉的信息都屏蔽了。"

"那是因为我们担心某些像你们一样冒失的警员打乱我们的计划。禁毒支队一直在关注杜沉。"

"我们只是想抓住把一个姑娘活活打死的流氓，而这个流氓恰好是一个毒贩子的弟弟。如果你们关注得好一点儿，这种人根本不应该随随便便在大街上溜达。"姜少勤终于忍不住顶了一句。

梅星宇冷笑一声："正因为这种幼稚的看法，我们才不能把机密情报透露给你们。处于你的位置，你当然不可能对禁毒支队的工作有一个全盘的把握。你不但干扰了我们的工作，而且轻率地把你的搭档置于十分危险的境地，你根本不适合当警察！也许你们两个都不适合！"

姜少勤还要反驳，岳遥突然问："你带警官证了吗？"

没等姜少勤回答，薛艾寒抢先说："这是什么意思？即使要收走他的警官证，也不是现在。事情还没调查清楚。"

"我不是这个意思。"岳遥说，他又转向姜少勤，"我是想问，在昨晚进行你所谓的调查的时候，你带警官证了吗？"

"带了。"姜少勤回答，"就在我身上。"他把兜里的警官证掏了出来。

"你的搭档带了吗？"

姜少勤皱起眉头，"我不明白……"

"他的警官证不在身上。"岳遥说，"他跟你说过他把警官证放在家里或是丢了吗？"

姜少勤摇摇头。他当警察好多年了，知道警官证应该怎么使用。杨献兵肯定也知道。即便是未经允许，他们也是作为警察而不是个人进行调查的。这是常识。就好比开车一定要带驾照。他不相信杨献兵会把警官证忘在家里。"或许是被凶手拿走了。"姜少勤说,"只要抓住杜沉,会从他身上找到警官证,说不定还能看见他红肿的手指,那是他殴打何小蓓的时候留下的伤痕。"

"我们这就去逮捕他。"梅星宇嘲弄道,"就凭你的猜疑,管它是不是合法。"

"老梅,有点儿扯远了。"戏志才插了一句,"我们今天是要弄清楚昨晚到底发生了什么事。"这还是进入这间屋子以来姜少勤第一次听戏志才说话。和梅星宇比起来,他感觉这句话还像句人话。

"好了,都别吵了。"龙树彬终于作出了决定,"纪检部门要尽快得出一个结论,这件事已经惊动了市委。志才,你配合调查组调查何小蓓和杨献兵的案子,暂时先把你们对杜沉的计划放在一边。不论什么原因,我们绝不会放过杀害警察的凶手。你明白吗?"

"明白。"

"这件事由纪委牵头,需要人手就从刑警支队和禁毒支队抽调。"龙树彬的目光转向副局长齐亚先,"既然这件事和贩毒集团有关,禁毒支队的参与总是少不了的。老齐,你协调一下刑侦部门和禁毒部门之间的关系……"

齐亚先点点头。

"至于你,"龙树彬的目光转到姜少勤身上,"在得出正式结论之前,你不必再上班……"

这是姜少勤最担心的事情。他希望自己能参与调查,他想亲手把杀害杨献兵的凶手揪出来,把杜沉那张公子哥的脸打个稀巴烂。"可是龙局长,我可以协助……"

"你什么都不能做,"龙树彬的语气不容辩驳,"你和杨献兵的擅自行动,可能会让整个公安局陷入被动局面。如果杜氏兄弟得知这个情况,他们会抓住这一点大做文章,甚至利用媒体对公安局进行攻击,说我们纵容警员无视纪律、违规办案。这样一来,真正的凶手可能会永远逍遥法外。我不能再让你卷进来。而且你和杨献兵的关系过于亲密,仅仅因为这一点,你就不应该再参与调查。"

"可是我……"

"没有可是!"龙树彬厉声打断他,"你必须离这个案子远远的,不许询问案情进展,不许你查看任何报告,不许你私自进行调查——就像你和你的搭档之前做的那样!你惹的麻烦已经够多了。你给我好好待在家里,配合相关部门对你的违纪行为进行调查。听明白了吗?"

姜少勤突然感到一阵寒意。他愿意为杨献兵的死承担任何责任。可他还从来没想过,他也许再也穿不了警服了。

第三十三章
鸡蛋碰石头

姜少勤不知道自己是怎么从杨献兵家里出来的。当他不得不把这个糟糕的消息告诉杨献兵的妻子白佳怡的时候,他的眼睛一直盯着白佳怡怀里的孩子。他担心白佳怡震惊之下把刚过百天的女儿掉在地上。

白佳怡脸上呈现出一副怪异的表情。眉头微皱,眼睛瞪得圆圆的,嘴巴张成了一个O形,仿佛姜少勤开了一个十分过分的玩笑。孩子并没有从她怀里掉下来,相反,她把孩子抱得紧紧的,有点儿太紧了,孩子号啕大哭,可她却没有丝毫察觉。白佳怡就这么看着他,就像看着一个天外来客。姜少勤都不敢确定她有没有理解自己说的话。

和自己最亲密的人,头天还好好的,一天没见,就有人来宣布他的死讯。这一切就好像是一个荒诞的梦。可这是一个永远无法醒来的梦。在那一天,姜少勤失去了搭档,白佳怡失去了丈夫,孩子失去了父亲。对于白佳怡来说,这件事情的影响还不止于此——这个家庭失去了支柱,她的生活将发生巨大的变化,肯定不是变得更好。

姜少勤没有勇气继续待在杨献兵的家里,找不到言辞来安慰刚刚失去丈夫的女人,他跌跌撞撞逃了出去,把孤儿寡母留在了那里。白佳怡那怪异的表情和她张成了O形的嘴一直在姜少勤的眼前挥之不去,他脑子里浑浑噩噩,只有一个模模糊糊的念头——查出真相,给自己的搭档报仇。在他心目中,毫无疑问,杜沉就是凶手,至少他是凶手之一。

那天晚上,到头来还是没有搜查杜沉的办公室。杨献兵的尸体是在两

条街以外一个垃圾清理站门口发现的,双手被反绑着,嘴巴被胶带封住,喉咙被割断了。那里就是第一现场。警方估计,凶手把他绑架到那里才下的毒手。可惜的是,一开始没有借着查毒品的名义一鼓作气搜查杜沉的办公室,就差那么一点儿……发现杨献兵的尸体之后,事情闹大了,这时候再以别的借口搜查杜沉的办公室就行不通了。值班经理狡辩说,警察又没有死在迪厅里面,要查的话,方圆几公里挨家挨户一家不漏地查才公平,否则就拿出证据来。但当时根本没有任何证据能证明杨献兵被害之前进过哈梦工厂。

纪委调查组调查的细节姜少勤无从知晓,他被停职了。他只是听说,调查组调查了迪厅里的顾客和工作人员以及门口的出租车司机,没有任何人对杨献兵有印象。迪厅对面的大排档里倒是有两个服务员提供,当晚十二点前后有个三十岁上下的男人独自一个在大排档喝啤酒,穿着打扮和杨献兵有些像。不过当时大排档的生意很忙,她们也不是很肯定,更不记得那个人是什么时候离开的。尸检结果显示,杨献兵那天晚上喝了酒。而且杨献兵身上有两样东西不见了,一是手机,二是他的警官证。手机肯定是被杀害他的人拿走了;第二天调查组派人去了杨献兵的家,在他的另一件衣服里发现了警官证。

调查组怀疑姜少勤为杨献兵掩盖了某些不光彩的事,为了转移视线,才把哈梦工厂硬扯进来。而且理由看上去似乎还很充分:没有得到批准的监视行动,没有旁证,只有姜少勤一个人坚持这样的说法,因此不足为凭;杨献兵的身上没有警官证,更说明他的行为与警务无关;血液里的酒精含量分析表明,杨献兵喝了不少酒……只有姜少勤一个人知道,这些理由简直是荒谬至极。

为此,他找到刑警支队长薛艾寒,想向他说明他们怀疑杜沉杀死何小蓓是有根据的,杨献兵千真万确是在哈梦工厂出的事。薛艾寒从身后的文件柜里拿出一本厚厚的案卷,冲姜少勤晃了晃,"何小蓓的案子我都看过了。我个人倾向于相信你们的话,但目前所有的证据都对你们很不利。"

姜少勤说:"无论如何,我们确实有调查杜沉的必要,毕竟这是一个必须核实的线索。"

第三十二章

"可是你们漏掉了张建军。"薛艾寒把案卷递给他,"看看吧,这是你们分局刑警大队对何小蓓案件做的后续调查。我认为,至少杜沉和张建军具有同等的嫌疑。"

接过案卷迅速看了一遍,姜少勤目瞪口呆。

"你们两个对于张建军的调查太草率了。"薛艾寒说。

"那是因为我们还没来得及仔细调查他。"

"不,是因为你们违反纪律擅自调查,又担心别人发现,所以你们要速战速决,这就意味着你们必须把其中一个嫌疑人放到一边。恕我直言,你们在赌博。"

姜少勤愣愣地看着他,无言以对。

薛艾寒叹了口气,"我是从普通民警干起来的,我很理解基层刑警的处境。但是你不能否认,你们两个太急功近利了。我会尽量向调查组为你们的行为作些解释,但毕竟调查组不是由我负责,有些事我也无能为力。"停顿了一下他又说,"还有件事我要告诉你,杨献兵出事的第二天我见到杜沉了。他的手上没有伤。"

姜少勤被暂停了职务,但并没有被限制行动。此时,他无暇顾及调查组到底有什么用心,只知道杨献兵不能这样白白丢了性命。他不能坐等调查组得出一个荒谬的结论。根据薛艾寒的态度,他知道说服调查组改变看法不那么容易,至少要让他们相信杜沉在何小蓓案件中有重大嫌疑,这样杨献兵在哈梦工厂出事才能有个合理的解释。要做到这一点,首先要证明杜沉与何小蓓确实有亲密关系。他想到了致悦俱乐部,或许那里有人知道点儿内情。

他按照何小蓓电话本上的那些名字挨个找。三陪小姐这个行业的流动性比较大,何小蓓曾经的同事有许多都不在致悦俱乐部工作了,就连手机号码都换了。于芳还在,她看了杜沉的照片之后摇头说,她从没见过这个人。姜少勤盯着于芳的眼睛,于芳却不敢和他对视。姜少勤又拿着照片询问致悦俱乐部的工作人员,不论是保安还是服务生,一律都说不认识。姜少勤隐隐约约猜到了原因,却无可奈何。他记得于芳曾说过,致悦俱乐部

的老板对"沉哥"很恭敬。他想见老板,老板却避而不见。

这条路算是堵死了。姜少勤又想到了东港幼儿园。对于何小蓓这样的人来说,在东港的私立幼儿园找一份工作并不容易,或许是杜沉介绍的也说不定。但幼儿园已经于一年前停业,园长早已不知去向。何小蓓曾经的同事也无法提供什么有用的信息,只知道何小蓓是园长聘用的,在幼儿园停业之后就再也没见过她。

无论是杜沉还是哈梦工厂的工作人员,都一致否认案发当晚有姜少勤所谓的"高层次聚会"。杜沉说他半夜的时候的确去过办公室,但只待了一会儿就走了。对于停车场里的高级轿车,他表示不知情。如果能证实出事当晚哈梦工厂里确实有一批毒贩子在聚会,也能从侧面证实杨献兵出现在那里是有理由的。但因为这件事牵扯到禁毒支队的某些机密,调查组没有深究。

出事当晚,杨献兵曾让姜少勤记下了几个车牌号码。姜少勤没有把那些号码提供给调查组,连他自己也不知道是为什么。或许是因为对调查组的不信任,他说不清楚。现在,他只能从那几个车牌号入手了。但他并不乐观。他把其中一个车牌号输入公安局的信息资料库,不出所料,与这辆车相关的信息都被屏蔽了。

现在唯一能指望的人就是黄婉悦。上午市局调查组的例行询问过后,姜少勤试探着给她打了个电话。电话里黄婉悦的声音很冷淡。"抱歉,我现在正在工作。"

"上次的事情真的很感谢……"

话还没说完,他听见黄婉悦压低声音急促地说:"不要在电话里说这些!"

姜少勤意识到黄婉悦身边或许有人,她不太方便说话。"你今天有时间吗?我可不可以……"

"现在我这里很忙,如果没别的事我就挂电话了。"黄婉悦的声音又恢复了正常。

"中午我请你吃冷面,市局东边第二个路口有家朝鲜饭馆,你知道吧?十二点怎么样?"

电话那边沉默片刻。"我要挂电话了。"接着姜少勤听到了断线音。

离午饭时间还早。从市局出来,姜少勤一个人慢慢往朝鲜饭馆的方向溜达。刚过了一个红绿灯,他感觉身后的动静有点儿异样,低低的汽车引擎声一直跟随着他。他以为是调查组的人在跟踪自己。当一辆黑色宾利缓缓停在他身边的时候,他意识到自己猜错了。

后座的车门打开了,从上面下来两个中年人。一个身材瘦削,戴着无框眼镜,大热天的还穿着一身笔挺的浅色西装,领带打得一丝不苟。另一个岁数差不多,穿着比较随意,身材不高,但很敦实,有点儿谢顶。他上上下下打量着姜少勤。和他对视的时候,姜少勤感受到他极具侵略性的目光,那是食肉动物才有的眼神。

"你就是姜少勤?"

姜少勤没有说话,他隐约猜到了对方的身份。

"自我介绍一下,我叫杜渐。我们从前没有面对面打过交道,不过我相信从某种意义上说,你和我弟弟已经很熟了。"他扭头看看身边那个西装革履的男人,"这位是丁律师,我公司的法律顾问。"

西装革履的丁律师并没有看姜少勤,他扶了扶眼镜,以责备的口吻对杜渐说:"我认为这次谈话是非常不明智的。"

"我只是想解释一下我们之间的误会。"杜渐说,"我想和姜警官单独谈谈。"

"我们之间没什么误会,更没什么可谈的。"姜少勤面无表情。

"你看,"杜渐笑了,"这就是我们之间的误会。"

"你错了。"姜少勤转身就要离开。

"等等,"杜渐说,"听我解释一下对你有什么损失呢?我们俩的处境差不多,都在接受公安局的调查。我也是刚刚从公安局出来,和你一样。"

姜少勤停住脚步,"我们不一样。"

"我很理解你的处境,失去了搭档,你的心情一定很不好受。我刚刚就是为这件事去公安局的,他们传唤了我。我为你的搭档感到难过。但是请你相信,这和我弟弟无关。他很任性,喜欢胡闹,这我承认。不过他不会杀人,他从没伤害过任何人。你好好想想,如果他真的有嫌疑,我早就找

个倒霉鬼替他顶罪了，我没有这么做，因为我根本没什么可隐瞒的。"

"这话你去向调查组的人说吧。"

"我已经对他们说了。但我觉得这还不够，我真心希望能消除我们之间的误会。我想做一些对查清你搭档的死因有用的事，为我的弟弟洗脱嫌疑。我也希望为受害者的家属做点儿事情……"

姜少勤脸色涨得通红，只觉得太阳穴突突乱跳，他上前一步，几乎和杜渐脸对脸："这算是威胁吗？如果你敢打扰她们……"

丁律师立刻站到杜渐和姜少勤之间："我警告你，不要冲动，否则……"

杜渐摆摆手制止他，"老丁，我要和他单独谈谈，你到车里等我！"

"可是……"

杜渐的语气专横起来："到车里等我。"

丁律师悻悻地钻进了宾利的后座。杜渐对姜少勤说："你不必那么激动，听我把话说完。我是真心实意想帮助受害者的家属。出了这样的不幸，她们不但要经受失去亲人的痛苦，还要面临未来生活的压力。我听说是一个年轻的母亲和刚刚出生的婴儿。"

"你别打她们的主意。"

"不要曲解我的好意。我不是你想象的那种人，我热爱公益。这个城市里，许多人都接受过我的帮助，你也许不相信，但我告诉你，这是事实。"

"我相信，"姜少勤冷冷地说，"我相信有许多人接受过你的脏钱。"

杜渐眯起眼睛，目光像鹰隼一样锐利，沉默了几秒钟，他又放松下来。"我不介意你的冷嘲热讽。我只是想让你明白，我愿意向任何需要帮助的人伸出援助之手。包括你搭档的家属，甚至包括你。"

姜少勤吃惊地看着他："你想让我相信你是个慈善家？"

"我的确是。但我和那些捐助公益事业的所谓名人们不一样。他们面对摄像机施舍假惺惺的怜悯和同情，无非是借机炒作自己。可我不为名声，不图回报。我帮助过的人不计其数，包括你的同行。我可以向你透露一些细节，曾经有个警察——不需要提他的名字——人到中年，还是个普通警员。他是个正直的人，不懂得溜须拍马，不懂得利用手中的权力为自己捞好处，只能靠一份微薄的工资养活卧病在床没有工作能力的妻子和学习成绩优异却没钱上大学的儿子，他觉得生活毫无希望……"

"所以你就给了他一大笔钱？"姜少勤戏谑道。

"这并不可笑。不是你想象的那样。也不仅仅是给钱那么简单。再多的钱也是会花完的。我给他提供了一个他以前从未想象过的前景。他儿子的学业没有荒废，目前正在我在国外的企业里工作，这个孝顺的儿子挣到的钱，被用于治疗他母亲的疾病。而对那位警察本人，我从未要求他回报什么……"

"但他却主动回报你了？"

杜渐耸耸肩，"报恩，这是一个正常人应有的感情，社会就是靠它来维系的。"

"还有报仇，同样是一个正常人应有的感情，社会也是靠它来维系的。"姜少勤丢下这句话，转过身头也不回地走了。

黄婉悦比约定的时间晚了五分钟。她匆匆忙忙走进餐厅，四处张望了一下，坐在角落里的姜少勤冲她招了招手。桌子上摆好了四碟小菜，拌花生米、肉皮冻、泡菜和特色酱肉，旁边还放着一瓶白醋。服务员把凉面端了上来，是很正宗的那种棕色的荞麦面。面汤上漂着几片牛肉、两片苹果，还有半个鸡蛋。辣椒酱已经浇在上面，就等着拌了。

想到自己把黄婉悦约出来就是希望她再帮一次忙，姜少勤有点儿过意不去，一时间不知道该如何开口。黄婉悦坐在座位上，也是一言不发。姜少勤把白醋推到她面前。"饿了吧，先吃面吧。"

黄婉悦往面碗里倒了点儿醋，用筷子搅了几下，顺手把鸡蛋夹出来放到姜少勤的碗里，动作自然而然。姜少勤则习惯性地把自己碗里的两片苹果夹给了黄婉悦。接着两个人都意识到了什么，同时放下筷子，神色有些尴尬。

眼前的一切，姜少勤似曾相识。他们一起在派出所工作的时候——那是多么久远的事了——中午经常到附近的一家小饭馆吃朝鲜冷面。黄婉悦不爱吃里面的鸡蛋，总是把它夹给姜少勤。作为交换，姜少勤把自己碗里的苹果夹给黄婉悦。相隔近二十年,两人再次坐在一起,竟然不约而同地重复着曾经非常熟悉的动作。一瞬间,姜少勤甚至产生了错觉,还以为是时光倒流。

黄婉悦首先打破了尴尬的气氛。"你搭档的事我都听说了。听说调查组正在调查你?"

提到调查组,姜少勤就压不住火。"他们都是白痴!"

"调查组的人来找过我了。"黄婉悦说。

姜少勤愣了一下,没想到还是把黄婉悦连累了。"他们怎么说?"

"他们问我最近有没有查看过加密档案。我把所有的调阅记录给他们看了。他们问我为什么查看杜沉的档案——我跟你说过,查看记录没法删除。我对他们说是手误,查看别的记录的时候不小心搞错了,而且在发现错误之后马上就退出来了。看上去他们不太相信。不过我始终坚持这么说,他们也就勉强认可了。"

"真是抱歉,"姜少勤说,"这事对你不会有什么影响吧?"

"只要我一口咬定不是故意的,他们能把我怎么样?大不了是把我换个部门。你还是担心你自己吧。出了这么大的事,你的日子恐怕比我还不好过吧。"

"我自己倒没什么,可献兵……"姜少勤又想起了那对孤儿寡母。

"说一句你不爱听的话,这事多半怨你们自己。如果你们事先考虑周全一点儿,就不会有现在的结果。当初我父母不同意咱们俩的事,有一个很重要的原因,我爸说你这人太冲动,做事不计后果。年轻时容易冲动还有点儿可爱,如果上了岁数还那么冲动,就是对周围的人不负责任。这次出事的是你的搭档,可你有没有想过,如果你们换个位置,说不定出事的就是你自己。你可以说无所谓,你不在乎,可你的家人也会不在乎吗?你的妻子,你的孩子,他们以后怎么办,这些你都想过吗?"

姜少勤默然。自从杨献兵出事之后,他一门心思找凶手,这方面的问题从没考虑过。经黄婉悦这么一说,他突然觉得是自己把杨献兵送上绝路的。"你说得对。我把这事想得太简单了。我以为是在帮他,实际上却害了他。"

"可你现在依然执迷不悟。"黄婉悦说,"我想,你今天这么急着找我,还有别的事吧?不会是又想让我帮你查什么东西吧?我有言在先,这次我不会帮你的忙了。调查组已经查到我头上,我不能在他们眼皮底下做这些事。这也是为了你好。我不想看到你步你搭档的后尘。"

"献兵不能就这么白白死了……"

"他已经死了。可活着的人还要继续生活。你现在最重要的事情就是帮助你搭档的家人渡过难关。现在是她们最需要帮助的时候。如果你的搭档地下有知,他也一定希望你这么做。善有善报,恶有恶报,害死他的那些人早晚会遭报应。"黄婉悦站起身,她面前的那碗朝鲜冷面几乎一口没动,"我不能在外面待太久,现在他们盯我盯得紧。希望你认真考虑我的话。"

"等等,"姜少勤站起身,把记录着一串车牌号码的纸条塞到她手里。"再帮我最后一次,就是几个车牌号码……"

黄婉悦犹豫了片刻,还是把纸条接了过去。"我不能保证一定会帮你查,还是那句话,先料理好你搭档的后事,别一个人单干,鸡蛋碰石头,太不值了。"说罢,她匆匆走了。

姜少勤怎么也没有想到,今天是他最后一次见到活着的黄婉悦。

第三十四章
婚姻幸福的秘诀

2010 年 8 月

"什么？黄婉悦也死了？"听到这里，李咏吃惊不小。

"如果我记得不错，调查结论是自杀吧？"武旗红说。姜少勤一提起黄婉悦，武旗红就想起了这件事。东港爆炸案的时候，黄婉悦的女儿刘帆千成了人质，当时武旗红和黄婉悦有过一面之缘。

"就在我给她那几个车牌号码的那天晚上……是她女儿刘帆千发现的。刘帆千那时候上的是寄宿学校，每个周末回一次家。那天晚上她和朋友出去玩，回家比较晚，结果发现她母亲躺在浴缸里……死因是服用安眠药过量，而且她死前还喝了不少酒，在浴室地面上发现了一个芝华士酒瓶子，瓶子里的酒都被喝光了。公安局的调查结论是，因为离婚长期心情抑郁，再加上未经允许擅自查看加密档案，接受内部调查时心理负担过重，导致精神崩溃……"

"你觉得她会自杀吗？"李咏问。

姜少勤摇摇头，"反正最后一次见面的时候我没看出什么迹象。当时她确实有点儿为自己担心，但远远没到精神崩溃的程度。调查组是怎么调查的，细节我一点儿也不知道。我自己还在接受调查呢。所有情况都是刘帆千对我说的，可她一个十六七岁的小姑娘能明白什么？她告诉我说她绝对不相信她母亲会自杀。我也不信。可如果不是自杀，那会是什么？"

这个问题是姜少勤问的。武旗红和李咏对视一眼，都没有回答。

"那么，到现在为止，你还认为何小蓓是杜沉杀的吗？"李咏问。

"以前我真的是这么认为的，可后来又冒出个张建军，我也说不好了。"姜少勤把手中的烟头儿扔在地上踩灭，然后又点上了一支。"你们怎么看？"

武旗红斟酌着说："如果当时是我在调查这个案子，我可能会死咬着张建军不放。当然，只是这么泛泛地说说。我从没见过张建军，不知道他的性格，有些人即使你再借他一个胆子他也不会杀人，我不清楚张建军是不是这种人。但是仅从动机上分析，他有杀人的可能——因为自卑。他喜欢何小蓓，但又很清楚自己配不上她，可能何小蓓也有意无意流露过对他的轻视。既然永远也得不到，他干脆就把她毁了——何小蓓身上受伤最严重的部位就是她的脸。至于杜沉，根据你刚刚告诉我的情况，他的嫌疑远远比不上张建军。一个公子哥儿，如果他和何小蓓之间有什么冲突，也无非是他想把何小蓓甩了，而何小蓓不甘心而已。对杜沉这样的人来说，解决这类麻烦不需要杀人的手段。何小蓓的死亡现场在一个十分偏僻的地点，很可能是凶手事先选好的地方，这说明凶手是有预谋的，并不是一时冲动。那么，杜沉和何小蓓突发争吵一怒之下杀了她的推测也应该不成立。当然还有一种可能，杜沉的哥哥是毒贩子，他或许也参与了贩毒活动并且让何小蓓抓住了把柄。但我相信当时并没有任何线索能支持这样的推测。我以前是个排爆手，排爆手的原则是，尽可能用简单的方法处理复杂的问题，越简单就越安全，也越有效。对于这个案子来说，张建军是最简单的解释。不过这一切都是猜测，杜氏兄弟早就死了，张建军也不知去向……"

姜少勤一直低着头默默地抽烟，等把那支烟抽完了，他才叹息一声："也许薛支队长说得对，我们太急功近利了。当时的形势也让我们对杜沉的怀疑特别强烈。禁毒支队一直封锁所有关于杜沉的信息，杜沉本人我们又见不到，你说我们会怎么想？不知道你们有没有过这样的感受，越是捂着盖着，你就越想知道个究竟，这就是我们俩当时的心态……"姜少勤一副无限懊悔的神情。"要是那天晚上我开车去接献兵，而不是自顾自回了家，恐怕就不会发生后来的事了……"

第三十四章

"有一件事我不太明白,"武旗红说,"之前你也提到过,即便杨献兵在迪厅里暴露了身份也不至于有生命危险。那么,他究竟做了什么,竟然招来杀身之祸?"

"这也是一直困扰我的问题。"姜少勤说,"杨献兵死后,我设身处地地想象,换了是我,当我看见好几辆豪华车停进贵宾停车场之后,我会怎么做。悄悄混进迪厅,这不难。可问题是,我并不认识那些豪华车的主人,我想献兵肯定也不认识。到那时为止,我们俩也只是见过杜沉的照片,更别提其他毒贩子了。就算看到他们进了杜沉的办公室,这也算不了什么。"

"偷听他们的谈话?"李咏提示,"或许还用手机录了音,所以杨献兵的手机找不到了。"

"如果他们的会面地点是杜沉的办公室,这样的假设就是不成立的。哈梦工厂内部有三层。第一层是大厅舞池,第二层是包房和DJ房,第三层在DJ房的正上方,其实就是一个突出的大平台。杜沉的办公室就在这个平台上,有两面窗户。一面可以看到外面的大街,一面俯瞰整个迪厅的舞池。普通顾客只能上到二层,而且在二层也找不到通向三层的楼梯。去杜沉的办公室要走侧门,有专用楼梯,不必经过大厅。如果他们在杜沉的办公室里碰头的话,侧门附近肯定都是他们的人。献兵不是007,他恐怕没什么办法靠近。"

"要是这样的话,他们就更没理由杀人了。刚才你说到贵宾停车场里的豪华车,我倒想起一个问题。你把那些车的车牌号都记下来了?"

姜少勤沉默片刻,缓缓说:"这么多年过去,我已经把它们背下来了,有时候一闭上眼睛,我眼前就是这些号码……"

"既然你想继续查下去,为什么又要辞职呢?"

"你以为我想辞职?献兵死了,没法为自己辩解,他们就把所有脏水都泼在他身上,说我替他掩盖不光彩的事,还停了我的职。他们把我怎么样我都无所谓,可是他们骚扰我的家人……当时调查组的头头儿是纪委的岳遥,纪委才几个人,他们能干什么?大多数人都是从禁毒支队和刑警支队抽调的,其中就有庄道荣。他们盘问我也就罢了,后来又开始盘问我的老婆孩子,上我们家调查,到我老婆孩子的学校调查,这是什么影响?有时候，他们半夜敲响我们家的门，一直问到天亮。这些人都是讯问高手，用对付罪犯那一套对付我老婆孩子，谁受得了？那时候姜元正面临考高中，出了这种事，哪还有心思复习功课？最可恶的，他们还去骚扰杨献兵的老婆孩子……庄道荣对我说，这件事查不清楚，他们就不会停手。为了这事，我老婆恨死了我，就连白佳怡——杨献兵的老婆，都以为我和献兵之间有什么不可告人的勾当。最后我服了，我承认我斗不过他们。你们可以笑我没骨气，可是，已经死了两个人，我真的不想再连累别人了，所以我辞职了……"

"最后还离了婚？"

"是啊，"姜少勤长长叹了口气，"这些年我终于想通了一个道理……"武旗红本以为他所谓的"道理"和案子有关，没想到姜少勤却问他，"你知道婚姻幸福的秘诀是什么？"

武旗红茫然摇摇头。他从没想过同一个和自己一样婚姻失败的男人讨论什么婚姻幸福的秘诀。

"婚姻幸福的秘诀就是——别当警察。"

第三十五章
验尸报告的细节

从姜少勤家出来,他们收到了吕焕发来的短信:"你们去哪儿了,也没请示领导。范组长很生气,后果很严重。记住:你们到北铁小区调查去了,2007年之前张建军住那儿,目前尚未找到线索。下午的碰头会别迟到。"

"吕焕这人够意思。"李咏说,"过年的时候一定想着给他闺女封个大红包。"

开车回到市局,看看时间还早,他们没回专案组办公室,而是去了市局技术处检验室。

王法医透过厚厚的眼镜片审视着他们:"你们要查三年前的验尸报告?"

"是。"李咏说,"你还记得杨献兵吗?"

"哦……"王法医摘下眼镜,揉了揉眼睛,然后又把眼镜戴上,"怎么不记得。小杨是个好孩子……出事前那天,他还来过我这儿,软磨硬泡想要提前看一份验尸报告。一晃儿三年过去了,现在想想,就跟昨天似的……"

"我们就是想看看杨献兵要看的那份验尸报告。"

王法医皱着眉头。"你们不是负责'1·18'系列爆炸案吗?"

武旗红说:"杨献兵那个案子里的受害人叫何小蓓,凶手一直没抓到。最近我们才发现,'1·18'系列爆炸案的一个嫌疑人居然曾经是何小蓓的男朋友,所以我们想来看看,也许会有点儿发现。"

"我看不出两个案子之间有什么关系。不过……好吧,我帮你们找找。"

王法医站起身，走到靠墙的一排文件柜前，掏出钥匙打开柜门，一边寻找，嘴里还念念有词，"07年，07年……啊，在这儿……"他抽出一个厚厚的文件夹回到办公桌前，"我的老花镜哪儿去了？"

"不劳您费心了，我们自己看吧。"李咏拿起那个文件夹，转手交给了武旗红。武旗红打开文件夹大概翻了翻，里面的医学术语让他眼花缭乱。

趁这个工夫，李咏用闲聊的口气问王法医："我记得那年发生了不少事。"

"哪年？你说07年？"王法医抬起头，看着天花板做沉思状，"还有什么事？我想不起来了。"

"你忘了？杨献兵出事之后不久，有个女警察也死了。"

"啊，"王法医拍拍额头，"是有这么回事，不过……"他狐疑地看着李咏，"你来北都公安局才多久，你怎么知道那时候的事？"

李咏这次的谎话没编好，好在她反应不慢。"我听老武说的。"

"你们这次来是不是还有别的事？"王法医并不笨。

"真的瞒不过您老。"李咏笑嘻嘻地说，"我们还想看看那个女警察的验尸报告。"

"你们就是为了这事来的？"

武旗红和李咏对视一眼，没说话。

"不告诉我也没关系，"王法医说，"因为那份报告不在我手里。"

"在哪儿？"李咏和武旗红异口同声。

"黄婉悦死后成立了个调查组，和杨献兵案子的那个调查组差不多，纪委牵头，刑警支队和禁毒支队派人，据说黄婉悦生前好像越权看了禁毒支队的什么加密档案，我也记不清了。反正调查组把验尸报告拿走了，就再也没送回来。"

"谁拿走的？"

"好像姓……姓庄，叫庄什么来着？"

"庄道荣？"

"没错，就是他，一天到晚神气活现的，打着调查组的名头到处招摇，好像全世界就他这个调查组最大。其实，法医这种工作干长了，你就什么都看开了,活着的时候再风光,再张扬,到我这儿也得端到解剖台上,切开了,肚子里面花花绿绿的货色都没什么区别。"

"难道没有副本吗?"武旗红有点儿失望。

"他们把副本也拿走了。不过……"老王的眼中闪过一丝诡谲的神情。

"不过你还留了备份?"李咏眼睛一亮。

"算不上备份,"王法医说,"从那年起,所有验尸记录都录入了技术处电脑资料库。调查组显然忘了这件事。"

"我们能不能看看?"

"你们先要告诉我,为什么要看黄婉悦的验尸报告?"

李咏居然有点儿吭吭哧哧,大概还没想出合适的理由。王法医又把目光转向武旗红。武旗红说:"她的死多少和杨献兵的案子有点儿关系,姜少勤因为这个案子吃了不少苦头……"

"这我都知道。"王法医打断他的话,"姜少勤当年也找过我,只是他那时候正被调查组调查着,黄婉悦的事情又那么敏感,我没敢给他看。我现在想知道的是,你们为什么要看那份报告?"

"因为……"武旗红决定赌一把,"因为姜少勤是黄婉悦的朋友,而我们是姜少勤的朋友。这个理由可以吗?"

"还过得去。"王法医点点头。

"那么,可以帮我们打印一份吗?"李咏问。

"不能。因为你们正在办的案子和你们要调阅的验尸报告之间没有必然联系,很难说是否属于你们的职责范围。如果因此惹出什么麻烦,我担不起这个责任。不过,我可以打开电脑,然后出去上个厕所,我不在办公室期间你们干了什么,我都不知道。"说罢,王法医果然按了几下键盘,然后站起身走出了办公室。

"多谢,老王。"李咏和武旗红迅速坐到电脑前。

报告的最前面是尸体编号,*黄婉悦,女性,身高1.65米,体重52公斤,腹部有一个旧的切口疤痕,是剖腹产留下的痕迹,左边肩颈之间有颗痣*……他们略过了前面有关心、肺、大脑、肾和其他器官的资料,直接翻到了最重要的部分,胃部及血液分析。黄婉悦的死因毫无疑问,她喝了太多的酒，血液酒精含量超过了法定正常驾驶标准的五倍，随着酒精一同服下的还有大量安定和水合氯醛。

大约看了一半，王法医回来了。"怎么样，对死亡原因的分析还满意吗？"

"啊，满意。"李咏兴高采烈地说，"写得太精彩了，我一个字也看不懂。"

"看起来你们对医学分析检验报告没什么经验？"

武旗红和李咏都十分谦虚地点头承认。

"好吧，我就说说我发现的问题。这份验尸报告给我的感觉是，死者摄入药物和酒精的速度非常快，这么说吧，她把药片倒出来，以最快的速度吞了下去，又在一分钟内喝下了一整瓶芝华士，或者接近一整瓶，四百到五百毫升。酒精是被血液直接吸收的，有点儿像是静脉注射，而药物也是在这时产生代谢变化。她可能是在昏迷了十分钟之后，于三十分钟内死亡的。还有瘀伤——"

"瘀伤？"武旗红和李咏都十分诧异。

"是的，瘀伤。你们大概漏掉了报告的这部分，因为这不是导致死亡的直接原因。尸体两只手的手腕上各有一条九毫米宽、大约六厘米长的淤伤，其中的一条可以说成是她摔倒后碰到浴缸边缘所致，但是另一条——我是说两只手同一位置有相同的淤伤是很不寻常的。除非——"

武旗红已经明白了他想说什么。"除非她被什么东西绑住过。"

"这是你说的。"老王的目光意味深长，"我可从来没这么说。"

"谢谢你，老王。"李咏说。

"没什么可谢的，你们今天没来过我这儿，我今天也没见过你们。"

第三十六章
釜底抽薪

北F56859，宾利雅致，车主：杜渐；

北AC7221，法拉利Enzo，车主：杜沉；

北A58352，奔驰Slr 迈凯轮，车主：不详；

北CS3728，宝马X5，车主：不详；

北E29106，奥迪A6，车主：不详；

北E65983，林肯领航员，车主：不详。

这是姜少勤提供给武旗红的六个车牌号。据他说，杨献兵出事的那天晚上，这六辆车出现在哈梦工厂侧门的贵宾停车场，但等到姜少勤赶到的时候，它们都不见了。姜少勤对杨献兵被害案的调查也就到此为止，他刚打算查查这些车主人，黄婉悦就自杀了，他也被迫辞职。

武旗红挨个儿把这些车牌号输入电脑查询系统，得到的结果都一样："无权访问！"事先他也估计到了这个结果。但有一辆车让他感到很奇怪。那辆奥迪 A6 在这些豪华车中间实在有点儿寒酸。其他的车价格最少也在百万以上，奔驰Slr 迈凯轮至少要六百万，法拉利 Enzo 现价一千二百万，至于那辆宾利雅致，即使是一辆二手的，五六百万也不一定拿得下来。

武旗红在奥迪 A6 下面画了一道线。然后他的目光又移向下一行——林肯领航员。即使是现在，这种车在国内也十分少见。一个暴发户如果想买辆好车，他首先就会想到奔驰、宝马，如果他想买辆跑车，他会想到法拉利、保时捷，如果他喜欢 SUV，他会选择路虎。很少有人会买一辆林肯领航员。林肯领航员是美国政府部门用车,性能优越,价格不菲。但拿来炫富,这车绝对不是首选——根本没人认识这个牌子。因此,如果你在北都市的大街上看见一辆挂着本地牌照的林肯领航员,那么你基本可以断定,那是北都市唯一的一辆林肯领航员。在2006年就更是如此了。武旗红清楚地记得,2006年东港爆炸案的时候,被劫持人质家属们开来的那些豪华车里就有一辆林肯领航员。唯一的一辆。这个想法让武旗红的心怦怦直跳:*被劫持的人质中有毒贩子的孩子*。找到林肯领航员的车主,说不定就能找到所有问题的答案。

第三十六章

下午的专案组碰头会上,范米向专案组所有成员通报了张建军的情况,接着吕焕介绍了他调查到的线索。4S店有个修理工认出了张建军的照片,说春节前后这个人确实在店里帮过忙,不过没干多久,他记不得张建军的姓名,只知道他是熟人介绍的,具体谁介绍的,他想不起来了。找店里的其他工作人员了解情况,得知这个所谓的熟人也曾是4S店的员工,不过早就不在这儿干了。工作人员回忆说,因为当时已经是腊月了,许多家在外地的员工陆续准备回家过年,春节前后店里的人手肯定会十分紧张,再加上张建军对修车比较在行,所以轻松得到了这份临时工作。张建军干活儿算不上勤快,但也不偷懒,平时话不多,从不主动和别人结交,再加上干的时间不长,店里的人对他都没什么印象。问到1月18日前他是否接近过后宫夜总会老板的车,更没人说得上来,毕竟时间太久了。

吕焕找到了介绍张建军到4S店工作的人。那人说,他和张建军是2007年前后认识的,当时他们同在一家汽车修理厂打工,但没什么深交。今年1月份的时候,4S店里的老朋友说店里人手紧,问他愿不愿意回去。他目前的工作比较稳定,收入也比在4S店的时候高,就没有答应。于是朋友问能不能推荐个人,最好是有点儿技术的。于是他想到了张建军。他向吕焕提供了一个手机号,是神州行的,当时张建军用的就是这个号码。吕焕到电信部门查询,得知这个号码已经于春节后停用。

因此,张建军的下落依旧是个问题。目前专案组掌握的情况是,2007年何小蓓被谋杀后,张建军在北都市又待了一年多,这期间警方对他的调

查一直断断续续。2008年底，张建军离开北都回了川沙县的父母家。大约半年后，他们卖了房子，全家都搬走了。此后再也没人知道这家人的去向。三零八厂按月把张建军父母的退休工资打到他们的工资卡上，工资卡的提款记录表明，两个老人可能住在北都市的五龙坡一带。但这个范围对专案组来说有点儿太大了。而且即便找到张建军的父母，也不一定就能找到张建军。

吕焕抽空去了一趟川沙县的白家沟，三零八厂的宿舍就在这里。问起张建军父母的情况，周围的邻居们还能说上一些，但大家对张建军没多少印象，只是知道两个老人有个儿子在北都，平时不怎么回来。至于一家人最后搬到哪儿去了，谁也说不上来。唯一的收获来自一个和张建军父母住一个单元的老太太，当吕焕问她是不是认识张建军的时候，她犹豫了一会儿，然后反问："是不是个头不高，戴眼镜，和父母住一起，经常有个姓魏的丫头找的那个小伙子？"吕焕听得一愣，张建军还没影儿呢，怎么又冒出个"姓魏的丫头"？老太太对张建军没多少印象，却记得有一阵子张家门经常有个姓魏（老太太也不知道是"魏"还是"卫"）的年轻女人出出进进，长得不难看，嘴也挺甜，偶尔上下楼碰见，大娘大娘的叫得很勤。因此老太太就有了印象。吕焕问这"姓魏的丫头"叫什么，老太太摇头，再向周围其他邻居打听，一提起那个"姓魏的丫头"，大家都想起来了，根据口音判断她应该是本地人，但没人知道她叫什么名字。只有一点可以确定，这个"姓魏的丫头"出现的时间，应该在2009年前后，之所以有这个印象，是因为这姑娘出现后没多久，张家人就卖了房子搬走了。

情况通报得差不多了，范米说："从我们了解到的情况看，张建军的确有实施爆炸的动机，但也有许多疑点。不论他是不是杀害何小蓓的凶手，在何小蓓遇害三年后他才实施爆炸，这就有点儿说不通。但目前张建军是我们唯一的嫌疑人，至少我们得先找到他。我们可以假定张建军就在北都，甚至就在五龙坡，但具体到怎么找这个人，大家都说说吧？"

"也许那个姓魏的女孩也和张建军一起来北都了？"康敏说，"找到她就能找到张建军。"

"张建军至少还有一张十年前的照片，这姓魏的女孩我们连长什么样都不知道,更别说她叫什么了,怎么找?"朴明盛说。

"我们是不是可以考虑在自动提款机上做做文章?"左泠说,"查一查他们经常在哪几台提款机上取钱。"

"打住。"范米立刻否决,"我们不知道他们哪天取钱,总不能天天盯着吧?万一他们一两个月不取钱呢?"

"现在许多提款机上都有摄像头。"

"但也有许多提款机上没有。"

"我们可以集中盯住那些没摄像头的。"

"我们一共这么几个人,一个人能盯住几台?"

"也许可以请薛副局长协调一下,让分局帮帮忙?"

"就现在这点儿线索,我恐怕很难说服他。张建军的嫌疑全部是我们的猜测,一点儿可以坐实的证据都没有。李咏?"范米突然说,"平时你挺能说的,今天你怎么没话了?"

李咏好像没听见范米的话,一手托腮,一手用铅笔在笔记本上心不在焉地涂鸦。武旗红轻轻碰了碰李咏的胳膊。李咏回过神来,诧异地看着武旗红,目光茫然。

范米敲敲桌子。"想什么呢,我们在讨论案子!"

李咏一反常态,居然没有反驳。"哦"了一声之后,低下头继续画她的画。武旗红探过头看了看,李咏用铅笔在笔记本上勾勒出两个小人儿,虽然只是两个简单的轮廓,却很是传神。留分头的是男的,下面写着"张建军",扎小辫穿裙子的是女的,下面写着"魏丫头"。两个小人儿手拉手站在一起。李咏端详了片刻,似乎觉得不太满意,又在"魏丫头"的手里加了一束花。

武旗红心里的某个角落被触动了一下,犹豫着说:"你们说,张建军和'姓魏的丫头'会不会结婚呢?"

一句话语惊四座。李咏手中的铅笔咔吧一声,笔尖断了。吕焕噌地站起来就往办公桌方向跑。"你干吗去?"范米问。

"给民政局打电话。"

"等等,"范米合上笔记本站起身,"大家分一下工,重点是川沙县和几个市区的民政局婚姻登记处,如果没有,再扩大到周边县。与其打电话,不如亲自跑一趟。如果他俩真的结婚了,那肯定是 2007 年以后。吕焕和左泠,辛苦一下,你们开那辆切诺基去川沙县,康敏和老朴,你们开我的车跑一趟东港和五龙坡,老郭和老陈,城西和开发区就交给你们了。"停了停,他看着武旗红和李咏,"你们两个留一下,我有话跟你们说。"

其他人都走了,范米问武旗红:"能不能告诉我,为什么对杨献兵的案子那么感兴趣?"

这话问得很突然,武旗红愣了一下。李咏打马虎眼:"我们其实没打算查杨献兵的案子,纯属不小心踩上一颗地雷,误打误撞。"

"要是照你说的,这件事今天上午在戏志才的办公室里就结束了。薛副局长已经明确说了,让你们不要再插手和专案无关的事情。可你们之后又去找了姜少勤,为什么?"

"范组长,你怎么知道得这么清楚?"李咏一副惊异的口气。

"我当警察的年头比你岁数都大。"范米说。

"我们是去告诉姜少勤,他儿子出来了。"

"就这么点儿事,一定要当面说?"范米可不是那么好糊弄的,"还有,中午你们到检验室老王那儿干什么去了?"

范米居然把他们的行踪摸得一清二楚,李咏目瞪口呆,再也没话说了。

"算了,我没那么强的好奇心,你们也没必要一定告诉我。"范米突然变得语重心长,"杨献兵的案子的确挺冤的。你们打算把这件事弄清楚,不论出于什么目的,我想,总不见得是坏事。可事情现在发展到这个地步,我不能由着你们胡来了。从明天开始,李咏和老杜一组,老武和康敏一组。你先等我说完,"范米制止试图争辩的李咏,继续说,"这事没有什么可商量的,我是为你们好。"

从专案组办公室出来,李咏愁眉苦脸:"范组长这招儿釜底抽薪,真是够狠。"

垂头丧气地走到楼梯口,他们不约而同地停住了脚步。赵灵儿在那儿等着他们。"老武,有件事我必须和你谈谈。"

"什么事?"武旗红问。

赵灵儿看看李咏,有点儿迟疑。李咏眨眨眼:"需要我回避?"

第三十七章
不能曝光的败笔

"你是说唯一的证据被用到了两个不相干的案子上?"武旗红有点儿难以置信。

"我没这么说。"赵灵儿回答得十分谨慎,"我只是告诉你这个事实,你可以自己得出结论。据我所知,在我们所有的物证中,带有地球标志的毒品只有一袋,一天之前就已经是我们一宗毒品案中的证据。但今天我看见它出现在姜元案件的证据中。我检查了之前那桩案件的证据,那袋毒品不见了。"

"是庄道荣干的?"武旗红问。

"我不能肯定。因为我没亲眼看见。不过,庄道荣这人蠢得像堵墙,他不一定理解那袋毒品在我们这宗案件里的意义,再者,街头兜售的那些海洛因包装都差不多,他可能没仔细分辨它们之间有什么区别,图省事顺手拿了一袋。"

"他们居然还信誓旦旦地袒护庄道荣,说他没有伪造证据!"武旗红愤愤不平。

"这仅仅是怀疑。庄道荣完全可以装糊涂说他不知道是怎么回事。如果你想证明庄道荣做了手脚,那还差得远。除非他自己承认。"

武旗红想到了梅星宇所说的线人。"如果庄道荣是伪造证据的话,那么所谓线人的举报也纯属子虚乌有。你知道那个线人是谁吗?"

赵灵儿为难地摇摇头。"我……知道,但是,线人的身份是禁毒支队的机密，关系到线人的生命安全。我没有权力告诉你。抱歉，你得想别的办法。"

武旗红知道赵灵儿是对的："你能告诉我这些，我们已经非常感激了。"

"不用客气，那我先回去了。"赵灵儿转身走了两步，又停住了，"老武，你就不问问我为什么要告诉你这些情况？"

"为什么？"武旗红异常迟钝地问。

赵灵儿叹了口气："你知道李咏的来路吗？"

"不是说从滨江市调来的吗？据说还……"武旗红想到昨天在永和豆浆吃饭时李咏告诉他的事。

"她在滨江闯了祸，把那么多高官都拉下马，自己却没事人一样调到了北都，你不想想这是为什么？换了你我，如果我们也做了那样的事，会是什么下场？"

武旗红一时无语。

"我不知道她有什么后台，但看上去很有背景，所以她可以毫无顾忌地为所欲为。调到北都，她不但没吸取以前的教训，反而变本加厉，你就不想想她有什么目的？"

"我想她应该没有什么恶意吧。"

"我不是这个意思，也许她仅仅是不知天高地厚。但你要想清楚，如果她这次再闯出什么祸，大不了是再换个地方。你呢？"赵灵儿说，"所以我劝你最好别跟着她蹚浑水，万一出了事，谁都帮不了你。你们现在查的事情很敏感……"

"到底有多敏感？"

赵灵儿沉默片刻，仿佛下了很大决心似的："好吧，我可以告诉你庄道荣为什么要阻挠你查那个案子。前任局长龙树彬，现在的省公安厅副厅长，你应该不陌生吧？"

武旗红点点头。今天龙副厅长给刘潜打电话施加压力，武旗红已经猜到这件事可能和他有关了。

"禁毒支队成立之前，杜渐的贩毒集团一直是刑警支队盯着。2006年禁毒支队成立后，龙树彬给禁毒支队定的目标就是尽快打掉杜渐。但贩毒集团铁板一块，短时间内很难有什么突破。当时龙局长有望调任省公安厅，所以一定要在这个案子上搞出点儿名堂。最后订了个计划，从杜渐的弟弟杜沉身上打开缺口。杜沉没有任何犯罪记录，在美国留过学，还是研究生学历。龙局长相信杜沉不过是个花花公子，不一定参与了他哥哥的贩毒活动。于是禁毒支队通过各种渠道和杜沉接触，暗示他不要和哥哥同流合污，甚至鼓动他帮助警方找到他哥哥的犯罪证据。现在看来，这个计划简直是痴人说梦。但当时，不仅是龙局长，禁毒支队的大部分人都被杜沉迷惑了。龙局长过于相信自己的判断，他认为有希望把杜沉拉到警方的阵营来。结果，杜沉和禁毒支队虚与委蛇，甚至偶尔透露一些线索，给禁毒支队一点儿甜头儿。总之，我们被杜沉耍了，杜渐通过他弟弟与警方的各种接触，摸清了警方安插在贩毒集团的线人的底细，再通过线人向警方传递假情报。那阵子我们被杜渐牵着鼻子走。要不是姜少勤的搭档杨献兵出事，我们还不知道要被杜沉耍多久。那两个警察的擅自行动出乎所有人的意料，而杨献兵的死终于让我们明白了，杜沉和他哥哥一样，是个不折不扣的混蛋……"

"这么说，你们也认为杨献兵是死在杜沉手上的？"武旗红问。

"当时很多人都是这么想的。至少杨献兵的死与杜沉有关。"

"那为什么还要揪住姜少勤不放？"

赵灵儿没回答。武旗红也不需要她的回答。

"是不是有人根本就不想搞清楚这件事？如果找到确凿证据证明杜沉与杨献兵的死有关，那就意味着龙局长犯了个大错误，那么他升官的美梦就泡汤了。"

"无论如何，姜少勤和杨献兵擅自调查杜沉是不对的……"赵灵儿争辩，但她自己都觉得这话说得没什么底气。

"所以杨献兵死了就是活该？所以就这么把杜沉放过了？"

"我们没打算放过他，但是，确实是因为一时的犹豫错过了最佳时机，让杜沉和他哥哥有充足的时间处理掉所有对他们不利的证据。"

武旗红不住地摇头："杨献兵和姜少勤真是太不值得了。一个丢了命，一个生不如死……"

第三十七章

"你别这么说,其实龙局长也不完全是你想的那样……"

"是啊,我听过他的传说。就是因为他太成功了,他每次都是对的,所以不能容忍别人说他犯了错误。如今杜氏兄弟死了,杨献兵死了,姜少勤穷途末路,本来已经没人再提起这个案子了,谁知道冒出了我这个不知天高地厚的家伙。所以今天上午他给刘局长打电话,让他警告我不要乱伸手。现在他已经是龙副厅长了,更不能让我翻出这些陈年旧案以免坏了他的名头。我现在终于明白了,庄道荣这么大费周折,又是伪造证据,又是威胁恐吓,居然就是因为一个人的虚荣心!"

"所以请你理解,戏支队长真的很为难。因为梅星宇和庄道荣都曾经是龙局长……龙副厅长的亲信,他不能让他们下不了台,尤其是梅星宇。这里面的内情薛副局长也清楚……其实跟你说这么多,是想劝你别再查这案子了,可我估计你不会听我的。你好自为之吧,如果需要我提供什么帮助,只要不违反纪律,我……"

这句话提醒了武旗红。"能不能帮我查查这个?"他把一张纸条递给赵灵儿。

赵灵儿接过纸条看了看,皱起了眉头。"为什么对这个感兴趣,杜氏兄弟死了那么久了……"

"杨献兵出事那晚,他把哈梦工厂侧门贵宾停车场那几辆车的车牌号都抄下来了,可这些信息都被禁毒支队屏蔽了,居然到现在也没解禁。"

"如果是被加密的信息,那么我也无权告诉你们。"

"难道就不能破个例吗?"

"我不明白,你为什么那么固执?即使查清了,又能改变什么?"

"你还记得周毅泽吗?还有黄婉悦?"武旗红问。

"老周?我怎么会不记得……"赵灵儿幽幽地说,"06年东港那桩案子,我永远也忘不了。"

"老周死得不明不白。"

"他的死和杨献兵有什么关系?"

"我请你帮我查的那几辆车里,有一辆林肯领航员。东港那件案子里某个人质的家属开着同样的车,我记得很清楚。"

赵灵儿吃惊地看着武旗红："难道那个绑匪劫持的是毒贩子的孩子？"

"至少其中之一是。所以我想知道那辆车的主人到底是谁。"

"也许不是同一辆车。"

"你能在北都找到第二辆林肯领航员吗？"

"不能。"赵灵儿说，"但这只是你的猜测。你不能仅仅凭一辆车就得出这样的结论。还有黄婉悦呢，你刚才为什么提到她？"

"杨献兵出事前，黄婉悦帮他查阅了禁毒支队屏蔽的信息。"

"这我知道，当时调查组还来我们这里问过情况。"

"今天中午，我和李咏去市局法医检验室查了黄婉悦的验尸报告。我怀疑黄婉悦是被谋杀的。"

"可当时得出的结论……"赵灵儿有点儿难以置信。

"你想想是什么人得出的那些结论。"武旗红说，"你能想象吗，像黄婉悦那样一个女人，在一分钟内灌下一整瓶芝华士？即便是一个老牌酒鬼也很难做到。"

"她刚刚离婚不久，也许心情不好？"

"还有她双手的淤伤。两个手腕内侧各有一条九毫米宽、六厘米长的淤伤。这种伤痕你应该很熟悉。"

"我不明白。"

"你想想那淤伤的形状，而且两个手腕上的淤伤一模一样。"

"手铐？"

"没错，可调查组对这一切都视而不见，硬是得出了一个自杀的结论。"

"我还是不能相信。"赵灵儿摇摇头。"调查组可能会带着成见调查，这我不怀疑。但要是按你的说法，他们就是故意这么做的，这是犯罪。"

"他们就是在犯罪！"

"黄婉悦的女儿就在我家里。"赵灵儿终于被说服了，"当时的情况她还记得很清楚，也许你可以和她谈谈。"

这回轮到武旗红不明白了。"她怎么会在你家里？"

赵灵儿叹了口气，"说来话长。"

第三十八章
疑犯的前妻

"姓魏的丫头"叫魏真如。看到婚姻登记处存档的结婚照，吕焕立刻明白张建军为什么会和魏真如结婚了，魏真如的长相和何小蓓有些相似之处，尽管表情呆板，不如何小蓓那么生动。

魏真如家住川沙县郝家营，2005年前后去北都闯荡，2008年和张建军登记结婚，一年后离婚。离婚后魏真如离开了北都市，回到川沙县开了个米粉店。吕焕没费多大劲儿就找到了她。听说吕焕是北都市的警察，魏真如立刻变得紧张兮兮的，这种表情吕焕太熟悉了。吕焕问她在北都从事什么职业，是怎么和张建军认识的，魏真如吞吞吐吐。联想到张建军和何小蓓相识的过程，吕焕已经明白个大概了。在吕焕的追问下，魏真如承认，她在后宫夜总会当服务员，而张建军则是个开黑车的司机。不过，此时的张建军不再是利用当汽车修理工的业余时间把顾客的车开出来拉活儿，而是自己买了辆二手的普桑。

"在北都，你们住什么地方？"

"五龙坡梨园路，租的房子，和他父母一起，我可以告诉你他家里的电话。"

吕焕记下号码，发短信通知专案组，然后继续问："能不能说说，张建军是个什么样的人？"

"性格孤僻，没什么朋友；心很细，细到有点儿神经质；自卑，生怕别人看不起他；多疑，对任何人都有所保留；过分敏感，如果我说话稍稍不注意,他就会以为我在拐弯抹角讽刺他,然后他就会用最恶毒的语言羞辱我,"说到这儿,魏真如微微有点儿哽咽,"你知道我从前是干什么的,他随便几句话就可以让我无地自容。"

"就是因为这个分手的?"

"不是,我以前也有过几个男朋友,比起他们,张建军还算好的,至少他自食其力,不吃软饭,不赌钱,不拈花惹草,也不打人。"她稍稍停顿了一下,"我无法忍受的是,他总是希望在我身上发现某些我永远不可能具备的东西。每当他意识到我不具备这些东西的时候,他就会露出一种非常失望非常痛苦的表情,让我觉得这一切全是我的错。"

"具体点儿,他希望你拥有一种什么你不具备的……"吕焕有点儿不知道该怎么措辞,"他希望你是个什么样的人?"

"我不知道。"魏真如说,"我只知道我自己是个什么样的人。"

"所以你们就分手了?"

"如果不论你做什么事,不论你多么努力,你老婆总是一脸失望,却又不告诉你她为什么失望,你怎么办?"

"你提出来的?"

魏真如点点头。

"他有什么反应?"

"愤怒,绝望。但他没有控制别人的能力,我认为这种能力是天生的。不论是用拳头还是用语言,他都很难说服别人回心转意。"

"他打你了?"

沉默片刻,她点点头。"我们认识这两年来唯一的一次。"

"此后他还找过你吗?"

"没有。"接着魏真如有点儿迟疑地说,"我能不能问问,你们找张建军干吗?他犯事儿了?"

"你还是不知道的好。"

第三十九章

不寻常的奥迪 A6

张建军算不上很勤奋的司机，但运气确实不错，因为他住在梨园路。梨园路位于五龙坡区的最北端，城郊接合部，再往北就是郊区县了。这个地段交通不是很方便，距离市区远，公交线路少，出租车司机不怎么往这边跑，于是就给黑车提供了生存空间。在这种地方打车的人，要么去的地方很近，十块钱搞定；要么去的地方很远，跑一趟就能挣个四五十。无论是哪种情况对张建军来说都很合算。每天早上，他开着车在附近的小区转悠转悠，轻轻松松拉几个活儿。之后他就在周围的公共汽车站、长途汽车站一带揽生意。有时候，他干脆把车停在某个小区门口，只管躺在车里打瞌睡，即便是这样，也经常有生意自动上门。

自从发现张建军的踪迹，专案组所有成员一天三班倒，二十四小时不间断监视。范米没有把武旗红和李咏分在同一个监视组，现在两个人一个盯白天，一个盯晚上，除了交接班的时候，几乎见不到面。武旗红清楚范米的用意，范米担心他俩再闯出什么乱子，不好向上面交待，所以故意把他俩分开了。

经过两天的跟踪监视，专案组基本摸清了张建军的生活规律。每天晚上拉完最后一趟活儿，只要不是太晚，他都要在家门口的重庆小吃店吃点儿夜宵，然后才回家休息，半夜从不出车。武旗红注意到，他再也不去夜总会之类的地方趴活儿了。

已经晚上八点多了，按说平时这个时间，张建军应该回来了。武旗红把切诺基停在重庆小吃店的斜对面,这里可以清楚地看到小吃店门口的情况。晚饭时间已过,小吃店里正儿八经吃饭的顾客基本没有了,几桌闲人都是点两盘花生毛豆之类喝啤酒聊天儿的。

今天是姜少勤和张建军的第一次见面。实际上,这也算不得第一次。三年前办何小蓓那件案子的时候,姜少勤就曾经询问过张建军,不过没把他作为重点嫌疑人。张建军应该还记得他。这一点很关键。正是因此,武旗红才说服范米冒一次险。

吕焕的调查结果使张建军的作案动机更明确了。他的两任女友(他杀了第一个,跟第二个结了婚)都是三陪小姐出身,最后都把他甩了。2009年年底,魏真如和他离了婚,这对他是一个不小的刺激。不过这次他不能再杀人泄愤了。如果魏真如出了什么事,警察第一个就要怀疑到他头上,这很容易牵连出何小蓓的事。但愤怒需要找到倾泻的出口,于是娱乐场所成了他报复的目标。很有可能,他在4S店当临时工期间认出了后宫夜总会老板的车——他经常在夜总会门口揽生意,因此认得老板的车。于是找了个机会把炸弹安装在车底盘上。第一次成功之后他就停不下来了,于是有了后面几次,目标都是娱乐场所。不同的是,他再也没机会把炸弹安装在汽车底盘上了。连续几次都没成功,张建军避了几个月的风头,又制造了一起险些导致群死群伤的爆炸案。

但这一切仅仅是推测。的确,他父母是军工厂职工,但这并不等于说张建军就一定知道怎么做炸弹。到目前为止,专案组不掌握任何直接指向张建军的证据。专案组不能贸然唤他,更不能搜查他的住处。如果惊动了张建军,他会像冬眠的蛇一样,把自己深深隐藏起来,就像杀害何小蓓之后他隐藏了三年一样。

但也不能就这么傻盯着,更不能等他下次放炸弹的时候再抓他。因此必须有人去接触张建军,至少要探探他的底,也许他会露出什么破绽。到底让谁去接触张建军,范米拿不定主意。这个人不能是张建军不认识的人,根据魏真如的说法,张建军性格比较自闭,陌生人不但难以和他接近,说不定还会引起他的怀疑;同时,这个人也不能是警察。武旗红认为姜少勤是最合适的人选——从前他们一个是警察一个是嫌疑人,现在他们一个是

搭档

的哥一个是开黑车的,都是不共戴天的关系。很巧合,但是,也很自然。自然到连张建军这么多疑的人也会相信这是命运的安排。在姜少勤和张建军接触期间,专案组成员会在周围布控,他和张建军之间的谈话将被录音。如果姜少勤表演得够出色够完美,这将是一场猫捉老鼠的游戏。

姜少勤已经准备好了。从下午开始,康敏和朴明盛就开着范米的帕萨特一直尾随着张建军。一旦张建军开车回梨园路,姜少勤就会立刻进入角色。到目前为止,康敏那边一直没消息。武旗红等得百无聊赖,于是掏出手机查看赵灵儿白天发给他的邮件。这已经是他今天第三次研究这些信息了。

奔驰Slr 迈凯轮,车牌号为北A58352,车主叫钟强,杜氏兄弟贩毒集团的成员,杜渐的左膀右臂,死于2008 年贩毒团伙内部的火并。

宝马X5,车牌号为北CS3728,车主叫丁旭,杜氏兄弟贩毒集团成员,公开身份是杜渐的法律顾问,同样死于2008 年的火并。

林肯领航员,车牌号为北E65983,车主叫刘勋,是主要成员为东北籍的贩毒团伙的头目,长期活动于东港一带,曾和杜氏兄弟的贩毒集团发生冲突。2008 年杜氏兄弟死后,刘勋试图插手他们的生意,但受到杜氏兄弟残余势力的抵制,原本仅仅是杜渐手下一个小喽啰的谢金东在此过程中逐渐羽翼丰满。目前,刘勋的活动范围依然局限在东港。他的公开身份是银座娱乐中心总经理。

车牌号为北E29106 的奥迪A6,属于一家名叫捷豹的汽车租赁公司,此公司成立于2007 年,法人袁雨田,没有犯罪记录……

根据赵灵儿提供的信息,武旗红作出了一个大致的推测。杨献兵出事那天晚上,这些人在哈梦工厂的聚会实则是一场谈判,杜渐和刘勋既然发生过冲突,那么他们肯定是为了解决问题才坐在一起的。杜渐和刘勋是谈判的双方,那么奥迪的车主是谁呢?他在这场谈判中扮演什么角色?中间人?武旗红想,如果这个人能把杜渐和刘勋拉到一起谈判,他本人也应该是一个非同一般的人物。至于他为什么没有开自己的车而是租了一辆车,可能是为了掩人耳目。但另一个疑问接踵而来。为什么那个汽车租赁公司的车牌也在屏蔽之列?武旗红曾问过赵灵儿,赵灵儿也说不上来,因为杜

232

氏兄弟的案子以前一直是龙树彬牵头，具体细节赵灵儿并不清楚，她猜测也许是因为这家公司把他们的车长期租给了贩毒团伙的成员或者和贩毒团伙有关系的人。

这么晚了，汽车租赁公司的人大概早就下班了。纯粹是出于撞运气的心理，武旗红通过114查到了这个公司的电话。也许还有人值班呢？

居然真的有人值班。"你好，"电话里传来一个悦耳的女声，"捷豹汽车租赁公司。"

"你好，我是五龙坡交警大队。你们公司的出租车辆与一辆公交车发生了剐蹭事故，我想核实一下这辆车的租赁者的姓名。"一边随口编着谎话，武旗红一边想，和李咏相处了几天，自己的谎话居然也出口成章了。

接电话的女人问了汽车的牌子、型号和车牌号，然后请武旗红稍等片刻。听筒里响起了等候音，是一段很舒缓的民乐，但武旗红叫不出名字。不一会儿，那个女人回来了。

"抱歉，您刚才说您是哪里？"

对方似乎察觉到了什么问题。武旗红想，或许自己这段谎话编得不怎么高明。但他还是硬着头皮说："五龙坡交警大队。"

"请问事故是什么时候发生的？"

"今天傍晚。可能你们还没有接到事故通知。"

"是的，我们没有接到。而且您说的那辆车并不是一辆对外租赁的汽车，而是我们公司领导驾驶的车辆，他是——"这时电话那边有个男人低声说了句什么，武旗红没听清，然后她说，"对不起，请稍等。"

见鬼！武旗红心中不停地诅咒着。她就快说出来了，就差那么一点儿！她说是公司一位领导开的车，那就意味着这家公司的后台是贩毒团伙，或者说是用律师和会计师代替了打手和杀手的合法商业主体。

电话那边的女人又说话了，"请问您是交警大队哪个部门？"

"事故科。"

"我们一拿到事故通知单就会尽快和您联系，能告诉我您的姓名和电话吗？"

"我可以传真给你们一份通知单，"武旗红说，尽管已经没有希望，他

还试图做最后一次努力,"您刚才说这辆车是谁在开?"

这时一个男声切了进来——看来有人在拿着分机监听,"您好,我是公司总经理袁雨田,很抱歉,在得到正式的通知之前,我们不能再提供进一步的信息了。请问您是事故科的哪位,我们该如何与您联系,方便留下您的电话吗?"

"我回头再打过来吧。"武旗红懊丧地挂断了电话。

这个公司可能有贩毒团伙背景的想法充斥着武旗红的大脑。他拨通了李咏的电话。李咏正在办公室值班。她从昨天后半夜开始在张建军家楼下守着,一直坚持到今天中午才回去休息。武旗红估计,电话铃响之前,她可能在打瞌睡呢。接通电话,李咏的第一句话是:"老武,又轮到我蹲点儿了?"

武旗红说没有,但要麻烦你一件事,他对李咏说了自己对那个汽车租赁公司的怀疑,问她有什么办法搞到这个公司的详细资料。

"要多详细?"李咏问。

"越详细越好,比如注册时间,投资额,经营状况,信誉状况,有几个股东,他们的姓名、住址、财产、税务记录、有无犯罪记录,他们是否还经营着别的企业,等等,总之是你能想到的关于这个公司和它的经营者的一切情况。"

"这可不是打一两个电话就可以查清楚的,你的要求太高了。"

"对别人来说这个要求确实很高。"武旗红说,"不过你总能创造奇迹。"

李咏笑了:"老武,你什么时候学会恭维人了?好吧,我想办法尽快给你结果,今天晚上你什么时候换班,我们碰个头儿。"

"电话联系吧,"武旗红说,"今晚完事之后要是有时间的话,我还想找黄婉悦的女儿谈谈,就是那个叫刘帆千的小姑娘。"

电话那头突然没声音了,武旗红以为掉线了,喂了几声李咏才说话。"和那个小姑娘有什么可谈的?黄婉悦是被谋杀的,不是很清楚了吗?"

"当年调查组草草了事,肯定忽略了许多细节。黄婉悦的尸体是刘帆千发现的,也就是说她是第一个进入现场的,或许她还能回忆起一些对我们有用的线索。"

李咏并没有被说服,而且语调有点儿怪怪的。"我怎么觉得你醉翁之意不在酒呢?"

"这话什么意思?"武旗红莫名其妙。

"你到底是想去找小姑娘谈谈,还是去找大姑娘谈谈啊?我觉得和小姑娘住在一起的那个大姑娘倒是蛮可爱的。"说罢李咏挂了电话。

武旗红拿着电话愣了半天,才明白过来李咏指的是赵灵儿。

"目标已经通过关家窑立交桥,正驶向梨园路方向。"对讲机里突然传来康敏的声音,把武旗红吓了一跳。

"收到。"武旗红定了定神,把心思收回来。

不出意外的话,今晚张建军还会像往常一样光顾家门口的重庆小吃店。武旗红掏出手机,拨通了姜少勤的电话。"老姜,轮到你了。"

第四十章
不是巧遇

出租车挡风玻璃后面放着暂停载客的标志。姜少勤把车停在重庆小吃店前的便道边。锁上车门的时候,他想起武旗红对他说过的话:"从某种角度说,这是你的案子。"

*没错,是我的案子。我和献兵的案子。*姜少勤轻轻对自己说。对姜少勤来说,这是一次机会,在他的余生中再也不可能有这样的机会了。他要纠正自己的错误,亲手抓住三年前被自己轻易放过的凶手。也许他无法证明张建军杀害了何小蓓,但至少,他有希望把张建军作为系列爆炸案的作案者逮捕归案。杜氏兄弟已经死了,但抓住张建军,杨献兵的在天之灵也可以得到一丝安慰。

走进小吃店,姜少勤找了个靠近门口的座位。这样,只要张建军一进门就可以看到他。几分钟后,他就要和张建军面对面了。姜少勤把之前武旗红的叮嘱又迅速在脑子里过了一遍。

一个脸蛋红扑扑的女服务员拿着菜单走过来,问姜少勤吃点儿什么。女服务员说话有明显的重庆口音,也或者是四川,姜少勤分不太清楚。但姜少勤的前妻是重庆万州人,因此,他可以马马虎虎说几句万州话。姜少勤要了个豆花饭、一盘辣炒鸡杂、一瓶啤酒。女服务员转身要走的工夫,姜少勤把她叫住:"幺妹儿,你重庆哪个地方的撒?"他故意带了点儿万州口音。

听到乡音,女服务员下意识地用家乡话回答:"九龙坡撒。大哥你晓得撒?"

"朗格不晓得,"姜少勤说,"重庆市区撒。名字和这儿很像,这儿叫五龙坡,比你们那儿少四条龙。"

女服务员笑了:"大哥你哪个地方的撒?"

"万州的撒。咱们是老乡哦。"

"那大哥常来照顾我们的生意撒……"

不一会儿,女服务员把酒菜端过来,姜少勤改用普通话问——他已经把他会说的四川方言都说完了:"你们这里可以送饭吗?我就住对面的化工小区。我是开出租的,吃饭没点儿,有时候回到家又懒得动弹……"

服务员一听住得近,立刻满口应承,给了姜少勤一个电话号码,又问大哥姓啷个呦。姜少勤说:"我姓姜,你叫我老姜就行。我打电话订饭找你可以吗?你叫……"

"我叫秦红汶,你说找小红,他们就晓得了。"

点的菜刚刚端上桌,姜少勤听到门口一阵汽车引擎声,接着是开关车门的声音。不一会儿,一个三十多岁、戴着近视镜、穿着有点儿邋遢的男人走了进来,姜少勤立刻就认出了他。张建军的记忆力也不错,看到姜少勤,他突然停住脚步。姜少勤随意地看了张建军一眼,又把目光移向自己面前的辣炒鸡杂,仿佛食物对他的吸引力更大。

显然张建军并不认为这是巧合,犹豫了片刻,他走到姜少勤面前:"姜警官,你在跟踪我吗?"

"什么?"姜少勤皱着眉头放下筷子,盯着对方装出一副努力回忆的样子,"你是……张建军?"

"别假装认不出我。"张建军有点儿鄙夷地说,"我知道你们警察那一套。"

"你刚才说我在跟踪你?"

"难道不是吗?过了这么多年了,你们还不肯放过我?"

"得了吧,我已经在这儿待了半天了,可你刚刚走进来。咱们到底是谁跟踪谁呀。再说了,"姜少勤停了停,"我早就不是警察了。至于警察是不是肯放过你,不关我的事。"

"你说什么?"张建军的惊讶溢于言表。"我没听错吧?"

"我懒得再重复一遍,"姜少勤装作对这个话题很敏感的样子,端起杯子喝了口啤酒,"看见门口那辆出租车了吗?那是我现在的职业。好了,你满意了?"

从张建军的表情看,他并不相信姜少勤的话,不过,他没再继续这个话题。"那你在这儿干什么呢?"

"吃饭呗。难道你没看见?"

"你明白我的意思。我是问你在这儿干什么。"

"我就住在这儿。我家就在斜对过的化工小区。现在我下班了,可以不开车了。我在这儿吃点儿东西,喝口啤酒。如果我的出现让你感到害怕,那我很抱歉,行了吗?"姜少勤尽量控制住说话的分寸,既要显出一副很气愤的样子,又不能把张建军吓跑了。

张建军脆弱而又敏感的自尊心开始起作用了。"害怕?笑话。我为什么要怕你?只不过突然看到你让我吓了一跳。"

"是吗——吓了一跳?"姜少勤故意拖长了腔调,语气里有一丝嘲讽的意味,揶揄地看着张建军,"那么你不介意和我坐在一起吧,我们也算老相识了,今天我请客。"他招呼那个脸色红润的女服务员,"小红,把菜单拿来——"

小红乐呵呵地跑过来。"姜大哥,再来点儿什么?"

"加一副餐具,再来瓶啤酒,菜嘛……让这位兄弟点,"他挑衅地看着张建军,"喜欢吃什么别客气,这小店也没什么贵的菜,别替我省钱。"

张建军被逼到这一步,只得故作从容地坐在姜少勤对面,接过服务员递过来的菜单。"毛血旺,川北凉粉,再来碗米饭,不过酒我就不喝了吧,我还在开车。"

姜少勤一副不屑的表情,"我不是也在开车?"他冲窗外的出租车努努嘴。

张建军犹豫了几秒钟,"好吧,喝就喝,反正就在家门口。"

啤酒和凉菜很快就上来了。姜少勤抢先给张建军倒满,"多年不见,能碰见也算缘分。来,干一个。"说罢,也不管张建军是不是乐意,他举起酒杯和张建军面前的杯子碰了一下，一口把自己的啤酒干了。张建军勉强端起杯子抿了一口。姜少勤也不介意，又自顾把酒倒满。"这几年过得怎么样，还是像以前，一边修车一边拉私活儿？"

"你什么意思？"张建军立刻警惕起来。

"你这人也太敏感了吧。随便问问而已，你愿意说就说，不愿意说拉倒。其实，你这几年过得怎么样，跟我有什么关系？"姜少勤耸耸肩。

"我还是老样子。"张建军稍稍放松了一点儿。"你怎么样？"

这话问得很含糊。姜少勤很清楚目前张建军最感兴趣的是什么，他满脑子都是"姜少勤为什么不当警察了"的疑问。但姜少勤不会主动提起，他要等张建军亲口问，这样更自然一点儿。"你都看见了，自由自在，无牵无挂。"姜少勤的口气里故意带着一点儿悻悻的意味。

"你刚才说你不当警察了？"

"不当了。"姜少勤回答得很简单，也没有解释原因，他等着张建军问他。

张建军大概也在斟酌着是不是应该把这个问题提出来，两个人之间出现了一阵短暂的沉默。接着张建军开口了："姜警官……"

"别再叫我姜警官，"姜少勤打断他的话，"我不是他妈的什么警官了。"

"出了什么事？"这种语境下，这个问题提得很自然，看上去张建军对自己挺满意。

姜少勤长叹一口气，端起酒杯示意干杯。但这回没马上喝了，而是等着张建军一起。张建军也端起酒杯，两个人碰了一下，同时一饮而尽。姜少勤端起瓶子又要给张建军满上，张建军忙说："姜警官……我自己来。"接着马上意识到不该再提"姜警官"三个字了，"啊，对不住，习惯了，那我应该叫你……"

"叫我老姜吧。好歹我岁数也比你大。"

"老姜"这个称呼有点儿过于亲密，张建军似乎不是很情愿。正在这时候，小红把毛血旺端了上来。"姜大哥，你们的菜齐了。"这给张建军提了个醒。"那我就叫你姜哥吧。姜哥，你还没说呢，怎么就不当警察了？"

"还不是因为你的案子。"

搭档

　　张建军对这个回答显然没有心理准备,像冷不丁被谁打了一巴掌似的,表情立刻凝固了,说话也口吃起来:"我……我的案子?"
　　姜少勤假装没注意他的狼狈相。"可不是,我的搭档在调查那案子的时候出事了。他半夜里去一个夜总会调查,不知道谁对他下了黑手。你应该听说过,这事上过报纸。"
　　"原来就是他呀。"张建军点点头,"我不知道他是你的搭档。可是,这跟你不当警察有什么关系?"
　　"公安局的领导说我们是擅自行动。他们不去抓凶手,反而把责任都推到我们俩身上,还要处分我。我一冲动就辞职不干了。"
　　张建军恍然,"我说呢,头两天是你来询问我,后来传唤我到公安局,审我的就换了别人。我当时还纳闷儿你们俩去哪儿了呢,原来……"
　　姜少勤没说话,喝了一大口啤酒,仿佛是沉浸在对往事的回忆里。
　　"这么说,我不是唯一的嫌疑人了?"张建军慢悠悠地说。
　　"反正我不是警察了,跟你说说也没关系。当时有个花花公子,我们一直怀疑是他杀了何小蓓。当然了,你也不是一点儿嫌疑没有。"姜少勤注意到,提到何小蓓名字的时候,张建军的神情变得十分复杂。"但是现在看来,"姜少勤接着说,"我们的判断没错,我的搭档就是去夜总会调查那个花花公子的时候被害的。"
　　"抓到他了吗?"
　　姜少勤摇摇头,"没证据,不过那小子最后也没跑了,他是一个犯罪团伙的成员,第二年在团伙冲突中被打死了。也算是罪有应得吧。"
　　"这么说,你们不再怀疑我了?"张建军小心地问。
　　"别你们你们的,是他们。这案子现在跟我没关系。"姜少勤再一次纠正他。
　　"啊,对,是他们。他们不再认为我是凶手了吧?"
　　"我怎么知道。我的搭档出事之后,他们就停了我的职。后来我就甩手不干了。"
　　虽然没直接说张建军不再是警方的调查对象,但张建军的表情明显放松多了。"然后你就开出租车了?"张建军一副惋惜的口气。

"那我还能干什么？我们这帮警察，脱了警服就是废物一个。除了会开枪，就剩下会开车了。"

"一直在开车？"

"当然，不开车我吃什么？"

"那你一定是刚刚搬到这一带吧？"

"刚搬到这儿？什么意思？"姜少勤知道，最关键的时刻到了，"我一直住这儿，就在对面的化工小区。"

"我也一直住在这一带，怎么从来没碰见过你？"张建军用探究的目光盯着姜少勤。

"你是不是以为我在骗你？我在套你的话？我跟你说过我早他妈不是警察了，当年那个案子跟我无关了，爱谁谁。"姜少勤怒气冲冲，"你这人太没劲了。你要是这么多疑，干脆别跟我坐一张桌子了，这儿好多空地方呢。"

"不是，我不是这个意思，可我真的很奇怪，咱们都住在这一带，怎么就从来没遇到过？"

"我们之所以从来没碰过面是因为我以前一直和别人开一辆车，两班倒，是夜班，现在我一个人开一辆车，就改白班了。你明白了？"

这个回答的确非常有说服力，张建军的脸上居然闪过一丝歉疚的神色。他端起面前的啤酒，"对不起，姜哥，我自罚一杯。"

这顿饭吃了一个多钟头。邻桌的闲人们渐渐散去。小吃店里只剩下两个服务员，小红站在柜台后打哈欠，还有一个在打扫卫生。不一会儿，小红跑进了后厨。再出来的时候，已经把工作服换掉了。她冲那个打扫卫生的服务员嘀咕几句，先开溜了。这样一来，张建军也就没机会向她打听姜少勤的事了——尽管姜少勤认为他不一定会这么做。

喝完第三瓶的时候，张建军说不能再喝了，要回去休息，否则明天早上起不来。姜少勤也不挽留。"我得再待会儿，刚调到白班真有点儿不习惯，晚上睡不着觉，多喝两杯喝得晕晕乎乎，回家就能睡了。"

张建军要付自己那份饭钱，姜少勤眼一瞪："寒碜我不是？"

张建军讪讪地收起钱包，"那改天我请你，我也常在这儿吃饭。既然你换了白班，咱们就能经常在这儿碰面了。"

第四十一章
跆拳道黑带的最后一跃

刘帆千竟然陪着赵灵儿的母亲扭秧歌去了。

想到这里,赵灵儿不禁莞尔。这么桀骜不驯的孩子,在老妈面前转了性,居然俯首帖耳,又乖巧又听话。赵灵儿大感不解,不知道这是一物降一物,还是别的什么原因。

开始赵灵儿还担心老妈管不住她,没想到这一老一少就仿佛前生有缘似的。也许是因为刘帆千的身世太可怜,也许是因为老爸去世早,自己的工作又忙,一直没工夫陪老妈,老妈这些年太孤单的缘故,刘帆千住在自己家里这两天,老妈把积攒了多年来不及也没机会倾注在女儿身上的关心和体贴都给了刘帆千。而刘帆千出乎意料地不但十分领情,而且把老妈哄得很开心。

今天晚上,老妈照例要到立交桥底下和一帮老头儿老太太扭秧歌,刘帆千也吵着要去看热闹。赵灵儿是不太主张刘帆千出门的,尽管她认为目前刘帆千不会有什么危险。

前两天禁毒支队的行动明显是被谢金东耍了,也就是说,谢金东早就知道警方要干什么,所以安排了一个无关紧要的小角色董菊国应付一下。但董菊国本人也不知道内情,以为刘帆千是来买Viper58的,于是上演了办公室里的那一幕。这两天禁毒支队的人找遍了林二可能出现的地方,没有发现他的踪迹。至于林二到底去了哪儿,大家心照不宣。如果林二真的背着谢金东搞什么小动作的话,恐怕以后是再也见不到他了。不过,既然谢金东的安全没受到威胁,他就不太可能报复刘帆千,故意往自己身上惹嫌疑。相反,他还可能把责任都推在林二和董菊国身上,说他们利用自己对他们的信任偷偷贩卖违禁药品。

刘帆千应该是安全的。按说让她回家也不会有什么事。可赵灵儿还是有点儿不放心。刘帆千的性子太野了,她爸爸根本管不住她。如果她再像以前那样到处招摇,说不定还会惹出什么乱子。毒贩子不会主动找她麻烦不假,要是她自己送上门去,那就是另一回事了。再者,梅星宇那边依旧惦记着要把董菊国判了。赵灵儿是打着劝说刘帆千出庭作证的幌子才把刘帆千接到家里的。白天梅星宇还问赵灵儿,刘帆千的情况怎么样,是不是愿意作证了。赵灵儿敷衍说,还在做刘帆千的工作。如果刘帆千跑了,梅星宇恐怕第一个就不会答应。

可是刘帆千平时自由惯了,这两天关在家里实在闷得慌,一个劲儿央求赵灵儿让她出去透透气,保证不惹麻烦。看上去,老妈也很乐意带刘帆千出去逛逛。赵灵儿只得叮嘱老妈,出去玩一会儿就回来,一定把刘帆千看紧了。

刘帆千兴高采烈地跟老妈走了。赵灵儿站在阳台上,看着一老一少有说有笑地出了小区。刘帆千蹦蹦跳跳,手里还拿着两根红绸子甩来甩去,那是老妈扭秧歌用的道具。

手机响了。是武旗红的号码。赵灵儿接通电话,武旗红问:"要是不麻烦的话,我今晚可不可以和刘帆千聊聊?"

赵灵儿看看时间,还不到八点,估计老妈和刘帆千怎么也要在外面逛个把小时。"好吧,你什么时候来?"

"现在还在执行任务,可能要晚一点儿。如果有变化我再给你打电话。"

"没事,刘帆千是夜猫子,你只要不是半夜三更来就行。"

"那些车牌信息的事……给你添麻烦了。"

"干吗那么客气,是你一个人来,还是和那个'最佳着装民警'一起?"赵灵儿想起了那个天不怕地不怕的李咏。

"我一个人。怎么了?"

"没什么,老武……"赵灵儿本想叮嘱武旗红,公安局的水太深,万事给自己留点儿退路，别不管不顾的，闹不好把前途毁了。但终于什么都没说。她和武旗红并没有深交，说不上有多了解。但2006年东港爆炸案的时候，她亲眼看见武旗红为了挽救自己的搭档，不顾一切地向即将爆炸的音乐教室狂奔。这一刻，她就很清楚武旗红是什么样的人了。

"喂？"赵灵儿的欲言又止让武旗红有点儿纳闷儿。

"啊，没事，"赵灵儿说，"见面再说吧。"她挂断了电话。

一个多小时过去了，老妈和刘帆千还没回来。赵灵儿有点儿担心，拨通了老妈的电话。没想到是刘帆千接的。电话那边很嘈杂，刘帆千口齿不清地说："灵儿姐，我和阿姨在吃酸辣粉，你晚上想吃点儿什么，我给你带回去。"

赵灵儿微微一笑，原来她们在逛夜市呢。"什么也不用带了，你们吃完了就早点儿回来。"

门口传来一阵敲门声。

赵灵儿以为是武旗红来了。她喊了声"稍等"，来到猫眼儿前看了看，不由得一愣，竟然是庄道荣。他不是被停职了吗？到这儿来干什么？犹豫了一下，她把门开了一条缝，"这么晚了，什么事？"

庄道荣神色惶恐，"小赵，麻烦你帮个忙，能不能进去说？"

"有什么事，打电话不行吗？"

"这事……唉，"庄道荣愁眉苦脸，"电话里不好说。领导要我把姜元的事写一份报告，有些情况我想和你商量商量。"

赵灵儿明白了，庄道荣大概意识到他在那袋有地球标志的毒品上犯的错误，想让自己帮他打马虎眼。"抱歉，我……"

没等赵灵儿说完，庄道荣伸手推开了门，"就耽误你几分钟，我实在是没办法才来找你的，你一定要帮帮我。"

赵灵儿无奈，只得往后退了一步。庄道荣前脚进屋，赵灵儿就觉得他身后有人影一闪，心下狐疑，难道他后面还有人？还没等她细想，枪口已经顶住了她的额头。

庄道荣神色狰狞："往后退！别出声！"

赵灵儿愣神间，庄道荣身后的人已经闪身进屋，顺手关上了门。他手里也拿着一支枪，枪管很长，是装了消音器的。看到他的脸，赵灵儿头脑刹那间一片空白："是你……"

那人并不答话，示意庄道荣动手，自己则迅速检查了一遍所有的房间。

庄道荣枪口一摆："大美女，我们知道你拳脚厉害，不过你再快也快不过子弹。识相的话就放明白点儿，别逼我开枪。"

这时候，赵灵儿倒是冷静下来了。变故发生时，她第一个念头是他们是冲着刘帆千来的，但马上就意识到不可能，刘帆千对他们根本没威胁，可她一时又想不通，自己到底做了什么，导致这两个警队里的败类不惜暴露身份孤注一掷？但有一点她马上就想通了，既然他们的真面目都暴露了，就不可能让自己活下去。他们是来灭口的。

"转过去，"庄道荣催促，"两只手放头上！"

她并不答理庄道荣，而是冷冷地看着他身边那个男人。"为什么？"

"抱歉，"那个男人说，"我们也是迫不得已，你管得有点儿太宽了。"说着，他一手举枪对准赵灵儿，另一只手掏出一副手铐递给庄道荣。

庄道荣接过手铐，又用枪管使劲顶了顶赵灵儿的脑门，赵灵儿退了一步。"动作慢点儿，转身，两只手放头上！"

看到手铐，赵灵儿突然间明白了他们的意图。他们来灭口，却又不马上动手，而是要铐住她——他们在等。是等刘帆千和母亲，还是在等……武旗红？尽管不知道具体是为什么，但她相信这和武旗红调查的案子有关，和自己帮助武旗红有关。他们要来个一锅端。只要是走进这间屋子的人，不论是刘帆千、母亲，还是武旗红，他们一个也不会放过。也许明天的报纸上会说，两个民警为保护证人遭枪杀……

赵灵儿缓缓把双手放在头上，慢慢转过身。那个男人绕到赵灵儿面前，手里的枪一直对着她。庄道荣站在赵灵儿身后，把手枪插在腰间，先铐住她的右手反扭到背后，接着拉下她的左手。赵灵儿顺势稍稍向后靠，感觉后背已经贴在庄道荣身上了，她把头往右边侧了侧，庄道荣的面部暴露出来。庄道荣正准备铐住赵灵儿的左手，赵灵儿的动作快如闪电，兔起鹘落之间，她扬起左腿一个后勾踢。这是拼尽全力的一击。她的左腿高高抬起，越过自己的肩膀，直接命中身后庄道荣的眼鼻之间。在庄道荣的惨叫声中，赵灵儿迅速转身躲在庄道荣身后,右手攥住庄道荣的一只手腕,同时,没有被铐上的左手伸向庄道荣腰间摸索那支手枪。

持枪的男人没料到会突生变故,现在庄道荣挡在他和赵灵儿之间,他有点儿投鼠忌器。庄道荣猛然间遭到重击,被踢得晕头转向,试图和赵灵儿拉开距离的同时,下意识地用没被攥住的那只手捂住眼睛。接着,他发出一声恐怖的哀号!他摊开手,一团连着血管和神经的血肉模糊的东西落在他的手上。跆拳道黑带的腿功凌厉无比,不仅踢断了他的鼻梁,还踢出了他的眼球。意识到手中黏黏糊糊的东西是什么,庄道荣像疯了一样,转过身猛扑向赵灵儿,嘴里发出野兽一般嘀嘀的吼声。

赵灵儿本来都摸到枪了,庄道荣的突然转身却让她一下摸了个空!她迅速后退两步,一个腾空后旋踢,所有的力量都集中在右腿上。这一脚踢中了庄道荣的咽喉,颈椎断裂的声音异常清晰。庄道荣扑向她的身体突然向后仰倒,歪歪斜斜地撞向那个犹豫不决的持枪男人。赵灵儿两步助跑,身体再次腾空准备第二个后旋踢。

男人开枪了。带着消音器的手枪连续发出几声喑哑的声响,子弹穿过庄道荣的身体击中了赵灵儿。那一瞬间,赵灵儿周围的世界突然间变得无比寂静。她没有马上感到疼痛,只是身体像是被瞬间抽空了,她觉得自己虚弱无比,似乎进入了一个空灵的世界,自己没有了重量,就像是一张纸,一片羽毛,轻飘飘地随风而去……

赵灵儿腾空跃起的身体重重摔在地板上。从伤口喷涌出的鲜血瞬间把她的衣服浸透了。她感觉到了疼痛,感觉到血液从身体里汩汩向外流淌,她呼吸困难,每一次沉重的喘息都要呛出一口血。她的眼前变得朦朦胧胧,隐约看到一个模糊的人影走到她跟前。

那个男人俯视着赵灵儿的面孔,再次举起了枪。赵灵儿的嘴唇动了动,却没法发出声音。

"想说什么?"男人轻轻地问,语气很温和。

赵灵儿眼神散乱,胸口急剧起伏,她又张了张嘴,几个简单的音节却被大口呛出的鲜血淹没了。男人弯下腰凑近赵灵儿,终于听清了她最后的话。

"妈妈……"赵灵儿呢喃着,"妈妈……"

第四十二章
有仇报仇

和张建军的第一次见面，姜少勤表现得非常出色。张建军回家之后，武旗红和姜少勤又商量了一会儿，叮嘱他第二次和张建军见面时需要注意的细节。李咏来换班的时候已经快十点了。她从自己的笔记本上扯下两张纸递给武旗红，眼睛却不看他。"这是你要的东西。都是打电话问出来的，我只是记了几个要点。今天太晚了，如果你要详细的资料，只有等明天了。"

李咏今天有点儿怪怪的，武旗红心想，自己什么地方得罪她了？"辛苦你了，"武旗红讷讷地说，"是不是很麻烦？"

"不麻烦，所有资料都是公开的。只是你要得这么急，我们以后要还人情了。"还好，她说的是"我们"。这意味着李咏不过是发点儿小脾气而已。

借着车内的照明灯，武旗红看了看李咏的记录。捷豹汽车租赁公司属于一对堂兄妹所有，袁雨田和袁雨浓，于2007年登记注册，所有的手续都很正规，没有任何不良记录，比如偷漏税或者违法经营等等。甚至袁雨田还是北都市的优秀企业家、十大杰出青年。袁雨田生于1976年，袁雨浓生于1982年，都出生在北都市。除了这家汽车租赁公司，这对堂兄妹还拥有一家餐饮公司，一家礼品公司，一家美容院，以及一家房屋中介公司。所有这些公司都没有违法经营记录，没受过任何形式的处罚，并且都在盈利。这对兄妹更没有任何犯罪记录，甚至连民事诉讼官司都没有。表面上看，非常完美。在财产方面，袁雨田在东港和城西分别拥有两处房产，在郊区还有别墅，袁雨浓的情况也差不多。这些房产加在一起，市值在千万以上。不过，对他们来说，这也算不上过分。而这对堂兄妹的父辈，袁学东和袁学林兄弟俩，更是个人奋斗的典范。他们上过山下过乡，回城后一个在铁路系统，一个在邮政系统，从默默无闻的小职员熬到中层领导，前几年相继退休。

但武旗红还是觉得里面有什么猫腻，他不相信他们会这么干净。尤其是这些公司的注册时间都在 2007 年以后，并且注册时间集中在一两年之内。表面看上去，这些资料都无懈可击。可是，他想起汽车租赁公司那位接线员的话，"那辆车并不是一辆对外租赁的汽车，而是我们公司领导驾驶的车辆"，可公司领导不就是那对堂兄妹吗？显然他们不会是那个"中间人"。如果驾驶那辆奥迪 A6 的人是这对兄妹中的一个，那还需要隐瞒吗？

武旗红把这两页纸折起来放到自己的笔记本里，推开车门下了车。李咏在他身后问："你要去找那个大姑娘？"

"去找刘帆千。"武旗红纠正。

"喂，你懂得信息共享吗？"李咏说。

"放心，我不会瞒着你。"武旗红终于明白了，昨天赵灵儿和他谈话的时候故意避开李咏，把李咏惹火了。

出租车还没到赵灵儿家所在的小区，武旗红就觉得有点儿不对劲。大量警车和他向同一个方向行驶。最后武旗红发现，他们的目的地也一样。一丝不祥的预感袭上心头。到了小区门口，出租车就再也不能往里开了。武旗红下了车，快步进入小区，按照赵灵儿给的地址找 8 号楼。夜间看不清楼号，正在努力辨认的时候，一辆鸣着笛的救护车从武旗红身后驶过，他下意识地跟着救护车行驶的方向小跑。

救护车在一栋六层楼前停下。武旗红的脚步也放缓了。他的心渐渐下沉。楼前停着好几辆警车，借着不停闪烁的警灯，他看清楼体上的数字：8。

8 号楼中间那个单元门口站着好几个穿制服的警察，武旗红还没走到跟前，就被民警拦住了，不等武旗红解释，那民警不客气地说："闪开，让医生先进去。"武旗红心里一凛，赶紧让到一边，几个穿白大褂的医护人员抬着担架匆匆上楼了。

武旗红掏出证件，问那个民警："怎么回事？"

"不知道，"民警摇摇头，"听说有人中枪了……"

又有几辆车停在楼门口。下来的人不是刑警支队重案组的，就是禁毒支队的，接着，武旗红看到了薛艾寒、戏志才和梅星宇。

楼道里突然传来一阵哭泣的声音，然后是一阵杂沓的脚步声。医护人员抬着担架出来了，一个二十岁上下的女孩扶着一个上年纪的妇女泪流满面地跟在后面。担架上盖着的白被单已经被鲜血洇红了。

武旗红呆呆地站在原地，他认出那个女孩是黄婉悦的女儿刘帆千。薛艾寒和戏志才立刻跑到担架跟前，对医生说了几句什么。医生轻轻摇摇头。

"你在这儿干什么？"梅星宇看见武旗红，怒气冲冲地跑过来。

武旗红没有答话，也没有看他。他的目光追随着那副担架，看着医护人员抬着担架跑向救护车。一只苍白的手臂从被单里滑落出来，手腕上还扣着一副闪着银光的手铐……

梅星宇还在大声对他说着些什么。武旗红一个字也没有听见，他攥紧了拳头，努力控制住想要仰天狂吼一声的冲动，两行温热的泪水顺着他的眼角缓缓滑落。

杨献兵，黄婉悦，现在，他们又杀了赵灵儿。

武旗红不知道所谓的"他们"指的到底是谁，但又隐隐觉得，自己早就知道"他们"是谁了，只是他还没有找到这一切之间的联系。赵灵儿手腕上的那副手铐让他想起了黄婉悦手腕上的淤伤，有什么东西在他的脑海中一闪即逝，但此时武旗红思维混乱，抓不住要点。

他在调查一桩三年前的案子，可现在，他身边的朋友，为自己提供帮助的人却惨遭杀害。他一定是触到了某些人的软肋，也许他已经触及真相了，只是他还没有意识到。也许那些人下一个目标就是自己……想到这里，武旗红突然笑了。

来吧，你们一个个都跳出来吧。不会再有什么公事公办的调查了，各种警告、各种禁忌，这一切都不复存在了。

现在，这是私人恩怨。

第四十三章
无可奉告

　　武旗红一夜没合眼。第二天早上他接到范米的通知,直接去薛艾寒的办公室。

　　办公室里除了薛艾寒,还有戏志才和梅星宇。三个人神情疲惫,眼中都布满血丝,显然也是一夜没睡。

　　薛艾寒开门见山:"老武,昨天的事你知道了。一个缉毒民警被害了,另一个刚刚被停职的民警也死了。刘局长给我们开了一晚上的会,要求我们必须查明真相。我们也是这么想的。我们不能让杀害民警的凶手逍遥法外。今天找你是想核实一件事。我们检查了赵灵儿的手机,昨晚八点三十二分,你和她有两分钟的通话。你们都说了些什么?还有,为什么昨晚案发后你会出现在赵灵儿家楼下?"

　　"赵灵儿曾经告诉我,她有证据能证明庄道荣在姜元的案子里伪造了证据,我想请她帮我作证。"武旗红没把刘帆千的事说出来,那样必定会牵扯到黄婉悦的案子,这又是敏感话题,现在说这些还为时过早。

　　"我有没有对你说过,让你不要再参与这个案子?"薛艾寒语气严厉。

　　"说过。"武旗红承认。

　　"那你为什么还要节外生枝?"梅星宇忍不住插话,"你到底想干什么?谁给你这个权力让你胡来?难道你想学当年的姜少勤和杨献兵吗?"

　　武旗红冷冷地看着他:"你是说我会像姜少勤那样被迫脱掉警服,还是会像杨献兵那样丧命?就因为我试图证明一个不负责任的警察伪造证据陷害无辜?"

梅星宇脸色涨得通红,但他自知失言,被武旗红抢白,一时无言以对。

"老梅,"戏志才说,"一码归一码,别说题外话。"转而对武旗红说,"庄道荣死在赵灵儿的家里,从现场情况看,他们之间发生了打斗。赵灵儿踢断了庄道荣的颈椎,她自己也中了三枪。但子弹却不是从庄道荣身上的那支枪里发射的,我们刚刚对庄道荣的手做了残留物检测,他没开过枪。我们怀疑现场还有第三个人,但这个人没有留下其他的线索。所以老武,你最好把你知道的事情毫无保留地告诉我们。"

武旗红点点头,把赵灵儿告诉他的那包有地球标志的毒品的事情原原本本说了。戏志才问梅星宇:"那包毒品的事你知道吗?"

梅星宇摇摇头。"这只是他的一面之词。"

武旗红说:"对你来说,有些人的一面之词可以相信,有些人的一面之词就不能相信。"

梅星宇对他怒目而视:"你这话什么意思?"

"你知道我是什么意思。维护你主子的虚荣心比什么都重要,甚至可以栽赃陷害,草菅人命!"

梅星宇猛拍桌子,额头青筋暴突:"武旗红!你太放肆了!"

"是吗?"武旗红说,"我让你感到不舒服了?"

"好了,"薛艾寒说,"你们两个都冷静点儿!"

戏志才说:"老梅,姜元那件案子的物证里到底有没有老武说的那袋毒品?"

梅星宇有点儿支吾,"我……不清楚。"

"那你现在去把这件事查清楚。"

"可是……"看上去,梅星宇并不想离开。

"现在就去。"戏志才的语气不容置疑。

梅星宇悻悻地离开了办公室。薛艾寒和戏志才对视了一眼,戏志才点点头。薛艾寒开口了:"这个案子刘局长亲自担任专案组的组长,我和老戏是副组长。我们可以代表刘局长的意见。现在这屋子里没别人,我们三个开诚布公地谈谈吧。我想,事情发展到这个地步,我们没必要绕弯子了。

我以我的人格担保，这是一次私下谈话，我们会把我们知道的情况都告诉你，也希望你不要对我们有所保留。"

武旗红点点头。

戏志才说："那包毒品的事我知道，小赵……小赵跟我反映过。她是个好孩子，当年在治安支队的时候就是我的老部下，我了解她，我相信她说得没错。可这事涉及到龙副厅长。"

"所以，你们就听之任之？"武旗红说。

"抱歉，老武，我们也很为难。当年龙副厅长担任咱们公安局长的时候，刑侦和禁毒都是他亲自抓的。我虽然是支队长，其实也就是个摆设，说实在的，我觉得我这个支队长说的话都不一定有梅星宇的分量重。即使后来龙局长调到了省厅，这种情况也没多少改变。北都市公安局是龙副厅长的大本营，有一半的领导干部都是他提拔起来的，他们当然会维护老局长的权威，因为好多事情都是龙局长授意他们做的，况且龙局长又高升了。你在排爆组，具体案件接触得比较少，可能不太清楚内情。这些年来，我们做的每一件事，还没等向局长汇报呢，龙副厅长就先知道了。我想，这方面老薛也一定有体会。"

薛艾寒点了点头。"不仅是我，刘局长也无可奈何。"

"可现在出了这么大的事，龙副厅长也不一定压得住吧。"武旗红说。

薛艾寒摇摇头。"省厅马上就要介入这件案子，龙副厅长亲自牵头。"

武旗红难以置信地看着他们："所以，你们还要保持沉默？"

"不是这个意思，但这件事不是你想的那么简单。我们首先要说服刘局长，不仅仅是刘局长，我们还需要更高层领导的支持。"戏志才说，"我们不是想推卸责任，但现在确实很难办。你可能不知道，龙副厅长的'副'字马上就要没了。"

武旗红目瞪口呆。

"不过赵灵儿被害这件案子，庄道荣的嫌疑肯定是跑不了的。"戏志才说，"根据我们的分析，赵灵儿被害有两个原因，至少表面上看是这样。一是庄道荣知道赵灵儿掌握了他伪造证据的事实，不惜孤注一掷杀人灭口，却自食其果。但这个推测多少有点儿牵强。二是，很有可能，庄道荣就是贩毒集团安插在我们内部的眼线。刘帆千的案子是庄道荣和小赵一起审的，可当天晚上禁毒支队的诱捕行动却被对方事先知道了。因此我们分析，小赵也许不是庄道荣的目标，他真正的目标是刘帆千。只有禁毒支队的人知道刘帆千住在小赵家里。但这也有说不通的地方。我个人觉得，刘帆千对毒贩子们没有多大威胁。也许这其中另有原因。也许你可以告诉我们这到底是为什么。"

另有原因。这句话提醒了武旗红，让他想起了昨晚那个一闪即逝的念头，那个念头朦朦胧胧，若即若离。他觉得自己马上就要触摸到它了，可就差那么一点点。武旗红相信，它就存在于他所掌握的线索之中，那里肯定有一些被自己忽略的东西。那就是答案。

"老武，难道你没有什么可以告诉我们的吗？"

武旗红摇摇头。"我也不知道。"

薛艾寒问："是不是和杨献兵的案子有关？你这两天不是一直在调查这件事吗？"

"您已经禁止我调查了。"

薛艾寒和戏志才对视一眼，都有些失望。"老武，跟你说句心里话。"薛艾寒像是下了很大决心似的，"你没有向任何人汇报，打着调查系列爆炸案的幌子私自调查杨献兵的案子，说得不客气点儿，这是违纪。本来我可以把你调出专案组，让你回治安支队，离这个案子远远的，其实刘局长也是这个意思，但是我没有这么做。我虽然口头禁止，但实际上睁一只眼闭一只眼。这你应该感觉得到吧？"

细想想，确实是这么回事。武旗红点点头。如果薛艾寒真的不想让武旗红碰这个案子，他很容易就能做到。

"你知道是为什么？"薛艾寒继续说，"因为杨献兵的案子最后不了了之，我觉得我也有责任。这么多年来，这个案子一直被龙副厅长压着，我心有余力不足。你可以指责我胆小，怕丢了乌纱帽，我不否认。现在呢，我离退休也没几年了，好多事情也想开了。所以……你调查杨献兵的案子，我没有过多干涉。我甚至希望你能查出个结果来。但是现在，因为这件案子牵扯出这么多事情，你却告诉我你不知道这是为什么？"

"对不起,我真的不知道赵灵儿和杨献兵的案子有什么瓜葛。"武旗红歉意地说。

薛艾寒叹了口气,不再说话。

戏志才说:"老武,如果你想到了什么,请你务必告诉我们。这很重要。庄道荣已经死了,不论他知道什么,他都不可能开口了。如果我们想避免龙副厅长的干预,就需要拿出有分量的证据,而且要快。否则,等龙副厅长介入以后,以那些人的能量,这案子恐怕要不了了之了。庄道荣会为所有的事情背黑锅,赵灵儿……也就白白牺牲了。"

戏志才的话语重心长。武旗红知道他说得没错。可武旗红也搞不懂赵灵儿到底为什么遭到杀害。按说,有危险的应该是自己才对。调查杨献兵死因的是自己,帮助姜少勤的儿子摆脱困境的是自己,查看黄婉悦验尸报告的是自己,多次受到警告却不肯罢休的是自己……赵灵儿只是告诉了他一些关于龙副厅长的内幕,这算不得什么秘密,还有就是查了几个车牌号……车牌号!

武旗红豁然顿悟。那就是答案!那个一直在武旗红眼前若隐若现的答案。

昨天赵灵儿帮助武旗红查了那几个车牌号的信息,那是加密的,当天晚上赵灵儿就出事了。三年前,黄婉悦也答应帮助姜少勤查阅那些信息,结果当晚她就自杀了。武旗红终于找到了这两件事之间的联系。黄婉悦说过,调阅加密资料的时候,系统会自动记录下调阅者的电脑终端编号、进入的时间,任何人都可以根据这些记录追查到调阅者的身份。任何人……不,那一定是公安局的人。还有手铐——杀害赵灵儿的人企图给她戴上手铐,而黄婉悦的手腕上也有手铐造成的淤伤。杀害黄婉悦的人来自公安局,也许杀害赵灵儿的人——那个开枪的人,同样来自公安局。

薛艾寒和戏志才满怀期待地望着武旗红。凭良心说,两位领导对他开诚布公,让武旗红很感动。但现在,武旗红只相信自己。

回到专案组办公室,范米在等着他。"老武,我刚刚接到薛副局长的电话,爆炸案的调查你暂时就不必参与了,至于你的工作,薛副局长说——

回家等候通知。"

这个结果在武旗红的意料之中。他对薛艾寒守口如瓶，薛艾寒自然也不会再让他随意行动，尤其是现在这个敏感的时候。看着空荡荡的专案组办公室，武旗红有点儿茫然地问："其他人呢？"

"还在盯着张建军。"范米叹息一声，"对不起，老武，这件事我无能为力。"

武旗红突然意识到，其实在自己擅自调查这件事情上，范米也是睁一只眼闭一只眼的。也许，不仅是范米，公安局里的大多数基层民警都希望能把杨献兵的案子调查清楚，因为杨献兵是他们中的一员，他们怀着同样的抱负，面临同样的困境，他们可能互不相识，但却是血肉相连的生死兄弟——只不过他们不能公开站出来支持自己而已。李咏自不必说，范米、吕焕都为他提供过帮助——以另外一种形式，还有王法医……

"范组长，我已经非常感谢你了，真的。"武旗红认真地说，"只是我还想请你帮一个忙。我想看看'1·18'系列爆炸案的证据。"

"哪部分证据？"

"被拆除的炸弹。"

"看它们做什么？"范米皱着眉头。

"也许我还能为专案组最后做点儿事情。"

范米犹豫片刻，还是同意了。"不过，这么危险的东西，应该都已经处理掉了吧？"

"炸弹这玩意儿，只要拆了引爆装置就没多大危险。系列爆炸案里的炸药主要成分是硝酸铵，这东西如果没有雷管引爆的话，你就是拿打火机点都点不着，比手枪安全多了。咱公安局里的手枪有多少？"

第四十四章
老式手铐

姜少勤已经在重庆小吃店磨蹭一个多钟头了。今天他来得有点儿早。下午六点的时候,李咏说张建军正在开车回来的路上,姜少勤马上就赶到了小吃店。可是不一会儿,李咏又打来电话,说张建军半路拉了个活儿,往城西区方向开了。

冰镇啤酒早就没了凉气,姜少勤也根本没喝。他可不想在张建军到来之前就喝得晕乎乎的,但又担心张建军看出破绽,看到邻桌的人结账走了,就把大半瓶酒都倒进邻桌的一个空碗里。身边的客人换了一拨又一拨,在他快要失去耐心的时候,张建军终于来了。

"又见面了。"张建军和他打招呼。

姜少勤皱着眉头看了看他,没精打采地冲他招了招手。张建军很自然地坐在姜少勤对面,"怎么了,老姜,你今天情绪不太好。"

姜少勤注意到张建军对自己称呼的变化。"没什么,"他垂头丧气地说,"前几天拉了个客人……"

"吵架了?"张建军不以为意,这在出租车行业里是常有的事。他招呼小红,"来两瓶啤酒,"又看了看桌子上的菜,"再来个老醋花生。"

"那个乘客起诉我了。"姜少勤把酒瓶里剩下的酒都倒进杯子一饮而尽。

"啊?"张建军有点儿意外,"起诉你?为什么?你绕远儿了?"

姜少勤摇摇头,"公司在我的车上安了摄像头,被那个女乘客折断了。"

张建军愣了片刻,恍然大悟,"我前几天看报纸了,那个司机就是你?

对呀，报纸上说司机姓姜。"

尽量说实话，告诉他真实的情况，这是消除张建军这类嫌疑人戒心的最有效的方式。此刻，姜少勤甚至有点儿感激折断摄像头的女乘客了。

小红把啤酒和凉菜端了过来。张建军先给姜少勤满上，"不是说摄像头是统一安装的吗？关你什么事？再说，要打官司，也是你们告她呀，她弄坏了摄像头，你们不要她赔就不错了，她凭什么告你？"

"实际上，她起诉的是我们公司，说我们侵犯隐私权。"

"那和你有什么关系？又不是你个人装的摄像头。"

"但我们公司要处罚我，他们说我要是不和乘客吵架，态度好一点儿，可能就不会有现在的麻烦。我想，如果那个女乘客打赢了官司要公司赔钱的话，恐怕要从我的车份儿里出。"

"这叫什么道理？"

"跟公司怎么讲理？这帮管理层的人，天天屁事不管，你知道他们一个月拿多少钱？都上万！我们这些司机呢，累死累活一个月下来，交了车份儿，剩不下几个钱……"姜少勤端起酒杯，和张建军碰了一下，又一口干了。"还是你好，你比我自由，想出车就出车，想歇着就歇着，谁也管不着。"

张建军苦笑，"老姜，其实都不容易。你是只看见贼吃肉，没看见贼挨打。我开的是黑车，在你们警察来说我这是非法运营……啊，对不起，"张建军意识到失言了，"习惯了，又忘了你已经不是警察了……"

姜少勤摆摆手表示不介意。张建军继续说："所以呀，我的日子也不比你好过多少。就说去年年底，公安局整顿黑车，只要查到，一律扣车罚款。罚款还好说，这车子一扣，你就别想再拿回来。那两个多月我担惊受怕，不敢开了。好在我还会修车，到4S店干了份临时工，直到过了春节风头才过去。"

姜少勤皱起眉头，"我有点儿不明白。你有修车的手艺，干吗自己一个人跑车？"

"给别人打工永远挣不到钱。我一直想开个修车铺，属于我自己的，自己给自己打工多好。可没钱啊。家里还有两个老人要照顾，就是挣了点儿钱也得攒着,万一老人生个病什么的,动不动就是几万块……"

姜少勤点点头表示理解,"看来我还比你好点儿,我是一个人吃饱了全家不饿。"

张建军有些不解,"这话怎么说,你的父母……"

"我很小的时候就不在了。"姜少勤说。

"那老婆孩子呢?"看到姜少勤的脸色,张建军又说,"对不起,我不是故意……"

姜少勤叹了口气,又给自己倒了一杯。"早就离了。还记得我搭档的事吗?发现他尸体的时候,他身上有酒味,警官证也不见了。调查组为这事天天询问我,他们以为我为搭档隐瞒了什么不光彩的事。"姜少勤喝了一大口酒,"从我这里问不出什么,他们就去问我老婆孩子。我老婆是老师,他们直接找到我老婆的学校。假设你在一个学校当老师,警察在你上课的时候一趟趟跑到学校来把你带走,你的同事、你的学生会怎么看你?"姜少勤越说越生气,一口喝干杯子里的酒,把酒杯重重往桌子上一蹾。

张建军有点儿惊讶,"我也被他们调查过,不过说实在的,他们对你比对我还狠。至少他们没去打扰我父母。你们是同事啊,他们怎么能这么干,怎么能对你的家人这么做?"

"还不止这些,"姜少勤说,"他们还到我儿子的学校去找我儿子问话。半夜三更的,他们经常不打招呼就找上门,挨个儿问,直到天亮……那时候我儿子正在准备中考,他们这么干,我儿子怎么有心思读书!他们都是讯问专家,用对付罪犯的手段对付一个女人和一个不懂事的孩子,谁受得了!"姜少勤的眼眶湿润了,这是发自内心的。"后来我老婆和我离了,带着孩子自己过。其实,我一点儿不怨她,真的……"

"老姜,我发现你这人的经历真坎坷……"看到姜少勤的眼泪,张建军有点儿不知所措,他端起酒杯,"伤心事不提了,来,老姜,我敬你。"

天早就黑了。王法医一直在检验室忙活,很晚才离开公安局。回到家的时候,意外地在门口看见了武旗红。看上去,武旗红就是在等他。"老武?"

"不好意思，这么晚还打扰你。"武旗红歉意地说，"上次的事很感谢你……"

"我算被你们害惨了，"王法医说，"那天你刚刚从我这儿离开，薛艾寒就派人来了，问你到我这儿来干吗。刑警支队的人刚走，禁毒支队的人又来了。我一口咬定你和李咏就是顺便串门。你们俩到底在搞什么名堂，惹得两个支队的人都如临大敌似的？等等，"王法医突然有点儿明白了，"你今天来找我……"

武旗红点点头，"我想请你再帮个忙。"

"打住，我是不会再让你看什么验尸报告了。"王法医一口拒绝。

"我不打算看，我也看不明白，只是想请你告诉我……"

"我什么也不会对你说，"王法医的神色突然变得警惕起来，"你是为赵灵儿的案子？"

武旗红承认。

"这案子现在很敏感，你知道吗？你会害死我的！"王法医转身就要进楼门。

"等等！"武旗红拦住他，"求你帮个忙，我就想知道一个细节。"

王法医艰难地摇摇头。"不行。"

"老王，我知道我没权力要求你这么做。可是，又有一个警察被谋杀了。赵灵儿和黄婉悦都是因为同一个原因被害的！"

"什么原因？"王法医下意识地问了一句，马上又改口了，"你别告诉我，我也不想打听。"

"如果我找到杀害她们的凶手，你就会知道原因。如果我找不到，你今后也不会再见到我了。老王，帮个忙。这可能是最后一次了。"

王法医缓缓转过身，"老武，你知道你在做什么吗？"

"我很清楚。"武旗红坚定地说。

"好吧，"王法医叹口气，"你到底想知道什么？"

"你上次告诉我，黄婉悦手腕上的淤伤可能是手铐造成的。能不能估计一下，那是一副什么样的手铐？"

王法医沉吟片刻，"警用手铐。"

"和赵灵儿手腕上的那副手铐一样吗?"

"一样。"王法医肯定地说,然后又补充,"都是老式手铐。"

"什么老式手铐?"

"根据黄婉悦手腕上的淤伤,那副手铐的宽度要比你们现在用的稍稍宽一点儿。那是老式的钢制警用手铐造成的痕迹。那种手铐,十多年前就不再用了。现如今你们用的那类手铐都是合成材料的,要轻得多。"王法医看看表,"还有别的问题吗?"

"没了,谢谢你,老王。"

"你自己保重。"王法医说,"我可不想看见你躺在我的解剖台上。"

第四十五章
兵不厌诈

第二天中午李咏换班的时候，武旗红找她借车。李咏狐疑地打量着他，"老武，你是不是有什么事瞒着我？"

"没有，"武旗红肯定地说，"我想出去散散心，反正也不让我上班了。"

"散散心也好，"李咏把钥匙扔给他，"不过，你要是瞒着我单独干什么的话，那可就太不够朋友了。别忘了，我们是搭档。"

"忘不了。"武旗红说，"你们一定把张建军的案子搞好，也算是对得起杨献兵，对得起姜少勤。"

"也许有戏了。"说到这件事，李咏兴高采烈，"姜少勤和张建军聊得挺好。"

"那就好。"武旗红说着上了车。

"老武，"李咏突然问，"你打算去哪儿？"

"海边。"

武旗红开着管李咏借来的Mini Cooper驶上了去东港的路。他打定主意，今后的事情再也不让李咏参与了。由于自己的疏忽，赵灵儿已经被害了，他不能再害了李咏。他掏出笔记本，翻到其中的一页：*林肯领航员，车牌号为北E65983，车主刘勋，东北籍的贩毒团伙头目，长期活动于东港一带，公开身份是银座娱乐中心总经理。*

银座娱乐中心位于东港的繁华地带，提供餐饮、健身、休闲等一系列综合服务。与一般的娱乐场所不同，这里很干净，可能偶尔有过打架斗殴事件——这种事任何娱乐场所都无法避免，但这里绝对不提供性服务，更见不到毒品。不过它的老板刘勋的确是个不折不扣的毒贩子。武旗红之所以要找他，是因为他是赵灵儿提供的名单里除了中间人之外唯一还活着的，而那辆奥迪A6是杨献兵出事当晚记录下的那几辆车中唯一车主身份不明的车辆。

武旗红终于想通了。昨天他给捷豹汽车租赁公司打电话的莽撞举动害了赵灵儿。这个电话惊动了中间人。中间人通过公安局内部的关系不难查出是谁调阅了那些加密档案。凶手之所以要杀赵灵儿，无非是为了保护中间人。现在，武旗红需要知道那个中间人到底是谁。也许刘勋知道他的身份。

武旗红没有走正门，而是把车停在工作人员出入的后门。后门的停车场上停着一排豪华轿车，那辆林肯领航员赫然就在其中。后门的出入口有个岗亭，里面坐着一个穿着娱乐中心保安制服的身材强壮的年轻人，正透过岗亭的玻璃窗好奇地盯着武旗红，或者是他开的Mini Cooper。

经过岗亭的时候，年轻门卫粗鲁地喊道："嘿，你找谁？"前门是彬彬有礼的迎宾小姐，后门是没有教养的打手，对比十分强烈。

武旗红亮出警官证，"我要见刘勋。"

大概很少有人这么直接称呼他的老板，保安眯着眼上下打量着武旗红，"刘总不在。"

"别跟我扮酷，"武旗红嘲讽道，"你不过是条看门狗。我这就要进去了，赶紧打电话通知你的主子吧。"说着他径直朝门厅走去。

"嘿，你他妈要干什么！"保安在他身后喊，但并没追出来，武旗红估计他在打电话。

果然，刚刚走进门厅，从里面涌出了四个大块头。两个迎面拦住武旗红的去路，两个一左一右把武旗红夹在中间。

"你他妈的是哪儿来的？"

武旗红晃了晃证件，"我要找刘勋。"

"是刘总！"其中一个大块头纠正他。

"好吧,刘总就刘总。"武旗红无所谓地耸耸肩。

"刘总这会儿不在,我劝你还是走吧,别惹麻烦。"

"我不想惹麻烦,是你们的刘总惹了麻烦。"

"你说话注意点儿!"一个大汉伸出手指使劲儿点着武旗红的胸口。

武旗红很想把这根手指头撅折了,他控制住自己的情绪。"我有事找你们刘总。"

"有什么事你可以先跟我们说。"

"你们恐怕没这个资格。告诉我,你们尊敬的刘总知道你们几个小家伙叫什么吗?他知道你们的名字吗?或者他管你们叫阿大阿二阿三阿四?"

面前的大汉火冒三丈,一把揪住武旗红的衣领,"你要是再不滚出去,别怪我们不客气了!"

"好啊,那么我就走了,此后他遇到的一切麻烦就由你们负责。因为你们,阿大阿二阿三阿四,不让我进去。"

"吵什么呢?"一个新的声音加入了这场争执。一个个头中等,但身材像个拳击运动员的家伙从门厅里侧的楼梯上走下来。

"有个警察说要见刘总。"一个大汉解释道。

新来的人挥了挥手,像驱赶苍蝇似的让那几个大汉闪开。"放开他。这么对一个警察太不礼貌了。"这个人说话的口气比较温和,动作也没那么具有侵略性,和武旗红保持着一定距离。"我叫陈坚,是刘总的助理,能告诉我你为什么要见刘总吗?据我所知,刘总最近没惹到你们呀?"

"我不是来惹麻烦的。"武旗红说,"我有些事情要和刘总说,我相信他肯定感兴趣。"

陈坚狡黠地笑笑,"那么,你想从我们这里得到什么呢?你要告诉刘总一些事情,总是有交换条件的吧?"

"没错。"武旗红承认。"我也希望刘总能告诉我一些事情。"

"我可以问问是什么事情吗?"

"我必须和刘总面谈。如果他愿意告诉你,那是他的事。"

陈坚考虑了片刻,对武旗红说:"请等一下。"然后他扭过头吩咐那几个大汉,"看着他。"说罢回身上了楼梯。等待的时候,武旗红考虑着今天这个局面将如何收场，如果刚才的诱饵引不起刘勋的兴趣，那就不好办了。

几分钟之后陈坚再次下楼。"刘总可以见你，不过，如果最后我们发现你在浪费刘总的宝贵时间的话……你叫什么？"

"武旗红。"

"好吧，武警官，在见刘总之前，我想先确定一件事，你身上带武器了吗？"

武旗红微微一笑，伸开双臂，"你可以搜。"这帮人渣对警察太不了解了。不是所有警察都带枪的。当兵的时候武旗红倒是没少摸过枪，但从警十五年至今，他摸枪的次数用十个手指头都可以数得过来。

陈坚冲旁边一努嘴，几个大汉前前后后把武旗红身上翻了个遍，"没有枪。"其中一个报告说。

"好吧，"陈坚打个手势，"跟我来。"

刘勋的办公室在二楼，门口站着两个身材粗壮的大汉，比楼下那几个还大上一号。如果他们手里再端一支冲锋枪什么的，那简直就像极了美国的黑帮电影。武旗红终于明白了刘勋为什么搞不过城西的毒枭谢金东了。据说谢金东是很喜欢用脑子的，出门的时候也比较低调，从不在意这些场面上的东西。让他纳闷儿的是，北都警方怎么会容忍刘勋一直这么嚣张。

两个门卫给他们打开了沉重的橡木门。宽大的办公室正中摆着一张老板台，刘勋就坐在后面，抬起头认真地打量着武旗红。武旗红也看着他。这绝对是个暴发户的形象，白色丝质衬衣，昂贵的佩斯利螺旋纹花呢领带一本正经地系在脖子上，不停敲打着桌面的又短又粗的手指上戴着一溜特大号的戒指，桌子上放着一副金丝框眼镜，旁边是粗大的万宝龙钢笔。

刘勋冲武旗红职业性地笑了笑，露出了一口整齐的白牙。白得有点儿晃眼，武旗红怀疑那是不是整形手术甚至是烤瓷的结果。

"你就是武警官？"烟酒嗓子。这一点什么手术也难以矫正。

陈坚向武旗红介绍，"这就是刘总。"

"武警官在哪个部门工作？"刘勋很随意地问。

"以前在治安支队排爆组，现在刚刚调入一个专案组。"

"专案组？"刘勋的眉毛抬了抬。

"年初那个系列爆炸案，你一定听说过的。"

刘勋不置可否，显然对爆炸案不感兴趣。他看看陈坚，戏谑地问："春节那几个爆炸案不是你干的吧？"

"绝对和我没关系。"陈坚微笑着回答。

"那么，"刘勋摊开双手，"我们之间有什么可谈的？"

"我想和你谈谈三年前城西区哈梦工厂里一个警察被害的事，那个警察叫杨献兵。"

刘勋的表情没有丝毫变化，他的目光又转向陈坚，"他身上不会有录音机、录音笔、微型话筒或者是什么其他的玩意儿吧？"

"已经很仔细地检查过了。"

"他的手机呢？"

陈坚的脸色有点儿尴尬，"我……对不起，我没注意。"他冲武旗红伸出手。

武旗红从兜里掏出手机。

"你不会还忘掉什么东西吧？"刘勋语气尖刻。

武旗红伸开双手，"再来一遍，我不介意。"

陈坚再次仔仔细细地检查了一遍，甚至要求武旗红解开皮带，并且脱掉皮鞋。武旗红一一照办。陈坚把武旗红的手机和汽车遥控器——尽管这两件东西看上去不会有什么问题——都交给了门口的两个门卫。"放心了？"武旗红说，"我来这里和你谈个交易，不是来找麻烦，你们的事情也不归我管。我们可以谈正事吗？"

"好吧，"刘勋说，"你要告诉我什么消息呢？"

"关于杨献兵一案你将遭到陷害的消息。"

"太可笑了，"刘勋说，"我根本不认识你说的那个杨什么兵。"

他当然认识，武旗红想，否则第一次提到杨献兵的时候他为什么紧张得要再次搜身？"他被害时你就在现场，你开车去过那儿，林肯领航员，车牌号是北E65983，刚才我甚至在停车场里看见了那辆车。我知道你是什么时候到的，什么时候离开的，我可以告诉你，有些人为了把你牵扯到这个案子里，正准备做些什么。"

"你在胡说什么？"刘勋看看陈坚，陈坚耸耸肩。"不过，一个警察告诉我他的同行要陷害我，这件事还蛮有趣的。你怎么知道那是我的车？"

"在公安局的信息资料库里，加密档案，不过，我有朋友。"

刘勋向武旗红探过身，阴沉沉地笑了，"我也有朋友，武警官，我可以在两分钟之内弄明白你是怎么搞到这些资料的。"

"也许吧，"武旗红说，"但你不会弄明白你是怎么被诬陷为谋杀警察的罪犯的，除非你也回答我的问题。"

刘勋又靠回到座椅上，一只手把玩着那支万宝龙钢笔，似乎是在权衡。过了一会儿，他开口了："如果，我仅仅是说如果，如果我和你做这笔交易，你想知道什么？"

"我想知道到底是谁杀了杨献兵。"

"你的要价太高了。"

"我认为不高。想想你将遭到的指控，杀死执法人员可不是能用钱摆平的。"

"我不明白，他们为什么要诬陷我？这案子过了这么多年了，为什么又旧事重提？"

"这是公安局的内部斗争。这案子当年是龙局长亲自过问的，如今龙局长调到省厅当了副厅长，而有些人则要找到凶手以证明当年办案人员的失职。其他人都死了，而你正好是在场的人里唯一活着的。"

"他们不会成功的。"

"我也认为他们不会成功。但你可能因此被传唤，便衣们每天围着你转，他们会盘问你的雇员，甚至让你的买卖暂时停业。如果他们找到证据，也许会逮捕你，你会暂时失去自由，还不能取保候审。想想看，在你被羁押期间，你的公司里会发生什么？"

"我仍然可以控制它。"刘勋很自信，"记得吗，正誉集团的老板因为故意伤害服刑六年，他的公司仍然正常运转。"

"没错，但你也应该记得后来的事，他出狱一年后被谋杀了。"

刘勋的表情僵硬了。沉默了一会儿，他轻轻地说："现在，我相信你不是疯子了。"

"我的确不是,我是想让你知道,公安局最终会锁定一个需要为杨献兵的死负责的人,在他们看来,那不应该是个死人。"

"我们的交换条件是,当你得到你想知道的东西之后,你会告诉我公安局里的什么人打算诬陷我,以及他将要怎么做?"

"没错。"

"可是,我为什么要相信你讲的故事呢?"

"因为你知道你在这个案子里是无辜的,而我呢,虽然我认为你可能做了许多其他有害的事情,但在这件事情上,我们观点一致。"

"如果我把你告诉我的话透露给警方,你知道是什么后果吗?"

"你不会。即便你真的这么做了我也不在乎。"

"你和杨献兵是什么关系,亲戚?"刘勋问,"为什么你要冒这么大的风险呢?"

"我和他素不相识,但他的搭档却因此背了三年的黑锅,被迫脱掉警服。我和他的搭档是好兄弟。"

"多么令人感动啊,就这么简单?也许是那位龙副厅长派你来的?"

"随便你怎么理解都可以。"

刘勋盯着他看了一会儿:"好吧,这买卖谈成了。你可以提问了。"

"杨献兵被害的时候谁在哈梦工厂?"

"杜渐、杜沉兄弟俩,钟强和丁旭,他们是杜氏兄弟的两个顾问,还有就是我了。"

"你一个对他们四个?"

"我很有胆量,是不是?"

"杨献兵是在哪儿被害的?"

"这我说不好,但肯定是在哈梦工厂外面,他们不会傻到在自己的地盘上杀警察。那个警察是跟踪杜沉进来的,恰好被发现了,从侧门。我猜,他们是要等所有人都进来之后才锁门,所以那个姓杨的傻瓜才送了命。武警官,那个警察被害的时候我不在场,我也不想那么做。当时我们在开一个会,或者说在谈条件——我和那兄弟俩之间曾经有过不愉快,不过好在他们早就死了,而我从不记死人的仇。我要向你说明的是,如果当时是我

一个人,那个警察绝对不会遭到谋害,顶多是把他痛打一顿扔到外面。他突然闯进来确实让人大吃一惊,但实际上他并没有惹什么麻烦,所以我们也就没有必要对付他。"

"但他还是被杀了。"

"那是杜沉的意思。这是个不成器的小子,就知道和女人鬼混。他坚持要那么做,我也没法说服他。我想这可能不是你期望的答案,但事实就是如此,如果你想给这个警察报仇的话,你会失望。杜氏兄弟死得太早了。"刘勋一脸诚意地看着他,"现在,是不是该你了?"

"可不可以把汽车遥控器还给我?"武旗红问。

"当然,"刘勋冲陈坚点点头,"还有你的手机。"

陈坚打开门,然后转身回来,把两样东西递给武旗红。武旗红把手机揣在兜里,又接过遥控器,"我的车门没锁,驾驶座上有一个纸盒子,派人把它拿进来,你需要的东西在那里装着。"

"为什么不带在身上?"刘勋饶有兴味地看着武旗红。

"两遍搜身,有什么东西也都被你们拿走了,我还怎么和你们谈条件?"

"很聪明。"

"您过奖了。"

不一会儿,陈坚抱着个被胶带封住的皮鞋盒大小的纸盒进来了,一边走还一边不停地吸着鼻子,仿佛有什么奇怪的味道困扰着他。他把纸盒递给武旗红。武旗红摇摇头,冲他的老板努努嘴。陈坚把纸盒放在了老板桌上。

刘勋皱着眉头,"这么复杂?"

"为了让你觉得物有所值,我必须搞到最详细的资料。"他把纸盒轻轻推到刘勋面前,"你会满意的。"

纸盒被胶带封住了口,刘勋拿起一把裁纸刀划了两下,打开盒盖。盒子里立刻泛出了一股氨水味道,刘勋的表情凝固了,他看着里面的东西,张着嘴:"这是他妈的什么玩意儿?"

武旗红绕过老板台走到刘勋身边,"你不知道这是什么?啊,当然了,你可能真的没见过。这东西叫遥控炸弹,看见上面那个亮着红灯的黑匣子了吗？很别致，是不是？那是接收遥控信号的装置。我只要轻轻一按，"武旗红晃了晃手里的汽车遥控器。"砰！我们全都完蛋。"

陈坚迅速掏出手枪。武旗红淡淡地说："我要是你就不这么莽撞。你开枪之后，我无非就是多挨一颗枪子儿而已，你们比我好不到哪儿去。"

陈坚犹豫地看着他的老大。刘勋恶狠狠地说："你他妈要我！"

"我没要你，来的时候我就说过，我是排爆组的民警，拆炸弹是我的专业。当然，做个炸弹对我来说也很简单。不过这个炸弹倒不是我亲手做的，记得上个月有一起爆炸案吗，炸弹没炸，就是现在这个东西。我把它稍稍改进了一下，现在好用多了。我还可以告诉你，这东西的主要成分是硝酸铵，大约一公斤左右，相当于同等重量 TNT 威力的百分之八十。TNT 你了解吗？手榴弹里装的就是那玩意儿。一颗手榴弹里大约有七十五克 TNT。"

"你他妈的……"汗珠从刘勋的额头上渗出来，"我们说好了是做个交易的。"

"是你先毁约的，问你谁在哈梦工厂的时候你就撒了谎。啊，我提醒你一下，"武旗红眼角的余光看到陈坚在悄悄往门口移动，"如果这位陈助理有什么小动作，或者你突然站起来想跑，我就轻轻按一下。你最好让他把枪放下。"

陈坚看着刘勋。刘勋眼睛一瞪："快他妈放下枪，你听不懂人话吗？"

陈坚听话地照办了。他对武旗红说，"姓武的，你疯了。炸弹炸了，你也不会活着出去。"

"大不了一起死。几年前我就该死的，我的搭档替我送了命。说实在的，我早就活腻了。好了刘总，告诉我，那个你隐瞒的人是谁？我提醒你一下，他是开着一辆奥迪 A6 来的。"

刘勋没有说话。

武旗红把那个纸盒在刘勋面前推来推去，刘勋不错眼珠地盯着武旗红的手。突然，武旗红用力一推，那个盒子从桌子上滑落，掉在了刘勋腿上，刘勋一声惊叫。"抱住它，掉在地上可就麻烦了。"武旗红笑着说。

"他是我们的调停人……"刘勋艰难地说出这几个字。

"调停人？"武旗红说，"他叫什么名字？"

"我不知道，只知道他是个大人物。比我和杜渐兄弟俩都有势力。"

"他也是个毒贩子？"

"不是……"刘勋对这个称呼不太满意，"但我和杜渐兄弟的谈判是他牵头的。不仅是我和杜渐，北都市其他的经销商如果发生了难以解决的矛盾，都由他来调停。"

"你不知道他是谁？"

"我真的不知道！我甚至不知道怎么和他联系，他总是派人来传递口信儿。"

"他长什么样子？"

"中等个……中年人……我也说不清，每次见他的时候他都戴着个大墨镜，挡着半张脸。"

"最后一个问题。"武旗红说，"2006年东港爆炸案，你们家谁被绑架了？"

刘勋大惊失色，"你怎么知道？"

武旗红没有回答，而是问："你儿子，还是你女儿？"

"儿子……"

"谁绑的？"

"当然是杜渐。"

"为什么？"

"我们因为销售范围发生了一点儿摩擦。"

"最后解决了？"

"我做了让步。"

"是调停人劝你这样做的？"

刘勋点点头。

"我没有问题了。"武旗红说，"麻烦你站起来，抱着这个宝贝。"他冲装炸弹的纸盒子努努嘴。刘勋颤颤巍巍抱着纸盒站起身，武旗红一手搂着他的肩膀，一手拿着遥控器，"出门的时候，我们要装作很亲密的样子。劳驾，"武旗红对陈坚说，"把地上那支枪递给我。"

陈坚不情愿地捡起手枪递给武旗红，但武旗红没有接。"1911？哇，你们怎么搞到的？我一直梦想着能有这么一支大号的家伙。放心，我不打算用它，我只有两只手，一只拿遥控器，一只搂着我亲密的伙伴。把枪揣我裤兜里好吗？"于是他的裤兜里立刻多了一把沉甸甸的大口径美国造自动手枪。"好了，咱们出去吧。我们最好一边走一边大声聊天，以免你那些冲动的手下起疑心。你看过《阿凡达》吗？我们出去的路上就聊聊那部电影。"他搂着刘勋走到门口，又回头看看陈坚，"怎么，你不打算和你的老板一起送送我吗？"

推开屋门，武旗红大声说："不知道你们注意到没有，《阿凡达》里面的坐骑都是六条腿。这不是不可能的。从进化角度说，地球上的哺乳动物长四条腿还是六条腿都是随机的。如果我们的老祖宗从海里爬上岸的时候有六条腿，那我们现在就可以多拿几样东西了。"

刘勋干笑着，努力从嘴里挤出两个字："是吗……"

"是啊，"武旗红一边下楼一边说，"这样一来，你不仅可以两只手抱着这个礼品盒，另外两只手还可以指挥门口的兄弟们唱首歌。哦，唱什么呢……《黑蝙蝠中队》怎么样？"

刘勋没说话，武旗红问陈坚："陈助理，你说这首歌怎么样？"

"我看很好。"陈坚哭丧着脸。

"那我们一起唱，"武旗红兴高采烈，"这样说那样说，这故事到底怎样说，说三十多年前的一个夜晚十点多……喂，你们两个怎么不唱？不会吗？"

经过大门口的时候，几个大汉目瞪口呆地看着他们有说有笑地下楼梯。武旗红问："《黑蝙蝠中队》这首歌你们会不会？"

一个大汉茫然点点头。

"那我们一起来，"武旗红对陈坚说，"陈助理，你负责打拍子，让大家一起唱，我们找点儿乐子。预备——起！"

于是七个男人一起扯着脖子高喊："这样说那样说，这故事到底怎样说，说三十多年前的一个夜晚十点多，在空军眷村里的一个小小小角落，女老师飞将军，刚刚结婚一年多，女老师怀了孕，想在今夜说……"

在走调的歌声中，一行人来到 Mini Cooper 跟前，武旗红迅速打开车门钻了进去，发动引擎，"你手下的身材没的说，就是嗓子太差了。好了，二位不用远送了，请把那个盒子递给我，如果你想留个纪念，我也不坚持。"

刘勋立刻把盒子递给了他。武旗红一踩油门，Mini Cooper猛地蹿了出去。通过后视镜，武旗红看见刘勋和陈坚依然呆呆地站在原地。他顺手把纸盒扔到一边，轻松地吹了几声口哨，曲调居然还是《黑蝙蝠中队》。

不过，武旗红没有轻松多久。因为他并没有从刘勋那里得到答案。调停人的身份依旧悬而未决。只有一点他可以肯定，东港爆炸案、周毅泽的死、杨献兵被害、黄婉悦被害、赵灵儿被害，每件事都和调停人有关。他终于明白了，东港爆炸案预谋已久。何小蓓是杜沉的情妇，她被安插到M78星云幼儿园是为了盯住刘勋的儿子，在绑匪劫持人质的时候为绑匪指出目标。绑匪和警方拖延时间，等候杜渐的指示，如果谈判成功，就放了孩子，如果不成功，就玉石俱焚。警察在外面完全是白费力气。因为不论谈判成功与否，杜渐都不能让那个绑匪活着落到警察手里。炸弹的双重引爆装置就是要达到这个目的——不留活口。但这依然没法解释周毅泽为什么会忘记屏蔽手机频段。如果周毅泽屏蔽了手机频段，杜渐灭口的计划就不起作用了。这个疑问杜渐已经无法回答了，刘勋恐怕也不知道。唯一的知情者又是那个调停人。

转了一圈，又回到了调停人身上。现在武旗红仅有的线索还是捷豹汽车租赁公司，这个公司和调停人有关系，这一点毫无疑问。也许是遗漏了什么线索？武旗红把车停在一家便利店门口，掏出笔记本，抽出其中夹着的两页纸，那是李咏摘录的关于捷豹汽车租赁公司的简况。他再次核对了一遍所有的信息，年轻有为的兄妹，成功的多样化经营，清白的出身，守法的典范……没有任何破绽。武旗红沉思着，随手把一页纸翻了个儿，纸的背面是两个手拉手的小人儿，一男一女，女的扎着小辫，手里还拿着一束花。这是案情分析会上李咏的涂鸦。武旗红的脑海里突然灵光一闪——婚姻。

他立刻拨通了李咏的电话。

"老武，你不是出去散心了吗？"

"不说那么多了，有什么办法能查一下袁雨田和袁雨浓兄妹的婚姻状况？"

"捷豹汽车租赁公司的那对兄妹？"

"没错。"

"我看看人口信息查询系统里有没有。"武旗红听见噼噼啪啪敲击键盘的声音，片刻后李咏说，"那个妹妹，袁雨浓的丈夫名叫周豫东……"

武旗红觉得这名字好熟悉，"查查他父母叫什么。"

"母亲乔依娜，父亲周毅泽……老武，周毅泽这个名字我好像听你说过。"

武旗红的思维僵硬了。周毅泽？会不会是同名同姓？"他的职业？"

李咏带着难以置信的语气说："于2006年死亡，生前是警察……"

武旗红只觉得天旋地转——这不可能！

"老武，老武，你还在吗？"李咏那边着急地问。

"在……"武旗红回答得有气无力。

"还要继续查袁雨田吗？"

"是，麻烦你……"

又是一阵敲击键盘的声音，不一会儿李咏开口了，但她的声音明显变小了："老武，你是怎么想到查他们的婚姻状况的？我的天哪，我觉得我快要疯了……袁雨田的妻子叫秦夏兰，母亲叫秦晓红，秦夏兰的名字是2003年变更的，之前她跟她爸爸的姓，叫戏夏兰。听好了，是戏，戏剧的戏。"

"她的爸爸是……"其实武旗红已经猜到了答案，但他依旧不敢相信。

李咏的声音细若游丝："戏志才……"

武旗红倒吸一口凉气。

戏志才。前任治安支队长。现任禁毒支队长。

奥迪A6的车主。

调停人。

第四十六章
炸弹制作指南

"老姜,今天感觉好点儿了吗?"看见坐在老位置上的姜少勤,张建军立刻走过来,"昨天你喝得太多了。"

姜少勤没精打采,"还好吧,就是有点儿头疼。"今天是他和张建军的第三次接触,姜少勤想,但愿这是最后一次。

"别想那么多不愉快的事了,"张建军冲服务员小红招招手,"吃点儿清淡的怎么样?"

"重庆菜里有什么清淡的?"姜少勤嘀咕着,"你别管我,该吃什么吃什么。我没事。"

"没事就好。"张建军对小红说,"两瓶啤酒,随便来几个凉菜。啊,小红,结账的时候你来找我,今天的饭钱一定要我来付。"

"要得——"

姜少勤皱着眉头说:"那么客气干吗,怕我请不起你怎么的?"

"不是,老姜,轮流请客,怎么能老让你一个人请?你还要交车份儿,房租水电什么的加一起,手头也不宽裕,就别乱花钱了。"

"我马上就不需要交车份儿了。"姜少勤说,端起面前的啤酒,"公司里那帮王八蛋,他们要落井下石……"

"怎么回事?"

"他们知道打官司打不赢,就和女乘客商量私了。女乘客说赔她两万块精神损失费她就撤诉。公司要从我的车份儿里扣这两万块钱。我说我不干了。他们说不干可以，但是不退我租车的押金。一帮狗娘养的！"

"太可恶了！你应该去告他们！"

"你什么时候听说过司机和出租公司打官司能打赢的？"

"是啊，"张建军不得不承认，"弱者总是输。老板、上司、大款、官员，他们都有关系，可以随意践踏我们这些小人物。那你打算怎么办？"

"我没想好，辞职，或者等他们开了我。"

"那你怎么谋生？"

"再换个公司。可我估计没有公司肯要我了，这些出租公司都是一气儿的，他们要是知道我惹过麻烦，肯定不会要我。当初我不当警察，就是不想向那些小人屈服，按我自己的方式生活，找一份可以谋生的工作。现在呢，当年的破事几乎是重演了一遍！"姜少勤双手抱着头，"这他妈的什么世道！"

"老姜，"张建军的语气十分沉重，"我不知道该怎么帮你，不过总会有办法的。"

"有什么办法？"姜少勤突然抬起头，布满血丝的双眼中闪过一丝疯狂，"我就是没枪，要是弄把枪，我就冲进公司里把那些王八蛋杀个干净！"

"老姜你别冲动，这样做不值得，不是把自己也毁了吗？"

"我已经被他们毁了！车不让开，押金不还我，我还能怎么样？"姜少勤有点儿哽咽。

"想点儿别的办法，既能够出一口恶气，又不引火烧身。"张建军的眼中也闪过一丝难以形容的东西，他的语气极为平静，"老姜，我能帮你想个办法。"

"什么办法？"姜少勤的语气里带着怀疑。

"炸几辆出租车。"张建军放低声音，"专炸你那个公司的。他们不是欺负人吗，好啊，等炸过几辆车之后，看哪个司机还敢开他们的车，有人敢开，你就再炸一辆。那些公司的高管们不是挣钱多吗，不是压榨司机的血汗吗，等没人愿意给他们开车了，看他们吃什么喝什么！"

"我到哪儿去弄炸弹？"姜少勤不敢相信这是真的，张建军居然真的给他提了这个建议。

"我会做。"张建军轻松地说。

"你开玩笑?"姜少勤一脸惊愕。"你怎么会做炸弹?"

"没你想得那么难,"张建军双肘撑着桌子,以一种老师的口吻说,"需要的就是一点儿化学知识。去搞点儿化肥,只要氨的含量超过百分之五十,就有爆炸的可能。煤油,很容易弄到。水银,去弄两支医用温度计。把水银倒出来,用普通酒精稀释,再把它们搅拌匀了。这东西就叫雷汞,可以用来做雷管。最后,你再从烟花之类的东西里弄点儿火药出来……"

"等等,"姜少勤抬起一只手打断他,"你说得太快了,我都没记住。你怎么懂得这么多东西?"

张建军得意地笑笑,"我爸妈是军工厂的,做了一辈子炸药。"他招呼服务员小红,"帮忙给拿支笔,再拿几张餐巾纸。"

很快,小红拿来了一支圆珠笔、一沓餐巾纸。等小红回到柜台,张建军开始在餐巾纸上写起来,一边写一边低声念:"一公斤化肥,里面至少含百分之五十以上的氨,一瓶煤油,一点儿火药,一个闹钟,最普通的就行了,温度计,酒精,圆珠笔……"

"圆珠笔干什么用?"姜少勤问。

"用来做雷管。把你刚刚搅拌好的东西晒干,装进一个小瓶子,把化肥和火药混在一起,浸在煤油里,把水银溶解在酒精里过滤,装进圆珠笔杆,把交流电线和闹钟相连,设置好时间,把煤油和化肥的混合物以及闹钟固定在一起,把圆珠笔杆插在里面,装在盒子里或者干脆放进一个大塑料袋里。"张建军放下笔,"看,炸弹就做好了,就这么简单。然后你需要做的就是把它固定在汽车底盘上。"

"天哪!"姜少勤目瞪口呆,他接过那张餐巾纸,上面不但写了做炸弹需要的原料,还画了一张炸弹结构图,画得非常详细,就像是一个专业绘图员的图纸,中规中矩的连线把每个部件连起来,形成了一张网,网的中间是那个闹钟。"真他妈的太不可思议了。"

张建军的脸居然有点儿红了,姜少勤的称赞让他有些沾沾自喜。"其实也没什么,不过你最好趁着出租车司机晚上睡觉的时候干这些事,我可不希望你炸伤人。"

276

"不会的。"姜少勤小心地把那张餐巾纸收起来,"一切都结束了,不会再有人受伤了。"

"你什么意思?"张建军突然间脸色苍白,"把它还给我!"他的手伸向姜少勤。

一副手铐顺势铐在了他的手腕上。重庆小吃店门口又走进来几个人,他们是范米、吕焕、左泠、康敏……

"我真心诚意地帮助你,老姜,可是你却这么对我!"张建军喊道,声音里充满了委屈、恐惧和愤怒。

姜少勤诧异地看着他。张建军似乎还没适应角色的转换,依旧沉浸在刚才的故事情节里。"醒醒吧,"姜少勤说,"否则你没救儿了。"

吕焕和左泠把张建军夹在中间,给他的另一只手也戴上手铐。

姜少勤把那张餐巾纸递给范米。"干得好,老姜!"范米拍拍姜少勤的肩膀,他看看那张餐巾纸,"这狗日的,居然和他做的炸弹一模一样。"和其他证据结合起来,这张图纸足够证明张建军有罪了。尤其是用圆珠笔杆做的雷管,这是警方没有对外透露的细节。

此时张建军已经安静下来了。他平静地看着姜少勤:"你抓到了我,姜警官,可是有一件事,你永远也不会知道真相。"

姜少勤明白他指的是什么。何小蓓的案子可能永远也不会有结果了。他微微有一种心痛的感觉。

第四十七章
从半个市长到阶下囚

回到家中的时候已是深夜。院子里黑沉沉的,戏志才停好车,拖着疲惫的身体进了楼门。空寂的脚步声在楼道里回响,声控灯在他身后渐次熄灭。在三楼的家门前站定,他从兜里掏出钥匙。钥匙链发出哗啦啦的声响,上面一层的声控灯也亮了。

钥匙刚刚插进锁眼里,戏志才的动作停住了。在三、四层的楼梯拐角处隐约有个人影。的确有人,他甚至能听到那个人轻微的呼吸声。他上楼的时候,楼道里的灯都黑着。这个人比自己到得早。声控灯的时间还会持续二十秒左右,灯灭的时候才是自己扳回劣势的机会。戏志才轻轻把右手的公文包换到左手。

"你最好还是老老实实开门。"武旗红从楼梯上走下来,"我知道你在想什么。灯灭之前你不开门,我就开枪。我劝你不要赌。"

戏志才迅速作出决定:放弃抵抗。他拧了一下钥匙,咔哒一声,门开了。武旗红的枪顶住他的后背,"进屋!"

门厅的灯打开了。戏志才的声音放得很低:"老武,你疯了吗?"

"少废话,转过去!"武旗红抽出他腰间的佩枪,又弯下腰搜索他的小腿。

"我从不带备用家伙。"戏志才说。

"你应该带。"武旗红的目光在客厅里扫视了一圈,从饭桌旁拉出一把木制靠背椅,"坐下,两只手放在桌面上,在得到许可之前不要移动你的手。我手里是一支 M1911，11.43 毫米柯尔特手枪弹，你应该知道这种子弹打在身上是什么效果。"

戏志才坐下来，面对武旗红，他的表情很镇定。"老武，你知不知道你在做什么，你是警察，这样做会毁了你自己。"

"在毁了我自己之前我先要毁了你。"

"我爱人还在卧室休息。你打算就这么打死我，当着她的面？"

"少来了。"武旗红冷冷地说，"你爱人根本不在家。"他检查了一下从戏志才身上搜出的手枪，"是不是这支枪杀死了赵灵儿？"

戏志才惊讶地看着他："你说我杀死了赵灵儿？"他的身体下意识地往前探了探。

枪口立刻顶住了他的脑门。"我跟你说过不要动！"武旗红厉声说。

"好吧——"戏志才又坐了回去。"老武，把枪放下，我想我们之间肯定有误会。你没必要用枪指着我。"

"没有误会，"武旗红摇摇头，"禁毒支队长居然亲手杀了他的部下。你是一个肮脏的警察，现在该是你还债的时候了。"

"把你的枪口放低点儿。这样很危险。即便你想杀我，也应该让我死个明白吧？你怎么会认为是我杀了赵灵儿？"

"手铐。"武旗红说，"铐住赵灵儿的是一副老式手铐，只有老警察才有这东西。也许你可以让我看一下你的手铐？"

"我已经很久不随身携带手铐了，老武，我不是一个普通的街头警察。"

"你是一个将要挨枪子儿的桌头警察，那种有老式手铐的警察。好好想想，你是不是把你的手铐忘在什么地方了？也许上面还有你的指纹呢。"

"一副手铐不能证明什么。我早就找不到那副手铐放在哪儿了，也许我把它丢了，也许被人偷了。老武，你理智一点儿。如果我们能心平气和地谈谈，你会明白，我将对你有很大帮助。"

"就像你对你的女儿和她的丈夫，还有周毅泽的儿子做的那样，给他们几千万的家产？"

戏志才眯起眼睛。"我想我是低估你了。你还知道什么？"

"你利用毒贩子之间的冲突让你自己获利。东港的刘勋野心勃勃，你通过某些渠道和他接触，但又不告诉他你的身份。你给他出主意，怂恿他抢夺杜氏兄弟的生意。当杜氏兄弟反击的时候，你又充当他们之间的调停人。你利用他压制杜氏兄弟，然后又反过来利用杜氏兄弟胁迫刘勋。哪一方处于不利地位，你就为哪一方提供建议，告诉他们应该如何夺回失去的地盘和生意。因此北都市的毒品市场永远不会出现某个毒贩子一统天下的局面，这正合了你的心意。我想，你还会把警方的行动泄露给他们，让他们规避风险。而毒贩子们则用金钱来回报你……"

"真可笑，"戏志才打断他，"这种话你对我说说可以，其他人谁会相信？你有什么证据？"

"捷豹汽车租赁有限公司总经理袁雨田的妻子秦夏兰是你女儿。"

"这能说明什么？我女儿嫁什么人，是她的自由。"

"那周毅泽的儿子又是怎么回事？还真巧啊，身家千万的兄妹俩，一个娶了你的女儿，一个嫁了周毅泽的儿子。"

"这就是你对我的指控？"

"没有什么指控，今天晚上，一切都结束了。"武旗红扳开枪机。

"打死我，你以为你能跑得了？"

"你没看见我戴着橡胶手套吗？这是刘勋一个手下的枪，上面还有他的指纹呢。你是被毒贩子打死的，明天早上的头条新闻就是，禁毒支队长遭到毒贩报复以身殉职。就像谁也不相信你是毒贩子的调停人一样，谁会相信是我把你杀了？"

戏志才笑了，身体仰靠在椅背上，两只手从桌子上滑了下来。"所以你才拿着把枪来找我，因为你没有证据。否则你就不会一个人来了。"

"不要动你的手，"武旗红用枪口点点他的脑门儿，"是，我没有证据。但这不妨碍我一枪送你下地狱。你要是不想那么快就以身殉职，就不要做任何容易引起我误会的动作。已经有四个警察死在你手里，我不想当第五个，所以，你最好别给我开枪的借口。"

"四个警察，怎么会这么多？"戏志才皱着眉头，"你没弄错吧？"

"周毅泽、杨献兵……"

"等等，你不能把他俩算在我头上。周毅泽完全是自愿去死的。"

"你说什么?"

"你以为他儿子有那么好的运气能到美国留学还拿了全额奖学金?是杜渐花钱把他送出去的。周毅泽老婆治病的钱也是杜渐出的。你难道不知道?周毅泽调到排爆组之前,一直跟着我在治安支队行动大队负责打击黄赌毒,他和那些毒贩子早就是熟人了。其实你还得感谢周毅泽,要不是他,你现在怎么有机会站在我面前拿枪指着我的头?周毅泽是自愿替你死的!"

"这不可能!老周怎么会是这样的人!你胡说!"武旗红怒不可遏。他想,也许自己现在就应该扣动扳机,在戏志才说出更加让人震惊的话之前把他的脑浆打出来。但他同时也知道,在这件事上,戏志才没有撒谎。

"别那么激动,枪容易走火。你听我说完。东港爆炸案就是杜渐操纵的,绑匪是他的一个手下,和周毅泽的情况差不多,拿了老杜的好处,无以为报,只有赴汤蹈火报答他的主子。杜渐不是傻瓜,他不想把那么多人质都炸死,那样不好收场。那个绑匪得到的指示是,在杜渐和刘勋的谈判结束后释放人质向警方投降。而周毅泽得到的指示是一定要想办法在绑匪被警察抓获之前结果他的性命。是周毅泽想出了那个双重引爆的方案。那天正好轮到你当主排手,周毅泽的计划是在频率干扰仪上做点儿手脚,故意不屏蔽手机信号,等警方制伏绑匪,人质安全撤离,你上去拆除爆炸装置的时候再引爆,这样的话,伤亡会降到最低,无非是绑匪和一个排爆手。没想到龙局长……"

"没想到龙局长不喜欢我,硬是让周毅泽上去了?"

"不完全是这样,他当时也可以不去,大不了让龙局长不高兴而已。和性命比起来,惹那个老头子生气有什么大不了的?我想周毅泽大概是事到临头不忍心让你去送死,又不能辜负了他的主子,结果就选择了和那个绑匪同归于尽。"戏志才叹了口气,"老周是个好人,就是有点儿想不开,真是可惜……"

武旗红拉过一把椅子,重重地坐在上面,他的心也仿佛沉到了深渊里。"所以周毅泽的儿子就娶了个有钱的女人,算是你对他的回报?"

"不论你怎么想,我觉得我算是很对得起老周了。"戏志才注意到武旗红的枪口已经缓缓放了下来。

"那么杨献兵呢？你为什么说你和他的死无关？"

"第一，他不是我杀的。第二，这是他自找的。他跨越了他不该跨越的界限。如果是禁毒支队某个负责杜氏兄弟案子的民警被他们杀了，我或许会有一丝歉疚，那是我的工作没有做好。但杨献兵，他完全出人意料地出现在我们会晤的地方而且……"

"而且他看到了你的脸。他看到其他人都无关紧要，但他看到了你，看到了你和毒贩子在一起。你怎么好意思说这和你无关？你怕他将来认出你，所以……"

"我的确没有指使任何人杀害他。请相信我。"

"但你也没有设法阻止。在其他人提出要杀死他的时候，你只要保持沉默就可以了。"

"你非要这么想，我也无话可说。但是，老武，你一定要明白我做的这些事情的意义所在，"戏志才又向前探了探身，这回武旗红没有阻止，"那些毒贩子你是永远也打不完的。我最初当警察的时候在治安口，打击街头黄赌毒是我的日常工作。我见得太多了，瘾君子、皮条客、毒贩子、妓女，哪有改过自新的？今天把他们抓进去，明天把他们放出来，后天是他们的兄弟姐妹、儿子女儿，前赴后继。这是小角色，再说那些大毒枭。杜氏兄弟倒了，起来个谢金东，也许谢金东之后还会有张金东王金东接替他。打掉一茬儿又冒出一茬儿，我们的工作有什么意义？毒品还是那些毒品，换了主人而已。既然你无法完全打掉他们，那么，何不……"

"何不控制他们为你的利益服务呢？"武旗红接着他的话说。

"我们的利益，"戏志才纠正他，"不久前杜氏兄弟死了，他们的贩毒集团土崩瓦解，谢金东刚刚崭露头角，刘勋对他虎视眈眈，全新一代的格局马上就要形成了。如果你能明智一点儿，你也可以在其中发挥一点儿作用。"

"你打算拉我入伙？"武旗红吃惊地问，"就像庄道荣一样？"

"庄道荣是个傻瓜，我只是利用他把所有的麻烦都引到梅星宇身上。谁都知道梅星宇是龙副厅长的嫡系。可你不一样。好好理解一下我说的话，"戏志才急切地说，"杀了我为周毅泽和杨献兵复仇不解决任何问题，何况，在他们的事情上，我只是个旁观者。"

"那么黄婉悦和赵灵儿呢？你不要告诉我也和你无关。黄婉悦的手腕上有手铐的淤伤，赵灵儿的手腕上就铐着你那副手铐。而且她们都是因为同一个原因死的——无意中触及了你的秘密。其实她们俩什么都不知道，如果你不杀她们，也许我到现在都怀疑不到你身上。"

"说到小赵，"戏志才的神色黯淡了一下，"我也觉得很可惜。这孩子心地善良，人又聪明，本来很有前途……"

"可你还是把她杀了。"

戏志才不安地笑了："我不能冒这个险啊。我承认，你关于手铐的推测是对的。但是忘了它吧，旗红。你想过没有，你今后将要面对的是一个什么样的前景？不仅仅是金钱。远远不止于此。如果我们成功，我们就能主宰这个城市。毒贩子控制了这个城市背光的一面，而我们控制了毒贩子，也就成为了半个城市的主人。那时候，电视里、报纸上那些容光焕发的市领导们的慷慨激昂会让你忍不住哈哈大笑，因为只有你才知道他们实际上是多么的虚弱。"

"那现在我控制了你，"武旗红晃了晃手里的枪，戏谑道，"我是不是也算半个市长了？"

"这不是玩笑，"戏志才一本正经地说，"想想吧，旗红，你是一个聪明人。像我说的，跟着我干，你会得到你梦寐以求的一切。可是如果你杀了我……"戏志才把手一摊。

"我不杀你。"武旗红起身来到门前，把门打开。薛艾寒、李咏以及两个反贪局的工作人员走了进来。

戏志才的表情凝固了，他用一种难以置信的眼神看着武旗红。

武旗红从衣服下面取出一个微型麦克风递给薛艾寒。"够了吗？"他问。

"足够了。"薛艾寒说。

尾声

老武:

请原谅我的不辞而别。临走前,我在赵灵儿的墓前献上了一束鲜花。

请原谅我没有勇气当面和你说再见,因为我不敢确定我们是否有缘再见。请原谅我没有告诉你我的使命,因为我没有这个权利。我只能向你透露一点点情况:省厅对于龙副厅长的事情是否会有一个说法,我不得而知;但至少姜少勤会重新穿上警服。姜少勤曾经写过许多申诉信,我就为此事而来。在此,我谨代表我自己还有我的上级向你表示由衷的感谢。没有你,我无法完成这个任务。

从事这种工作时间长了,我接触了太多的阴暗,体会了太多的无奈,有时候不免灰心丧气。有幸的是,我认识了你,认识了赵灵儿、姜少勤、老范、王法医以及其他很多很多正直的警察,我敬重你们。你们的存在为我的工作赋予了一层新的含义,让我有了继续下去的勇气。我不能告诉你我下一站要去什么地方,但不论我走到哪里,我都会记住你,记住你们这些好警察。并且我深信,像你们这样的好警察无处不在。

尽管相识只有短短几天,我却觉得我们是一生的朋友。也希望你能时常想起,在这个世界的某个角落,有你曾经的搭档。

你永远的朋友　李咏